우리들의 꿈 찾기 여행

우리들의 꿈 찾기 여행

특수교사 22인이 이야기하는 좌충우돌 진로교육

초 판 1쇄 2024년 11월 19일

지은이 장은주, 이시원, 한미정, 박정찬, 김경림, 장민지, 김찬미, 양지선, 최주원, 안정웅, 조선호,
강은홍, 한수현, 이대주, 박신성, 유미향, 송상은, 이준희, 양희학, 장현성, 손은나, 정동호
펴낸이 류종렬

펴낸곳 미다스북스
본부장 임종익
편집장 이다경, 김가영
디자인 윤가희, 임인영
책임진행 이예나, 김요섭, 안채원, 김은진, 장민주

등록 2001년 3월 21일 제2001-000040호
주소 서울시 마포구 양화로 133 서교타워 711호
전화 02) 322-7802~3
팩스 02) 6007-1845
블로그 http://blog.naver.com/midasbooks
전자주소 midasbooks@hanmail.net
페이스북 https://www.facebook.com/midasbooks425
인스타그램 https://www.instagram.com/midasbooks

ISBN 979-11-6910-917-8 03810

값 19,000원

미다스북스는 다음세대에게 필요한 지혜와 교양을 생각합니다.

우리들의 꿈 찾기 여행

특수교사 22인이 이야기하는
좌충우돌 진로교육

미다스북스

추천사

전국에서 가장 작은 규모의 특수학교로 개교한 지 어느덧 13년이 되었습니다. 평생 기업을 운영하며 저는 한 가지 믿음이 있었습니다.

'장애인'이란 단어에 획일적으로 갇히지 않고, 모든 사람은 자신이 좋아하고 의미를 느끼는 일을 직업으로 선택할 수 있어야 한다는 것입니다. 이런 믿음으로 경기도 최초의 직업 중점 특수학교를 시작했고, 개교 때부터 이어온 진로교육의 실천이 교육부 지정 고교학점제 연구학교라는 도전의 밑거름이 되었습니다.

이 책에는 학생 한 명 한 명의 가능성을 믿고 끊임없이 도전해 온 우리 선생님들의 진정성 있는 교육 이야기가 담겨 있습니다. 개별화된 진로지도와 직업훈련, 현장실습을 통해 학생들의 꿈을 키우고, 학부모, 지역사회와 협력하며 이뤄낸 성과들이 고스란히 담겨있습니다.

그동안 쌓아온 노력이 학생과 교직원, 학부모 모두에게 유의미한 변화를 만들어내고 있음을 자부합니다. 이 값진 경험이 더 많은 특수교육 현장에 희망이 되고, 장애학생들의 무한한 가능성을 보여주는 디딤돌이 되기를 바랍니다. 이렇게 귀중한 현장의 이야기를 한 권의 책으로 엮어 준 우리 교원들의 열정과 도전에 깊은 감사와 박수를 보냅니다.

• 한창섭(한길복지재단 이사장)

선생님들이 들려 주는 진로교육 이야기에는 따뜻한 온기가 가득합니다. 매일매일 학생들과 부딪히며 좌충우돌했던 시간, 작은 변화에 기뻐하고 때론 좌절하면서도 끝내 희망을 발견해 가는 교사들의 진솔한 고백이 가슴에 와닿습니다. 특히 학생 한 명 한 명의 가능성을 믿고 기다려주는 선생님들의 모습에서 특수교육의 참된 의미를 다시금 되새기게 됩니다. 이 책은 특수교육 현장의 모든 선생님께 실천적 지혜와 함께 새로운 도전의 용기를 선물할 것입니다.

• 이성희(경기도교육청 교장 장학협의회 회장, 부천혜림학교 교장)

진로교육의 성과는 하루아침에 나타나지 않습니다. 선생님들의 생생한 기록은 장애학생들의 진로교육이 얼마나 긴 호흡으로 이뤄져야 하는지를 잘 보여줍니다. 생생한 현장의 이야기를 읽으며 수업과 생활지도, 학급경영이 한데 어우러진 교육과정의 소중함을 다시금 깨닫게 되었습니다. 이런 노력이야말로 학생과 교사의 무한한 성장을 이끌어 가는 원동력일 것입니다. 한 편 한 편이, 함께 길을 걷는 사람들에게 선명한 나침반이 되어 주기를 바랍니다.

• 금미숙(국립특수교육원 디지털교육지원과장)

『우리들의 꿈 찾기 여행』은 10년 넘게 수업연구회에 참여하면서 동료 선생님들과 울고 웃으며 고민했던 교실에서의 일들과 꿈을 이루기 위해 다양한 노력을 하며 자신만의 길을 찾아가는 우리들의 이야기가 녹아 있는 책입니다. 생생한 사례를 통해 막연한 두려움 대신 스스로 선택하고 함께 어울려 성장할 수 있는 자신감을 키우고자 하는 특수교육대상학생들, 학부모들, 선생님들께 추천합니다.

• 여수일(2024 경기도특수교육수업연구회 회장)

특수교육대상학생들의 '진로' 교육은 직업기능 중심으로 학생 개인의 꿈을 확인하기보다는 정해진 틀에서 강요하기에 바빴던 것 같습니다. 한길학교에서 22분의 선생님들이 학생들의 명사형 꿈을 동사형 꿈으로 바꾸기 위한 여정을 재미있게 읽었습니다. 학생들의 '꿈'을 '진로'로 바꾸는 여정을 함께 고민할 수 있는 소중한 경험을 나누어주신 선생님들에게 감사하며, 함께할 수 있다는 용기를 갖게 해주었습니다.

• 양명윤(전국특수학교 진로전담 교사 연구회 회장, 서울정민학교 특수교사)

꿈을 꾼다는 것은 누구에게나 가슴 떨리는 일입니다. 『우리들의 꿈 찾기 여행』은 아주 특별한 꿈을 꾸는 학생들과 선생님들의 이야기입니다. 장애가 있지만 꿈을 꾸는 아이들. 장애가 있는 아이들의 꿈을 응원하고 꿈을 실현하는 선생님. 그리고 그 꿈이 현실이 되도록 지역사회와 함께한 특수학교의 교육공동체 이야기는 '나는 꿈이 없어.'라고 외치는 많은 사람에게 어떤 꿈을 꾸어야 하는지 어떻게 꿈을 찾아가야 하는지 나침반과 같은 역할을 해줄 것입니다.

• 박주리(광주하남교육지원청 특수교육지원센터 특수교사)

매일 반복되는 일상을 기록하고 사진으로 남기는 일은 쉬운듯하나 매우 어려운 일이다. 특히 학교라는 세계 안에서 학생들과 생활하는 선생님들은 더욱 그러하다. 그런데 여기 꿈을 찾는 여행을 시작하신 22분의 선생님이 계신다. 교실과 텃밭, 실습 현장에서 학생들과 함께 성장하며 그들의 미래를 고민하는 선생님들. 따뜻한 격려와 아낌없는 특급칭찬으로, 학생들이 졸업 후 당당한 직장인으로 성장할 수 있도록 매일 헌신하는 선생님들의 소중한 하루가 그려진다. 꿈을 찾는 여행의 모양이 나를 닮은 모양이기를 바라며 그 여행을 다정히 응원한다.

• 박주라(발달장애인 송도아 작가의 어머니, 20년 차 특수교사)

학부모회장과 총동문회 부모회장으로 10년을 함께하며 지켜본 우리 학교는 참 특별했습니다. 선생님들은 늘 따뜻한 미소로 아이들을 맞이하시고, 한 명 한 명의 숨겨진 재능을 찾아내어 꿈을 키워주셨지요. 때로는 엄마보다 더 세심하게 아이들의 앞날을 걱정하시며 구체적인 미래를 준비시켜 주시는 모습에 눈시울이 뜨거워지곤 했습니다. 이렇게 아름다운 우리 학교의 이야기가 책으로 나온다니 한없이 기쁘고 감사합니다.

• 정혜윤(한길학교 총동문회 회장)

안녕하세요. 이 책을 선택해 주신 여러분께 진심으로 감사드립니다.

"꿈은 누구나 꿀 수 있습니다. 그리고 그 꿈을 향해 나아갈 권리 또한 모두에게 있습니다." 이 책은 바로 이런 믿음에서 시작되었습니다. 우리가 여러분께 들려드리고자 하는 이야기는 특별하면서도 평범한 장애학생들의 진로교육 이야기입니다.

여러분은 혹시 장애학생들의 진로교육에 대해 생각해 보신 적이 있으신 가요? 어쩌면 많은 분들이 '그들에게도 진로가 있을까?'라고 의문을 품으실지도 모르겠습니다. 하지만 우리는 자신 있게 말씀드릴 수 있습니다. 모든 학생에게는 무한한 가능성이 있으며 그 가능성을 현실로 만드는 것이 바로 진로교육의 역할이라고 말입니다.

이 책은 크게 세 부분으로 나누어져 있습니다.

첫째, 교실에서의 진로교육에 대해 이야기합니다. 수업, 생활지도, 학급 경영이라는 세 가지 핵심 요소로 학생들은 자신의 흥미와 적성을 발견하고 올바른 태도를 기르며 공동체 의식을 키웁니다. 이러한 교실에서의 진로교육이 학생들의 미래를 위한 단단한 기반이 됩니다.

둘째, 진로 탐색과 교육공동체의 중요성을 강조합니다. 다양한 진로 탐색 프로그램과 직업교육으로 학생들이 실제 직업 세계를 경험하게 됩니다. 지역 기업과 연계한 현장실습은 학생들에게 생생한 경험을 제공하며 학부모와 지역 사회가 함께 참여하는 프로그램은 학생들이 사회 속 자신의 역할을 이해하는 데 도움을 줍니다.

마지막으로, 성장과 교사의 역할에 대해 이야기합니다. 진로교육은 학생들뿐만 아니라 교사들에게도 성장의 기회를 제공합니다. 교사들은 학생들의 꿈을 응원하고 학생들의 길을 함께 찾아가는 과정에서 자신의 역할을 되돌아보고 전문성을 키워갑니다.

이 책은 단순한 교육 방법론을 넘어 우리 학생들의 성장 이야기와 그 과정에서 함께 변화하는 교사들의 모습을 담고 있습니다. 이 이야기가 여러분에게 감동을 주고 장애학생들의 가능성에 대한 인식을 넓히는 계기가 되기를 희망합니다.

끝으로 이 책이 세상에 나오기까지 도움을 주신 모든 분께 진심으로 감사드립니다. 특히 학교의 교육공동체 가족 여러분, 여러분의 헌신과 사랑이 있었기에 이 모든 것이 가능했습니다. 이 책이 작은 변화의 씨앗이 되어 많은 분들이 장애학생들의 진로교육에 관심을 가지게 되기를 진심으로 바랍니다. 함께 이야기를 나누며 더 나은 미래를 만들어갈 수 있기를 희망합니다.

여러분의 관심과 사랑에 다시 한번 감사합니다.

목 차

1장 ♡
우리 교실 99도　#수업　#생활지도　#학급경영

2장 ♡
행복한 미래 나침반 #진로탐색 #교육공동체

3장 ♡
꿈을 향한 동행 #성장 #교사역할

1장
우리 교실 99도

#수업   #생활지도   #학급경영

언제나 왁자지껄, 우당탕탕인 우리 학교.
수업, 생활지도, 학급경영으로
하루가 매일 바쁘게 지나갑니다.

늘 요란하지만 그만큼 웃음이 끊이질 않는 우리 교실.
조금 느려도 항상 해맑은 아이들과 함께 웃는 우리는 '특수교사'입니다.

'특수교사'의 이야기가 궁금하지 않으신가요?
궁금하시다면 지금 바로 우리와 이야기를 나눠봐요.

1. 미래를 열어주는 선생님 ♡ 장은주

"우리 학교 교훈을 알고 있나요?"

"예. '나는 자립할 수 있다, 나는 직업인이 될 수 있다.'입니다."

조회 시간에 던진 질문에 자랑스럽게 대답하는 전공과 2학년 보라 학생. 전공과 입학할 때만 해도 늘 수줍어하며 눈도 못 마주치던 학생이 손을 번쩍 들고 큰소리로 대답한다. 보라 학생이 이렇게 자신감을 가질 수 있는 건 성취감을 심어주는 선생님들이 있기 때문이다. 우리 학교 선생님들은 교훈처럼 우리 학생들이 미래를 꿈꿀 수 있도록 세세한 부분까지 놓치지 않기 위해 노력한다. 사회 현장에서 기본적으로 갖추어야 할 소양들을 과정별로 시기에 맞게 단계별로 지도하며 열정을 다하고 있다.

지역사회와 학교 교육환경, 학부모 설문, 졸업생 취업 현황 등 진로 유형을 고려해서 교육과정 과목을 편성하고 학생이 선택하도록 한다. 직업 현장실습 교과도 학생 희망에 따라서 교내 현장실습과 교외 현장실습으로 편성한다. 우리 학교에서는 고등학교 2학년부터 전공과 학생들에게 직업 평가 결과에 따라서 학생들의 특성과 수준을 고려한 맞춤형 학습중심 현장실습을 제공한다. 일주일에 한 번 직접 산업체에 가서 작업을 준비, 수행, 정리하는 과정을 통해서 직무 수행 능력을 기르고, 바람직한 직업 태도를 습득한다. 교외 현장실습에 참여하는 고등학교 학생들은 매주 목요일 아침 9시에 학교에서 출발하여 12시 10분에 학교로 돌아온다. 전공과 학생들은 매주 수요일 아침 9시에 개별로 가정에서 사업체로 바로 출근하여 15시 20분에 퇴근한다.

전공과 학생들의 경우 산업체 사전답사와 등하교 훈련을 한다. 학교에서 점심 식사 후 대중교통으로 대형마트를 가는 학생들은 사업체로 직접 간다. 전자부품 사업체로 가는 학생들은 통근버스 탑승지로 가서 사업체 가는 길과 사업체 주변을 탐색하며 사전 안전교육을 받는다. 그리고 각 가정으로 가는 버스를 타고 개별 하교를 한다.

전공과 2학년이 된 보라 학생은 대형마트에서 실습한다. 보라 엄마는 혹시라도 성인이 된 딸이 버스를 타고 다니면서 낯선 사람들을 만나 위험한 상황이 생길까 걱정이 되어 대형마트로 데리러 왔다. 혼자서 충분히 활동할 수 있는 학생인데 사회에 나가는 것을 두려워하신다.

실습을 시작한 지 한 달 정도 되자 보라 학생은 다른 친구들처럼 혼자 출퇴근하고 싶었다. 보라는 담임선생님께 자신의 의견을 말했고, 담임선생님은 부모님과 상담했다. 처음에 몇 번은 엄마가 같은 버스를 타고 다니면서 지켜보셨다. 하지만 이내 안전하다고 생각하셨는지 요즈음에는 보라 혼자서도 대중교통을 잘 이용하고 있다.

보라 학생은 업무수행 속도도 늦고 새로운 작업을 익히는 데 시간은 좀 걸리지만 주어진 업무를 성실하게 수행하며 직무 완성도를 높였다. 대형마트 공도점의 직무담당자는 보라 학생이 학교에서 바리스타를 배우고 자격증이 있는 것을 알게 되었다. 얼마간 카페에서 실습을 시켜 보더니 대형마트에서 운영하고 있는 인근 지역의 카페에서 일하면 더 좋겠다고 이야기했다. 보라 학생은 잘한다는 칭찬에 어깨가 으쓱, 함박웃음을 지어 보이며, 대형마트보다 카페가 더 좋다고 한다. 담임선생님은 직무지도 할 일이 하나 더 늘었지만, 학생이 즐겁게 일할 직장이 하나 더 늘어나기에 신이 났다.

음악과 노는 것, 먹는 것을 좋아하는 마루 학생은 전공과 1학년 때 교외 현장실습을 가기 위해 선생님이 직접 가정에서 같이 출발해야 하는 날도 있었다. 마루 학생은 혼자 대중교통을 이용할 수 있는데도 불구하고 처음에는 버스 타러 가는 길에 좋아하는 편의점을 들르느라 출근 시간을 지키지 못하였다. 부모님이 도와주시려고 해도 모두 직장을 다니셔서 집 앞에서 전자부품 사업체까지 가는 버스를 태워 주시는 것이 최선이었다.

어떤 날은 한 정거장 더 가서 놀거리가 많은 곳으로 가버렸다. 그래서 담임선생님이 여러 번 다른 곳으로 간 마루 학생을 데리고 와야 했다. 버스 타고 내리는 곳을 모르는 학생이 아닌데 흥이 있고 노는 것, 먹는 것을 좋아하는 학생이라서 놀거리, 먹거리가 있는 곳을 잘 찾아갔다. 때마침 얼마간은 누나가 시간이 되어 뒤따라오며 같이 버스를 타고 전자부품 사업체 회사 버스에 탑승하는 지점에서 내리는 것을 확인해 주었다.

담임선생님은 마루 학생이 출퇴근을 잘할 수 있도록 '전공과 MT'를 활용하여 동기를 부여했다. 전공과 MT는 학생들이 가고 싶은 곳, 먹고 싶은 음식, 하고 싶은 것을 의논하여 2박 3일간의 계획을 세워서 가기 때문에 학생들이 꼭 가고 싶어 하는 활동이다. 이렇게 학생 스스로 해야 할 일에 대한 책임감을 주기 위해 채찍질도 하지만, 큰 소리로 대답도 잘하고 상품 포장 및 상품의 수량 점검을 열심히 하는 마루 학생에게 칭찬도 아끼지 않는다. 마루 학생은 선생님의 칭찬에 점점 자신감이 생긴다.

미현 학생은 밝고 씩씩하며 모든 일에 적극적이지만 몸이 허약해서 가끔 쉼이 필요한 학생이다. 미현 학생의 부모님은 미현이가 몸도 약하고 여자이기 때문에 직업을 가지는 것을 두려워했다. 우리 학교는 학생들이 졸업 후 당당하게 세금을 내는 사회인으로 성장하는 것을 설립 취지로 삼은 특수학교이다. 더군다나 전공과를 입학하면서 직업을 갖지 않는다는 것이 나는 이해가 되지 않았다.

우리 학교는 전공과 학생 세 명이 급식실에서 장애인복지일자리 특수교육연계형 사업으로 일주일에 4일 급식실 보조로 학습중심 현장실습을 하고 있다. 미현 학생은 복지일자리 실습을 하며 자신감을 얻었다. 지금은 지역의 장애인복지관에 있는 카페에서 바리스타 보조로 손님 응대와 음료 제조를 하면서 잘 적응하고 있다. 지금은 부모님과 미현 학생은 직업을 갖는 것에 관해서 자신감을 가지고 담임선생님의 의견에 귀를 기울이고 있다.

작년에 전공과 선생님에게 교외 현장실습을 시작했는데 어려운 점은 없는지 물어본 적이 있다. 담당 선생님은 대중교통을 통해서 사업체로 직접 가게 하거나, 통근버스를 타는 곳까지 오게 하는 데 있어서 통학지도 시간이 부족한 학생이 있다고 하였다. 나는 "선생님이 다 해주려고 하지 말고 가정의 도움을 받아서 가정 연계 교육이 필요한 부분이 아닐까요?"라고 의견을 주었었다. 올해에는 부모, 가족과 함께하면서 가족들이 우리 학생들의 가능성을 볼 수 있는 기회가 더 주어졌다고 생각한다.

보라 학생은 여자이기 때문에, 미현 학생은 건강이 안 좋아서 직업을 갖는 것도, 대중교통을 혼자 이용하는 것도 두려워하던 부모님의 태도가 많이 바뀌었다. 우리 선생님들은 학생들이 지역사회에서 사회인으로 성장할 수 있도록 흥미와 적성을 발굴하고, 그에 맞는 직업 활동의 기회를 제시하며 자신감을 심어 주었다. 덕분에 우리 학생들의 장래가 점점 밝아지고 있다.

• 장은주 선생님의 따뜻한 한마디 •

1. 학습중심 현장실습 배치 전 실습생을 대상으로 사전교육을 합니다. 사전교육의 내용은 위험 상황의 대처 능력 향상을 위한 산업안전보건교육, 성희롱 예방 교육, 노동인권교육(노동인권과 직장 내 괴롭힘 예방 등), 직업윤리(직장예절, 사규 준수 등) 등으로 구성합니다. 사전교육은 실습 전 일회성으로 하기보다 교과와 연계하여 연중 실시할 수 있도록 구성합니다.
2. 교외 현장실습 실시 전 산업체의 현황과 학생이 해야 할 직무, 출·퇴근 방법, 훈련비 등 기타 필요한 사항을 학부모와 학생에게 안내합니다.

2. 초보 농사꾼의 농생명 수업 ♡　　　　　　　　박정찬

특수교육 전문 교과는 장애학생들이 미래 사회의 자립적인 직업인으로 성장할 수 있도록 직무 중심의 교육을 제공하는 교육과정이다. 외식서비스, 농생명, 기초작업기술 등 실용적인 과목들로 구성되어 있으며 학생들의 직업수행 능력을 키우고 실제 취업으로 연계될 수 있도록 돕는다.

우리 학교는 직업 중점 특수학교로서, 다른 학교보다 진로와 직업 관련 교과 시간이 더 많이 배정되어 있다. 기초작업기술 Ⅰ · Ⅱ, 농생명, 외식서비스, 대인서비스, 사무지원 등 6개 과목을 개설하여 주당 6시간의 전문교과 수업을 운영하고 있다.

특히 고교학점제 시행 이후에는 학생들이 스스로 과목을 선택할 수 있게 되었는데, 우리 학교는 개설된 6개 과목 중에서 학생들이 자신의 적성과 흥미를 고려하여 한 학기에 한 과목을 선택하여 수강하고 있다. 단, 대학교의 수강신청처럼 신청 인원이 기준에 미달하면 폐강이 되기도 한다.

개설된 과목 중 농생명은 수강 신청을 할 때마다 선택하는 학생 수가 가장 적고 폐강이 잘 되기도 하며 선생님들도 회피하는 과목이다. 아마 과목의 이름을 듣자마자 뜨거운 태양 아래 더위와 싸우며 농사를 짓는 농부들의 모습이 떠오르기 때문이지 않았을까 생각한다. 그리고 아니나 다를까 2022학년도에 고교학점제가 시작된 이후로 수강 신청을 받을 때마다 농생명은 폐강이 되었다. 올해도 역시 수강 신청을 받을 때 당연히 농생명은 폐강이 될 것으로 생각했다. 하지만, 놀랍게도 우리 학교 과목 개설 기준인 3명의 학생이 신청하여 처음으로 고교학점제에서 농생명 과목이 개설되었고 그 과목의 지도 교사는 내가 되었다.

농생명은 특수교육대상자가 농업과 진로, 농업과 생활 등을 폭넓게 학습하여 농생명 산업에 관한 기본 지식과 주요 기술을 습득하고, 농업과 관련된 진로를 선택하며 농생명 분야에 대한 긍정적인 직업관을 형성하기 위한 과목이다. 작물의 재배, 동물 사육 및 관리, 산림 자원의 이용, 농생명 산업 등 교육과정의 내용이 다양하다. 실제로 농업 분야로 취업하는 학생은 거의 찾아보기 어렵지만, 도농복합도시인 우리 지역의 특성과 농생명 교육과정을 수강하며 배우는 인내심은 우리 학생들이 졸업 후 사회를 살아가는 데 도움이 되는 과목이다. 하지만, 나는 상추 한번 심어본 적도 없고 인내심이 있어야 하는 작업에는 흥미가 없어서 농생명 수업을 맡게 되었을 때 막막함과 두려움이 앞섰다. '과연, 농생명 수업을 할 수 있을까?'라는 고민부터 '실습은 어디에서 할지, 무엇을 심을지, 동물 사육 단원에는 가축 기르는 활동이 있던데 어떻게 가축을 데리고 수업하지?'라는 고민 등 너무 많은 생각이 내 머릿속에 가득 찼다.

농생명 수업은 월요일, 수요일 각각 3시간씩 수업이 편성되었다. 농생명 과목은 성취기준이 30여 개가 되는데, 내용의 수준이나 교육 환경을 보았을 때 모든 것을 실습하기에는 불가능하여 단원별로 핵심적인 내용을 중심으로 교육과정을 구성하였다. 우선, 학생들이 한 학기 동안 실습할 수 있도록 장기 과제로 작물 재배를 하기로 했고, 동물 사육은 주변에서 볼 수 있는 장수풍뎅이를 관찰하기로 하였다. 산림 자원은 시중에 판매되는 '버섯 재배' 자료를 사용해 보기로 하였다. 그리고 학교 근처에 있는 농업

물품 판매점을 방문하여 상추, 당근, 고구마 모종을 사고 인터넷으로 장수
풍뎅이도 구매하여 본격적인 수업을 시작하였다.

학교 근처 농업 물품 판매점 방문　　　장수풍뎅이 집 꾸미기　　　　　모종 심기

　우리 학교 근처에는 학생들이 수업할 수 있는 텃밭이 있는데 여기에 상
추와 당근, 고구마를 심었다. 나는 다음 날부터 매일 아침에 물을 주기 시
작하고 모종 옆에 생긴 잡초도 제거해 주며 정성껏 돌보기 시작했다. 학교
에 출근하면 매일 아침 습관처럼 밭에 가서 작물을 관찰하고 물도 주었으
며 퇴근할 때도 꼭 한 번씩 들려서 '안녕. 잘 있어~' 하며 헤어지는 인사를
하기도 하였다. 혹여나 학교에 출근하지 않는 주말에 비바람이 많이 불면
작물이 상하지 않을까 한참 동안 혼자서 걱정하기도 하였다. 이러한 정성
때문인지 어느덧 씨앗은 발아하여 싹이 났고 모종도 무럭무럭 자라 2달
만에 처음으로 내가 재배한 상추를 맛보게 되었다. 잎이 상하거나 줄기가
부러지지 않도록 정성을 다해 하나씩 천천히 수확했는데, 이는 마치 갓난
아기를 처음 목욕시키는 것처럼 조심스러웠다. 생전 처음으로 직접 재배
한 상추의 맛은 그 어느 진수성찬보다 맛있었다. 그리고 상추는 계속 자라
서 수확은 한 학기 내내 이어졌고, 결국 학교의 모든 선생님께 한 번씩 나
눠드릴 만큼 풍성하게 수확할 수 있었다.

우리가 가꾼 작은 정원

상추 텃밭

내 생애 첫 상추 수확

농생명 수업은 외부 강사의 도움도 컸다. 고교학점제 예산으로 강사를 채용하였는데 강사분은 취미로 농업을 시작하여 전문 농업인이 되신 분이셨다. 나는 강사분과 충분히 농생명 수업 방향을 협의하고 학생들에게 흥미 있는 수업을 진행하고자 하였다. 강사분은 전문지식을 바탕으로 학생들과 다육 화분 만들기, 떡으로 구성한 팜파티 등 다양한 활동을 쉽고 재미있게 진행해 주셨다. 전문가가 아니면 알기 어려운 지식과 기술을 우리에게 알려주셨고 다채로운 수업을 진행할 수 있었다. 한 번은 강사분의 말씀을 듣지 않고 내 마음대로 당근을 심은 적이 있는데 수확해 보니 생전 처음 보는 모양이어서 우리 모두 배꼽을 잡고 웃은 적도 있었다.

다육 화분 만들기 수업

떡으로 구성한 팜파티

돌연변이 당근(?)

장수풍뎅이도 매일 먹이를 주며 정성껏 길러 보았고 장수풍뎅이가 알을 낳는 것도 관찰할 수 있었다. 버섯도 재배하여 요리에 넣어서 먹기도 하고 고구마도 재배하여 오븐에 구워서 전교생에게 나눠주기도 하였다. 또한 산림 자원 수업에서는 목재를 이용해 접시를 만들어 가정에서 사용할 수 있도록 하였다. 특히 희성이는 집에서 아버지와 함께 텃밭을 가꾸는 학생이었는데 밭 고르기부터 해서 씨앗 심기, 모종 심기, 상추 수확하기 등 모든 활동에 적극적일 뿐만 아니라 작업의 결과도 매우 좋았다. 그리고 무엇보다 농생명 시간에 항상 밝은 표정으로 참여하여 뜨거운 태양 아래 지쳐 있는 우리 모두에게 큰 힘을 주었다. 장래 희망을 물어보니 나중에 아버지와 농사를 짓는 것이 꿈이라고 했는데 앞으로도 농업과 관련된 진로를 잘 준비해서 꼭 그 꿈을 이루었으면 하는 바람이 있다.

농생명 수업을 처음 시작할 때 걱정이 많았고 막막했다. 하지만 씨앗이 발아하여 상추가 되고, 고구마 줄기에 고구마가 붙어 있는 모습을 보면서 자연의 경이로움을 느낄 수 있었다. 그리고 무엇이든 처음 시작하는 것에는 두려움과 걱정이 있게 마련이지만 한 번 도전해 보고 끊임없이 노력한다면 그 어떤 교육과정도 우리 학생들에게 가르칠 수 있다는 확신을 갖게 되었다. 무더위에 지치기도 하고, 비 온 뒤 진흙탕에서 신발이 젖기도 하였지만 학생들과 즐겁게 수업을 만들어 갔다. 맛있는 음식을 만들어 먹으며 행복했고, 자기가 심은 작물을 수확하며 기쁜 마음으로 기념 촬영도 하였다. 그리고 시간이 지날수록 농생명 수업 시간이 짧다고 느낄 정도로 하고 싶은 활동이 많아졌다.

농생명 수업은 나에게 새로운 도전이었다. 그리고 처음 도전한 농생명 수업이었지만 끊임없이 연구하고 지역사회 강사와 협력하여 학생들의 수준에 맞는 재미있고 다채로운 수업을 진행할 수 있었다. 고교학점제가 도입되고 전문교과가 편성되면서 전문교과 수업을 맡는 선생님들은 많은 두려움과 걱정을 느낀다고 한다. 하지만 전문교과도 누구나 즐겁고 유익하게 진행할 수 있다고 확신한다. 특히 농생명 수업은 꼭 운영해 보라고 자신 있게 권하고 싶다.

● 박정찬 선생님의 따뜻한 한마디 ●

1. '혼자 가면 빨리 가고, 함께 가면 멀리 간다'는 말이 있습니다. 교사들이 학생들을 중심으로 그간 축적해 온 좌충우돌 시행착오와 더불어 다양한 지도 사례를 공유하는 것만으로도 자연스럽게 연구하는 학교문화가 만들어집니다.
2. 지역의 정보를 고려하고 외부 강사를 이용한 협력 교수는 교사에게는 전문교과에 대한 다양한 정보 습득에 도움을 줍니다. 또한, 학생에게 흥미롭고 전문적인 교육활동을 제공할 수 있으므로 지역의 교육 자원인 강사 인력풀을 십분 활용할 필요가 있습니다.

3. "선생님! 좀 기다려 주세요" ♡ 김경림

    대다수의 교사가 설렘으로 가득하거나 걱정이 넘치는 기다림으로 학생들과의 새 학기를 맞이한다. 나에게 이번 새 학기는 설렘보다는 걱정 넘치는 기다림이라는 말이 더 어울린다. 그래도 나는 누구보다 성실하고 학생들에 대한 열정으로 가득 찬 특수교사이기에 이러한 걱정이 별로 대수롭지 않다.

    드디어 개학일! 긴 추위 속 적막이 가득했던 행복길이 왁자지껄하다. 어젯밤까지만 하더라도 별로 대수롭지 않은 척 연기했던 나의 심장이 두근거리는 순간이다. 통학버스에서 학생들이 하나둘 내리기 시작했고 우리 반 학생들이 보이기 시작했다. 최대한 자연스럽고 밝은 표정으로 학생들의 이름을 부르며 인사를 한 후 동료 교사와 함께 교실로 학생들과 이동하던 찰나, 나의 심장을 두근거리게 만드는 그 학생, 라온이가 보이지 않는다.

    동료 교사의 인솔에 따라 다른 학생들이 잘 이동한 것을 확인하고 나는 통학버스에 다시 올라서서 라온이를 찾기 시작한다. 그곳에서 여전히 겨울잠에 빠져 있는 라온이를 보고 반가운 마음에 "라온아!"라고 불러본다. 하지만 미동이 전혀 없다. 라온이에게 '학교', '선생님'이라는 존재는 아직 가벼움 그 자체이다. 오늘은 일단 개학 첫날이었기에 라온이를 일으켜 세우고 교실로 쉽지 않은 이동을 한다.

그렇게 우여곡절 끝에 하루를 무사히 마무리한 후, 바로 라온이의 부모님과 상담을 진행한다. 조금이라도 빨리 라온이에 대해 파악해야 내일을 준비할 수 있을 것만 같았다. 부모님과의 상담에서 라온이가 잠에 취해 있는 이유가 신경안정제 복용과 겨우내 바뀌어 버린 생활 습관이 복합적으로 작용하였다는 것을 알게 되었다. 신경안정제 복용은 의사의 임상학적 소견 없이 함부로 조절할 수 없는 부분이기에 생활 습관 개선에 대한 가정에서의 역할에 대해 요청을 드렸다. 또 라온이의 긍정적인 변화를 위하여 함께 힘써 주시기를 당부드린 후 상담을 마무리하였다. 이제 나머지는 학교에서 헤쳐 나가야 할 나의 숙제이다.

라온이의 행동에 긍정적인 변화를 끌어내기 위하여 동료 교사들과 머리를 맞대고 계획을 수립한다. 먼저 목표 행동을 '잠에서 깨어 버스에서 내리기'로 설정하고 라온이가 좋아하는 강화물을 무기로 내일을 맞이하고자 한다.

드디어 개학 이틀째 아침이 밝았다. 매일의 아침과 같은 시각, 같은 장소로 통학버스가 들어오고 학생들이 내리기 시작한다. 오늘도 어김없이 우리 라온이는 자신의 자리를 따뜻하게 데우는 중이다. 하지만 놀라운 변화는 눈을 뜨고 나를 쳐다보고 있다는 것이다. 어제 상담에서 부모님께 요청했던 내용이 라온이에게 잘 전달된 것으로 보인다. 이제 정말 나의 역할이 중요한 시점이다.

먼저 어제 동료 교사들과 이야기 나누었던 '하이파이브' 작전을 실행한다. '하이파이브'는 상황에 대한 칭찬, 아침 인사, 건강 자극 등 다양한 의미로 라온이에게 주는 나의 사랑의 선물이다. '하이파이브' 작전에 라온이가 흔쾌히 손을 내밀어 준다. 무언가 성공할 것 같은 좋은 기운에 힘차게 하이파이브를 하고 라온이에게 일어나자고 독촉해 보지만 미동이 있지는 않다. 다행히도 나의 예상 범위 안에 있던 결과라 다음 작전으로 자연스럽게 넘어간다.

다음 작전은 '기다려 주기'이다. 라온이에게 상황에 대해 잘 설명하고 통학버스에 라온이만을 남긴 채 멀찌감치에서 관찰하며 기다린다. 그렇게 5분이 지나자 라온이가 나를 부르는 소리가 들린다. 나는 작전 성공의 기대에 버스 위로 올라간다. 하지만 '저 내릴게요.'라는 신호가 아니라 '선생님 어디 있어요?'라는 것임을 라온이의 표정을 보고 알 수 있었다. 허탈함을 뒤로한 채 다시 기다리기 시작한다. 10분이 지나는 시점에서 조금 전과 똑같은 상황이 반복된다. 내가 원하는 반응이 아님을 알지만 그래도 한 가닥 기대를 안고 버스 안으로 올라가 본다. 나를 빤히 쳐다만 보는 라온이의 표정에서 양치기 소년의 모습이 보인다.

오늘을 위해 준비한 마지막 작전이다. 마지막은 학부모님과 상담에서 알게 된 라온이가 가장 좋아하는 음식 강화물 제공 작전이다. 행동 중재에 있어 다른 강화물에 비하여 음식 강화물을 제공하는 것이 상대적으로 부정적인 인식이 강한 것은 사실이다. 하지만 나는 학생의 효율적인 행동 중재를 위하여 특별히 강화물 선택에 제한을 두지는 않는 편이다. 라온이에게 좋아하는 음식 강화물을 조금씩 잘게 나누어 제공하였다. 라온이의 눈동자가 휘둥그레진다. 마치 '선생님이 왜 갑자기 나에게 잘해 주시는 거지?'라고 생각하는 표정이다. 강화물은 바람직한 행동의 증가를 위하여 주로 사용하기에 라온이의 바람직한 행동인 '잠에서 깨어 있기'(비록 바로 버스에서 내리지는 않았지만)를 충분히 칭찬하며 함께 강화물을 제공한다. 강화물 제공과 함께 라온이가 반응한다. 나는 이때다 싶어 강화물과 함께 라온이에게 버스에서 내리기를 요청하였고 결국 한 걸음 두 걸음 라온이의 발걸음이 움직이기 시작했다.

'한 아이를 키우려면 온 마을이 필요하다.'
아프리카 속담으로 알려진 이 말에는 학생을 올바르게 성장하도록 하기 위해서는 가정, 학교 모두가 한뜻으로 관심과 애정을 갖고 보살펴야 한다는 뜻이 담겨 있다. 새 학기가 시작되면서 라온이의 안정적인 학교생활을 돕고자 망설임 없이 진행하였던 학부모 상담, 동료 교사들과의 협의는 라온이의 행동 변화에 매우 성공적으로 작용하였다. 교육공동체 모두가 각자의 자리에서 역할을 충실히 할 때 비로소 학생의 성장이 이루어질 수 있음을 다시 한번 확인하는 시간이다.

요즈음의 라온이는 통학버스가 학교에 정차하면 자연스럽게 눈을 뜬다. 그리고 선생님을 찾는다. 정확히 말하면 선생님보다는 다른 무언가일지도 모른다. 하지만 목표로 하였던 행동들에서 보여지는 자그마한 변화들이 라온이의 미래를 더욱 밝게 비추고 있다.

에필로그: 라온이의 이야기
우리 선생님은 이상하다. 밤에 잘 못 자고 약을 먹어서 너무 피곤한데 자꾸만 버스에서 내리라고 하신다. 조금 더 쉬었다가 내리고 싶은데 왜 개학일 아침부터 극성이신지 모르겠다. 갑자기 오늘은 하이파이브를 하자고 하신다. 마지못해 손을 내어 드렸지만, 손바닥만 따갑고 별로 좋지도 않은

데 선생님은 계속 웃으며 하이파이브를 하신다. 잠이 확 달아난다. 조금만 기다려 주시면 버스에서 잘 내릴 텐데 왜 저러시는 건지….

"선생님 좀 기다려 주세요."

오늘은 갑자기 숨바꼭질하시는지 나만 두고 버스 밖으로 가버리신다. 평소에도 혼자 있는 게 정말 싫고 무서운데 나만 두고 가버리시면 나는 어쩌란 말이지? 5분이 지나도 선생님이 오시지 않는다. 무서워서 소리를 지르니 선생님이 나타난다. 소리 지르면 나타나는 선생님이신가? 도무지 알 수 없다. 그래도 내가 무서울까 봐 가까이 계시나 보다.

드디어 선생님이 엄마에게 내가 좋아하는 간식이 무엇인지 들으셨나 보다. 갑자기 간식을 주신다. 잠 안 자고 잘 있었을 뿐인데 간식을 주시네? 또 갑자기 간식을 주시며 내리자고 한다. 한번 내려 봐야겠다. 역시 간식을 주셨다. 나에게 간식을 주시는 것을 보니 엄마처럼 나를 좋아하시나 보다.

1. 교사와 학부모 간 적극적인 소통이 중요합니다. 학생 행동 관찰일지 또는 일상적인 모습 등을 주제로 자연스럽게 이야기를 나누어 보면 어떨까요?
2. 동료 교사와의 협력이 중요합니다. 학생의 생활지도뿐만 아니라 다양한 교육활동에서 고민이 있을 때 망설이지 말고 도움을 요청하세요.
3. 계획적인 강화물 사용이 중요합니다. 강화물 제공은 올바른 행동과 강하게 연결되어 즉시 제공되어야 하고 학생에게 희소가치가 있어 만족감을 줄 수 있어야 합니다.

4. 꿈의 날개를 단 작업복 ♡ 정동호

2024년 1월, 3학년 1학기 고교학점제 수강 신청을 앞두고 수현이 어머니께서 전화를 주셨다. 우리는 2학년 2학기 교외 현장실습에서 있었던 수현이의 이야기를 나누며 상담했다.

"작년 현장실습에서 수현이가 힘들어했던 것 기억나시죠?"
"네, 그때 걱정이 많았어요." 어머니의 목소리에서 아직도 걱정이 느껴졌다. "우리 수현이가 자기 뜻대로만 하려고 해서 걱정이에요."
"맞아요. 수현이는 그날의 기분이나 감정이 작업 과제에 영향을 주었어요. 특히 자신이 하고 싶은 행동을 제지했을 때 도전 행동이 나타났거든요."

새 학기 새로운 수업 환경을 맞이한 수현이에게 작년 교외 현장실습은 큰 도전이었다. 교사 2명이 학생 6명을 지도하는 상황에서 한 명의 교사가 수현이를 집중적으로 지도하는 동안 다른 한 명의 교사는 나머지 학생들을 돌봐야 했다. 수현이는 전반적인 지도가 필요했지만 다른 학생들도 도움을 요청하고 있어 충분한 지도를 제공하기 어려웠다. 이러한 환경에서 안전상의 위험도 항상 도사리고 있었다. 수현이의 갑작스러운 행동 때문에 다른 학생들이나 자신이 다칠 위험이 있었기 때문이다.

올해는 작년 학습 중심 현장실습 평가로 개선 방안을 마련하고 수현이에게 적합한 환경을 제공할 수 있었다. 교육적 지원이 많이 필요한 학생들은 지도 교사 한 명당 두 명의 학생만을 지도하도록 했다. 친밀감이 형성된 내가 직접 수현이를 지도하게 되어 심리적으로 안정감을 줄 수 있었다.

교외 현장실습 초반 수현이의 작업 지속 시간이 짧다는 것을 알게 되었다. 조금만 어려운 과제를 만나면 엎드려 자고 싶어 했다. '어려워.'라고 말하는 수현이의 무언의 표현이었다. 나는 수현이가 더 적극적으로 참여하는 방법을 고민하기 시작했다. 문제의 원인을 찾기 위해 행동을 관찰하고 기록했다. 함께 지도할 학생이 장기 결석을 하게 되면서 수현이의 행동을 더 집중적으로 관찰할 수 있게 되었고 일화 기록을 적용해 보기로 했다. 일화 기록은 사건이나 행동을 기록하는 방법으로 행동 경향을 분석하는 데 유용한 관찰기록 방법이다.

수현이의 참여도를 높이기 위해 세 가지 전략을 적용했다. 첫 번째 전략은 타이머를 활용하는 것이었다. 수현이가 어려운 과제에 부딪혔을 때 타이머로 스트레스를 줄여주었다. 타이머의 빨간색이 사라지는 동안 수현이는 작업을 마치고 쉴 수 있는 보상 시간을 기대하게 되었다. 가끔 타이머를 조작하려 할 때마다 "수현아! 장난치면 안 돼요!"라고 말하며 타이머를 원래 시간으로 맞추었다. 다행히 친밀감이 형성된 덕분에 내 말을 잘 따랐다. 그 결과 10분이었던 작업 지속 시간이 20분으로 늘어나는 성장을 보였다.

두 번째 전략은 수현이가 흥미를 느끼는 과제를 제공하는 것이었다. 현장실습 중반에 접어들면서 수현이는 눈에 띄게 달라졌다. 학기 초에는 과제 수행 능력이 부족했지만 수준에 맞추어 조금씩 지원하니 개선되었다.

특히 수현이가 좋아하는 과제를 수행할 때는 상동행동과 상동언어의 빈도가 현저히 줄어들었다. 수현이가 좋아하는 과제를 수행할 때 적극적으로 작업에 임하는 모습을 보였다. 수현이의 변화를 보며 동기를 부여할 수 있는 과제가 얼마나 중요한지를 깨닫게 되었다.

세 번째 전략은 칭찬과 지지를 아끼지 않는 것이었다. 항상 수현이가 좋아하는 과제만 할 수는 없었다. 칭찬하고 응원하며 조금씩 기다려 주었더니 자신만의 방법으로 어려운 작업도 수행하게 되었다. 놀랍게도 지금은 처음에 어려워하던 작업을 가장 신속하고 정확하게 완수한다.

이 세 가지 전략을 통해 수현이는 교외 현장실습에 잘 적응하며 긍정적인 성장을 보여주고 있다. 요즘은 매주 목요일 현장실습을 기대하고 작업복을 입는 것을 즐긴다. 교외 현장실습으로 수현이는 긍정적인 자신감을 얻고 자존감을 회복하였다. 게다가 좋아하는 작업 과제를 실습하면서 조립 직무에 대한 흥미도 생겼다.

이번 교외 현장실습은 수현이에게 맞는 진로교육 방법과 앞으로의 진로 선택에 필요한 정보를 얻을 수 있었다. 작년과는 완전히 다른 모습으로 성장한 수현이를 보며 개별화된 접근과 지속적인 지원의 중요성을 다시 한 번 깨닫게 되었다.

1. 일화 기록을 활용합니다. 일화 기록은 특정한 사건이나 행동을 시간 순서에 따라 자세히 기록하는 방법입니다. 학생이 직무 과제를 수행하기 싫어할 때의 행동 경향을 분석하여 지원할 수 있습니다.
2. 타이머를 활용합니다. 어렵거나 하기 싫어하는 과제에 직면했을 때 시간을 명확하게 제시하여 과제 완수에 도움을 줍니다. 또한 과제 완수에 대한 성취감을 제공하여 동기 부여가 되고 작업의 효율성도 높일 수 있습니다.

5. 카미봇과 함께하는 미래교육 ♡   안정웅

2024 중학교 자유학기제는 장애 특성과 자기 이해 기반 진로 탐색 및 진로 설계를 위한 다양한 진로체험 제공과 안정적인 학교급 전환 및 고교 생활 준비 등을 위한 진로연계교육이다. 자유학기제 활동 중 주제선택활동으로 에듀테크 관련 코딩로봇 중 크기가 큰 카미봇으로 정했다. 이유는 2022년부터 2년 동안 코딩로봇 수업을 오조봇으로 교육했으나 카미봇이 오조봇보다 다양한 교육적 경험을 할 수 있었고, 안성미래교육협력지구 사업인 메이커융합교육 지원 예산으로 학생들에게 4차 산업혁명에 요구되는 정보력과 소프트웨어 제작과 활용역량 강화 및 융합적 사고력과 실생활 문제해결력을 향상하기 위해서 선정했다.

카미봇의 특징은 종이 캐릭터와 로봇을 결합한 것으로 학생들이 좋아하는 다양한 캐릭터의 모습으로 변신을 제공하며 기존 코딩 및 AI 교구가 가지고 있는 기본적인 특징 이외에 펜으로 그림을 그릴 수 있는 홀과, 로봇 상판이 회전하는 특징이 있다. 특히, 이 상판이 회전하는 것은 카메라 등 다양한 장치를 달 수 있어서 엄청난 재미와 퍼포먼스를 제공한다.

흥미로운 카미봇 기본 사용법에 대해 살펴보면,
첫 번째로 우리 학생들이 순차·반복할 수 있도록 로코콘(Rococon) 리

모컨이나 핸드폰에서 이용할 수 있는 카미봇 리모콘 앱, 각종 맵보드 등을 이용하여 교수학습 활동의 접근성이 매우 좋다.

두 번째로 카미블록3.0, 엔트리, 파이블록 AI(PiBlock AI) 등 조건, 변수 등(PC 연결 시에는 동글 필요) 이용하여 코딩의 개념과 사용방법을 이해 하는 시간을 보내며 획일적인 답이 아닌 다양한 답을 생각할 수 있는 창의 적 수업을 할 수 있는 기회를 제공한다.

세 번째로 인공지능(동글 + 웹캠 필요), 엔트리 및 파이블록 AI(PiBlock AI)를 이용하여 중도중복 학생들이 수업 활동에서 직면하는 다양한 이미 지나 물체를 웹캠으로 인식하여 문제해결을 할 수 있는 기회를 제공한다.

교육과정 적용사례를 살펴보면,
첫 번째로 리모콘을 사용하여 직접적인 방향성(직진, 후진, 우측, 좌측) 을 조정하여 탁구공을 상대편 골대에 넣는 축구하기, 볼링핀 넘어뜨리기, 장애물 달리기, 자석낚시, 라인트래싱, 손 따라가기 모드, 자원전쟁 등으 로 수업을 진행하였다.

두 번째로 테블릿 PC를 이용하여 카미카드, 카미블록3.0, 파이블록 AI 등 코딩프로그램을 이용하여 미로 탈출, 컬링, 반복 그림 그리기, 보물찾 기 등으로 수업을 진행하였다.

세 번째로 파이블록 AI(PiBlock AI) 프로그램을 이용하여 서울에서 제주 까지 이동하는 카미봇, 도형을 그리는 카미봇, 작품 속의 닮은 인물을 말 해주는 카미봇, 동물화석과 식물화석을 분류해 주는 수업을 진행하였다.

카미봇 교육과정을 진행하는 과정에서 제일 중요하고 어려운 것은 소프트웨어를 설치하는 과정이다. 학생들이 순서대로 선생님을 따라서 설치하지만 이해하고 설치하는 학생이 많지 않아 학생들에게 흥미를 주기 위해 O/X 게임을 진행하였다. 진행 방법은 "카미블록3.0은 스마트 패드에서 사용하는 앱일까요? 맞으면 'O', 틀리면 'X'를 표시하여 들어주세요."

정답을 맞힌 학생에게는 칭찬 점수 3점을 주는 방법으로 학생들의 관심을 이끌어 내는 방법을 사용하였다.

초기에는 카미봇 환경설정 수업이 학생들에게 가장 흥미가 없고 집중력이 떨어지는 수업이 있으나 조금 더 학생이 이해하기 쉽게 맞춤형 방법을 생각하여 지도하였으며 중학교 학생들이 카미봇 코딩로봇과 함께 즐겁게 에듀테크 교육을 배우고 익혀가는 미래 교육을 통해, 학생이 성장하는 기회가 되었다고 생각한다.

또한 다양하고 체계적인 교육 콘텐츠 경험을 통하여 진로 탐색 프로그램 발굴 및 운영의 능력을 기르는 목적을 가지고 수업을 진행하고 늘 학생들과 함께하는 수업 시간을 귀하게 여기고 초심을 잊지 않고, 고민하는 교사가 되기를 희망한다.

1. 학생 참여를 유도하는 게임으로 활용합니다. 소프트웨어 설치와 같은 어려운 과정을 학생들이 쉽게 이해시키기 위해 'O/X 게임'과 같은 게임을 활용합니다. 정답을 맞힌 학생에게 칭찬 점수를 주어 경쟁심을 유도하면 더욱더 효과적입니다.

2. 카미봇을 활용한 수업에서 학생들이 흥미를 느낄 수 있도록 다양한 프로젝트 주제를 설정합니다. 실생활이 연관된 주제를 통해 학생들이 문제해결력과 창의성을 발휘할 수 있도록 기회를 제공합니다. 이렇게 하면 학습의 재미를 더하고, 학생들의 참여도를 높일 수 있습니다.

6. 대화로 그리는 내비게이션 ♡

김찬미

매일 아침 교실에 들어서면 나는 학생들과 함께 새로운 도전과 가능성의 세계로 발을 내디딘다. 요즘 특수교사로서 내가 하는 일의 핵심은 바로 대화이다. 이 대화는 단지 말로 이루어지는 것이 아니라 학생들의 몸짓, 표정, 그리고 그들의 관심사를 이해하는 과정까지 모두 포함된다. 이 모든 것이 학생들이 자신의 꿈을 찾고 그 꿈을 개척할 수 있도록 돕는 중요한 밑거름이 된다.

나와 함께 하는 학생들은 종종 일상적인 의사소통에 어려움을 겪는다. 이런 학생들에게 대화로 그리는 내비게이션은 새로운 세상을 열어주는 열쇠와도 같다. 그러나 자신만의 세상을 가지고 있고 그 세상에 푹 빠져 있는 학생들과 소통하는 것은 쉽지 않은 일임을 안다.

흰 쌀밥과 김칫국을 좋아하는 혜림이는 의사소통이 잘되지 않아 활동의 거부 의사나 자신의 감정을 표현하는 것에 어려움이 있어 도전 행동을 자주 보였다. 나는 혜림이와 매일 비연속 개별 시도 훈련(Discrete Trial Teaching, DTT)을 했다. 학습 기초 기술인 눈 맞춤 유지하기, 주의 집중, 지시 따르기, 착석, 기다리기, 모방 등을 교육했고 더불어 혜림이의 필요에 따른 다양한 행동 기술과 의사소통 기술을 지도했다. 등교 후 15~20분

정도 집중 시행을 하여 기술을 빠르게 익히게 하고 쉬는 시간마다 분산 시행을 하여 일반화가 되도록 하였다.

혜림이가 좋아하는 과자를 준비하고 성공할 때마다 칭찬과 함께 보상을 했다. 처음에는 책상을 사이에 두고 마주 앉아 무언가를 하려고 하면 무조건 거부하거나 기다리지 못하고 과자를 달라고 화를 내거나 과자를 찾아 책상을 다 뒤집어엎는 등 도전 행동을 보이기도 했다. 그러나 회기가 거듭될수록 혜림이는 바른 자세로 앉아 반짝이는 눈으로 나를 기다리고 빨리하라고 내 손을 끌어당기기도 하며 단둘이 만나는 시간을 즐거워했다. 그로 인해 의사소통의 시도가 늘어나고 수업에 참여하는 태도도 크게 향상되었다.

의사소통판은 혜림이와의 대화에서 빼놓을 수 없는 도구였다. 언어적 표현에 어려움을 겪기 때문에 의사소통판을 통해 혜림이의 생각과 필요를 표현하도록 연습하였다. 다양한 그림과 아이콘을 포함한 의사소통판은 자신의 의사를 명확하게 전달하는 데 도움이 되었다. 그리고 의사소통판을 통해 자신의 감정을 표현하는 법을 배웠다. 나는 혜림이의 반응에 대해 긍정적인 피드백을 주며 자신의 감정을 표현하는 것을 격려했다.

기쁨, 슬픔, 화남 등의 아이콘을 사용하여 더 이상 자신의 감정을 억누르지 않고 자유롭게 표현하는 혜림이의 모습을 보면서 학생의 성장 가능성을 깨닫고 큰 성취감을 느꼈다. 이러한 도구는 학생들에게 단순히 소통의 수단을 제공하는 것을 넘어 자신을 이해하고 타인에게 자신의 상태를 전달하는 능력을 키워준다.

대화는 단지 소통에 그치지 않는다. 나는 학생들과의 대화를 통해 그들의 관심사와 강점을 파악하고 그들이 자신만의 길을 찾아갈 수 있도록 돕는다. 이 과정에서 가장 중요한 것은 학생들의 목소리를 듣는 것이다. 비록 말을 통해 자신의 생각을 표현하지 못하더라도 그들의 행동과 반응을 통해 많은 것을 알 수 있다. 나는 학생들과의 상호작용을 통해 그들의 흥미와 재능을 발견하고 그것을 바탕으로 그들이 꿈을 실현할 수 있는 방법을 모색한다. 그리고 보호자와의 지속적인 대화를 통해 학생들 스스로의 가능성을 믿고 그 가능성을 최대한 발휘할 수 있는 환경을 만들도록 노력한다. 보호자와의 신뢰를 바탕으로 한 소통은 학생들이 자신의 꿈을 향해 나아갈 수 있는 중요한 길잡이가 된다.

어느 날 복도를 지나가며 "기…김… 김찬미 선생님, 저 땀 많이… 많이 흘렸어요."라고 말하며 활짝 웃는 전공과 학생인 진수를 만났다. 나는 사실 깜짝 놀랐다. 잘 표현하지 않는 진수가 나를 불러 세워 말을 하다니. 진수는 얼굴과 머리가 땀으로 범벅이었다. 땀을 많이 흘린 것을 자랑하는 것이 아니라 이렇게 열심히 운동을 한 자신을 칭찬해 달라는 메시지였다. 나는 진수의 화법을 안다. 자신감이 없고 소극적이었던 중학교 3학년 진수와 끊임없이 소통하려고 노력했다. 작은 일에도 크게 칭찬하며 자신감을 심어 주었다. 많은 선생님들의 관심과 사랑을 받은 진수는 이제 자신을 표현할 줄 아는 자존감 높은 청년이 되었다.

학생들과의 대화를 통해 꿈을 찾는 여정은 결코 쉽지 않다. 그러나 그들이 작은 성취를 이룰 때마다 그들의 눈에서 빛나는 희망을 본다. 그 희망은 그들이 자신의 길을 개척하고 세상에 긍정적인 영향을 미칠 수 있는 힘이 됨을 안다. 나는 그들과 함께 이 길을 걸으며 그들의 가능성을 믿고 지지하고 응원할 것이다.

> ### • 김찬미 선생님의 따뜻한 한마디 •
>
> 1. 학생들의 말소리뿐 아니라 몸짓, 표정 하나하나에 관심을 갖고 귀 기울입니다. 자신의 세계를 보여주며 소통하려는 학생들의 마음의 소리를 들을 수 있습니다.
> 2. 비언어적 표현을 적극 활용합니다. 학생이 의사 표현에 어려움을 겪고 있을 때는 비언어적 소통을 활용합니다. 몸짓, 표정, 그림 등을 통해 의사소통을 시도하면 학생이 더 편안하게 자신의 생각이나 감정을 표현할 수 있도록 도와줄 수 있습니다. 예를 들어, 감정 카드나 그림을 사용해 학생이 느끼는 감정을 선택하게 할 수 있습니다.

7. 교육과정에서 꿈 찾기 ♡︎　　　　　　　안정웅

나는 24년 차 특수교사다. 지금도 다양한 특성이 있는 장애학생들과의 수업은 늘 어렵지만 초심을 잊지 않고 책임을 다하여 학생을 지도하고 있다. 하지만, 세상이 변하듯이 교육환경도 변하였고 이러한 변화를 따라가는 것이 가끔은 버겁게만 느껴진다.

"선생님 오늘은 어떤 활동을 하나요?" 자유학기제를 시작하면서부터 등교할 때마다 우리 학급 부회장 학생이 설레는 표정으로 나에게 하는 말이다.

우리 학교는 2016년부터 지금까지 7년째 특수학교 자유학기제 프로그램을 진행하고 있었고 2022년부터 2024년까지 중학교 1학년 담임을 맡으면서 학생들과 함께 자유학년제, 자유학기제 교육과정을 운영하였으며 다양한 교육과정의 변화와 흐름 속에 갈 길을 몰라 헤맬 때 자유학기제는 새로운 교육과정으로 학생들과 소중한 추억을 쌓을 수 있을 것 같아 나를 설레게 하였다.

특수학교 자유학기제는 다양한 체험활동과 진로 탐색 기회를 통해 학생들의 적성과 소질을 발견하고, 전인적 성장을 돕는 제도이다. 자유학기제는 2013년 처음 도입되어 2016년 모든 중학교에서 실시되었고 중학교의

3년 과정 중 한 학기 또는 두 학기를 선택해 실시한다. 또한, 자유학기제는 주제선택활동, 동아리 활동, 예술·체육활동, 진로 탐색 활동 등 총 4개의 영역으로 구성되어 있어 학교의 상황에 맞게 적절한 시간을 편성하여 교육과정을 운영하게 되어있다.

일반학교의 자유학기제는 강의식·암기식 수업을 줄이고 토론·문제해결·프로젝트 학습 등 학생 참여형 수업을 진행하거나 한 학기 동안 시험을 보지 않는 것이 특징이다.

특수학교 자유학기제는 학생들에게 다양한 진로 탐색 기회를 제공하고 체험활동 위주로 편성하는 점이 일반학교의 자유학기제와는 조금 다른 점이다. 나는 자유학기제가 학생들과의 소통을 강화하고 다채로운 교육과정 운영을 시도할 수 있는 방식이 마음에 들었고 나의 가슴을 설레게 하였다. 하지만 설렘도 잠시, 눈앞에 놓인 자유학기제 운영은 고민의 연속이었다. 우리 학생들이 어떤 진로 분야에 흥미가 있는지, 그동안 학교에서 체험하지 못한 진로 활동이 있는지 고민하게 되었고 나는 여러 가지 다양한 체험과 진로 탐색 활동을 계획하였다.

먼저, 주제 선택 활동에서는 교육과 정보통신기술을 융합한 에듀테크와 관련된 활동을 생각하다가 학생들에게 적합한 활동을 찾아보게 되었다. 에듀테크는 시간과 공간의 제약을 극복하기 위해 정보 기술을 활용하여 교육 콘텐츠를 전달하는 수준에서 벗어나 4차 산업혁명의 핵심 기술인 인공지능(AI)이나 클라우드(cloud), 사물 인터넷(IoT), 모바일(mobile), 빅데이터(big data) 등을 교육에 적극적으로 활용하여 학생들에게 수준별 맞춤형 교육을 제공하고자 만들어진 표현이다.

여러 자료를 찾아보던 중, 국립특수교육원에서 장애학생 맞춤형 디지털 교육을 위해 제작한 메이커 융합 교육을 찾게 되었다. 메이커 융합 교육은 디지털 도구를 활용한 코딩 학습이 이루어질 수 있도록 '카미봇 파이로 만드는 우리 학교'를 제작하였다.

카미봇 파이로 다양한 과제를 리모콘, 언플러그모드, 라인모드, 카미카드, 카미블록, 카미블록 AI를 이용하여 과제를 해결하는 교육과정이 우리 학생들에게 적용할 수 있을 것 같았다.

카미봇 파이는 다양하고 창의적인 활동으로 아이들의 흥미를 유발하고, 자체 교육 커리큘럼을 지원해 단계별 코딩 교육을 할 수 있다. 카미봇 파이는 코딩을 처음 접하는 사람부터 스크래치로 코딩을 접한 사람들 모두 사용할 수 있다. 카미봇 파이를 선택하여 1학기 동안 매주 화요일 3~4교시에 2시간 주제 선택 활동을 운영했다.

두 번째 영역인 동아리 활동은 '1인 1악기 연주' 주제로 3년 전부터 매년 중학교 1학년은 우쿨렐레, 중학교 2학년은 핸드벨 및 터치벨, 3학년은 칼림바를 연주하였다. 학교 행사 시 작은 발표회처럼 공연도 하였고 학생들의 꿈과 끼를 신장하고 밝고 활기찬 문화를 조성하며 학생들의 특기와 기량을 표현할 수 있는 기회를 제공하고 자신감을 가지도록 지도하였다.

동아리 활동 운영은 1학년은 자유학기제 동아리 활동, 2·3학년은 창의적 체험 동아리 활동으로 매주 2시간씩 전문 특수교육 대상 학생 지도를 많이 경험한 외부 강사를 초빙하여 운영하였는데, 전문적인 악기 지도 방법과 특수교사의 전문적 교수학습 방법이 융합하여 아름다운 하모니를 만들어 내었다.

세 번째 영역인 예술·체육활동은 전통 놀이 1시간, 배드민턴 2시간을 편성하였다. 민속놀이는 어린이나 어른들이 다 같이 할 수 있는 것도 있지만 학년이나 성별 등 발달단계를 고려하여 기초가 되는 것부터 단계적으로 지도해야 할 것이 많고 각 지역의 특성을 고려하여 지도되어야 한다. 또한 교육적 목적은 서구화 사조에 밀려 점차 소멸되어 가는 전통문화의 창조적 계승 발전에 이바지할 수 있고 문화 민족의 당당한 주인으로서 긍지와 자부심을 가지게 하며, 향토에 대한 애착과 주민 화합의 정신을 기를 수 있다.

이러한 측면에서 우리 학생들도 민속놀이를 통해 우리 민족을 아끼고 사랑하는 마음을 기르고자 하였다. 배드민턴은 1학년의 자유학기제 예술·체육 활동, 2·3학년은 창의적 체험 중도중복 신체활동과 연계하여 매주 금요일 3~4교시 체육관에서 특수교육 대상 학생 지도를 많이 경험한 외부 강사를 초빙하여 운영하였다.

배드민턴은 학생의 움직임 욕구를 충족시킴으로써 신체활동에 대한 흥미를 유발하여 다양한 스포츠 활동을 학습할 수 있는 기반을 마련하는 기초 단계로서 학생들이 움직임을 배우고 대근육을 강화하며 사회성과 신체 능력을 기를 수 있도록 하였다.

진로 탐색에서는 진로라는 이름에 맞춰 학생들의 요구, 흥미도에 따라 체험을 계획하였다. 자신의 진로뿐 아니라 같은 반 학생들의 꿈을 듣고 체험해 봄으로써 다양한 직업 세계에 대해 생각하는 계기가 되었다. 다양한 체험활동들을 하기 위해 노송나무 향주머니 만들기, 에코백 페인팅하기, 다육화분 페인팅하기, 국화 키링 만들기 등 간단한 공예품 만들기로 총

14차시로 방문형 직업탐색 체험활동 강사님과 함께 다양한 공예체험을 통하여 적성과 흥미를 알아보고 진로 적성을 탐색하며 미래 준비를 위한 역량을 키운다.

우리 동네 한 바퀴는 우리 동네에 있는 공공기관이나 시설을 방문하여 기관의 역할 및 직무를 파악하고 지역사회의 자원을 활동하는 능력을 키우는 목적으로 학기당 2회 이상 교과교육 및 체험형 교육 등을 활동하여 우리 동네 한 바퀴를 실시한다. 학생들과 함께 진행한 우리 동네 한 바퀴에서 마트, 은행, 편의점, 카페 등을 이용하기 전에 학생들과 함께 참여하는 순서 및 현금카드로 물건 구매 등 다양한 일정을 세우고 진행하며 마지막으로 학급으로 안전교육을 통하여 사전에 사고를 예방하고 안전하고 즐거운 활동이 되도록 한다.

자유학기제 운영 경험은 특수교육 학생들에게 맞춤형 교육과 다양한 체험 기회를 제공함으로써 학생들의 적성과 흥미를 발견하는 데 중요한 역할을 했다. 에듀테크 활용, 동아리 활동, 진로 탐색 등을 통해 학생들은 자신감을 키우고 전인적으로 성장할 수 있었다. 이러한 접근은 특수교육의 효과성을 높이며, 학생들이 사회에 적응할 수 있는 기반을 마련하는 데 이바지하였다. 앞으로도 지속적인 연구와 개선을 통해 포괄적이고 효과적인 교육과정을 개발할 필요가 있다.

1. 학생의 흥미를 반영한 체험활동을 계획합니다. 학생들의 흥미와 요구를 고려하여 다양한 체험활동을 계획하는 것이 중요합니다. 각 학생의 적성과 관심사를 파악하고 프로그램을 제공함으로써 자기 주도적인 학습을 촉진할 수 있습니다.

2. 협력 강사를 활용합니다. 외부 전문 강사를 초빙하여 다양한 분야의 활동을 진행하면 학생들에게 새로운 경험을 제공할 수 있습니다. 전문성을 가진 강사가 함께하면 교육의 질이 높아지고 학생들에게 자신감과 흥미를 키울 수 있습니다.

8. 제가 하겠습니다 ♡

장은주

아침 일찍 전공과 학생들이 그동안 갈고닦은 휠마스터 자격 검증 시험을 보러 양주시에 있는 경기북부장애인복지종합센터로 출발했다. 휠마스터는 '발달장애인 보조기기 사후 관리사'의 민간자격이다. 자격을 얻기 위해서는 30분 이내에 수동휠체어 한 대의 분해, 세척, 조립, 소독을 모두 마무리해야 한다.

전공과 졸업생 중 한 명이 은성의료원의 보조기기사업팀에서 휠마스터 보조원으로 근무하게 되었다. 선배 덕분에 전공과 학생들이 휠마스터 자격증 취득에 대하여 관심이 많아졌다. 이에 올해에는 교육과정에 휠마스터자격증 과정을 운영하게 되었다.

우리 학생들이 휠마스터 자격을 취득할 수 있도록 선생님들은 일주일에 한 번 전문적 학습공동체 모임을 한다. 전문적 학습공동체 시간에 휠마스터 시험 과제를 숙달될 때까지 연습한다. 학생들이 어려워하는 부분을 체크하고 무엇이 어려운지, 왜 어려운지, 어떻게 하면 학생들이 잘 습득해서 과제를 수행할 수 있을지 고민하고 여러 가지 방법을 모색한다.

가상현실 체험을 이용해 수동 휠체어 분해, 조립, 세척을 연습하는 교육

활동도 진행하였다. 가상현실 속 캐릭터가 안내하는 대로 순서에 맞게 휠체어를 분해하고, 세척하고, 소독한 후 조립해 본다. 민경이는 친구들과 즐겁게 경쟁하면서 어려움도 잊고 열심히 참여한다. "교장선생님, 저 23분에 끝냈어요." 하며 시간 안에 완성했다고 자신감 넘치는 기쁨의 환호를 지른다. 전문적 학습공동체에서 실력을 갈고닦았던 나도 학생들과 같이 VR 휠마스터에 도전했다. 함께 참여한 전공과 학생들이 한 목소리로 나를 응원해 주었다. 학생들의 응원 덕분일까? 가까스로 30분 안에 성공했다. 다른 사람의 성공을 자신이 성공한 것처럼 기뻐하는 우리 학생들의 모습이 대견스럽다. 선의의 경쟁, 따뜻한 응원, 역시 우리 학교 학생들이 최고다.

스패너, 주먹드라이버, 소켓렌치, 육각렌치, 자석접시, 소독제, 방수앞치마, 스팀청소기 등 휠마스터 자격증 시험을 보기 위해서는 낯선 직무교육 물품들의 이름도 알아야 한다. 앞치마도 아니고 방수앞치마, 드라이버도 아니고 주먹드라이버. 읽기도 어려운 물품의 이름들.

담당 선생님은 슈퍼맨이 되어 휠마스터 용품 이름 익히기 보드게임을 개발하였다. 한 장의 카드에는 크기가 다른 20여 가지의 용품의 사진이 담겨 있다. 한 사람이 카드를 내려놓으면서 카드 속 한 가지 용품 이름을 외친다. 앞사람이 내려놓은 카드 속의 물품과 내 카드 속 물품이 하나라도 같은 물품이 있으면 그 물품 이름을 외치면서 카드를 내려놓는다. 내 손에 카드를 다 내려놓으면 끝난다. 게임을 하다 보면 어느덧 자연스럽게 물품의 이름을 익히게 되고 물품들이 친근하게 느껴진다. 학생들은 즐겁게 놀면서 어려운 물품의 이름을 척척 말한다.

"어때, 나는 휠마스터 직무교육 물품 이름 다 안다. 모르는 것이 있으면 나한테 물어봐." 민경이는 어깨를 으쓱하면서 친구들에게 큰소리친다. 다솔이는 민경이에게 그림카드 한 장을 보이며 카드 한 장에 있는 물품을 하나씩 가리키며 물품의 이름을 물어본다. 민경이는 다솔이가 손가락으로 가리키는 대로 하나씩 보며 큰소리로 "수동휠체어", "스팀청소기", "육! 각! 렌! 치!"라고 말한다. 이번에는 준식이가 다른 그림카드 한 장을 보이며 카드에 있는 물품을 다 말해보라고 한다. 이번에도 민경이는 다 맞추었다. 친구들이 모두 "와, 민경이 멋있다."라며, 민경이를 부러워하면서 손뼉을 쳐 준다. 민경이는 또 한 번 자신감이 '뿜뿜'이다.

민경이는 주먹드라이버를 이용한 시트 분해와 등받이 분해를 거뜬히 한다. 그런데….
"선생님, 앞바퀴가 분해되지 않아요."
스패너 연습을 위해 나무판에서 할 때는 스패너를 사용해서 소켓렌치를 잘 끼우고 풀었다. 실제 휠체어의 앞바퀴를 분해할 때는 완전히 풀어지지 않아 어려워하고 있었다. 선생님은 민경이의 손을 잡고 천천히 돌리는 방법을 알려주었다. 민경이는 몇 번 연습을 해보았지만 영 자신 없는 표정이었다. 다음 시간에 뒷바퀴 분해, 그 다음 시간에 팔걸이 분해…. 쌓여가는 시간만큼 차츰차츰 자신감이 생기는 모양이다. 마침내 민경이는 팔걸이, 앞바퀴, 뒷바퀴 조립은 거뜬히 해내게 되었다.

"내일은 휠마스터 자격증 시험 보러 가지요? 오늘은 시험 전 마지막 연습이에요. 누가 먼저 해 볼까요?"
"제가 하겠습니다."
민경이가 제일 먼저 손을 들었다. 민경이는 몸과 머리가 기억하는 순서대로 휠체어를 분해하고, 세척하고, 조립했다. 다음은 준식이가 "제가 하겠습니다."를 외쳤고, 전공과 학생들이 희망에 찬 목소리로 줄줄이 "제가 하겠습니다."를 외치며 씩씩하게 해내었다. 사랑스러운 우리 학교 학생들, 미래 자신의 꿈을 실현하기 위해 열심히 도전하는 학생들이 멋지다.

"제가 하겠습니다."

자신감 넘치는 학생들의 목소리가 귓가에 맴돈다. 이 에너지로 우리 선생님들은 학생들이 지치지 않도록 자가 발전소를 돌리며 오늘도 학습자료 제작에 여념이 없다.

> ● **장은주 선생님의 따뜻한 한마디** ●
>
> 1. 도블(Dobble) 보드게임은 학생들이 익혀야 할 도구와 장비를 재미있게 배울 수 있는 재미있는 게임입니다. 빠른 반응과 관찰력을 요구하여, 자연스럽게 집중력과 협동심을 기를 수 있습니다.
> 2. 도블 보드게임으로 생활지도에서 긍정적인 경쟁을 통해 서로를 응원하고 격려하는 분위기를 조성할 수 있습니다. 도블 게임을 통해 학생들은 즐거운 경험을 쌓으며, 필요한 기술과 지식을 습득하게 될 것입니다. 함께하는 즐거운 학습이 이루어지길 기대합니다.

9. 오늘의 감정 일기예보는 스마일 ♡   양지선

4년간 고등학교 1학년 담임교사로 가르치고 지도하면서 우리 아이들의 반항적이고 폭력적인 언어, 신체적인 공격의 원인이 무엇일까? 질풍노도 사춘기 시기가 오면서 나타나는 호르몬의 변화일까? 라는 생각이 들었다. 사실, 정서를 적절하게 조절하고 표현하는 것은 어른인 우리에게도 어려운 일이다. 특히나 어릴 때 적절한 정서 경험이 부족할수록 정서를 제대로 배워보지 못하였기에 감정 표현이 서툴 수밖에 없다.

'이렇게 어른도 감정을 조절하고 다루기 힘든데 우리 아이들은 할 수 있을까?'라는 생각을 바탕으로 우리 반 아이들과 소통하는 과정에서 "화가 날 때 어떻게 대처하는지 모르겠어요."라는 공통적인 어려움을 알게 되며 감정 수업의 필요성을 가지고 수업을 해야 하는 이유가 되었다.

그렇다면 중학교에서 고등학교로 올라오면서 환경적으로, 신체적으로 많은 변화를 느끼고 있을 아이들의 공감 능력, 좋은 또래 관계, 긍정적인 자아를 기르기 위한 역량은 무엇인지 생각해 보았다. 일상생활 속에서 감정 문제를 인식하고 그 상황을 이용해 올바른 감정발산법과 표현 기술(Skill)을 배우면 스스로 문제를 해결해 나갈 수 있는 자신감과 긍정적인 마인드(Mind)가 길러지면서 사회 적응 능력이 향상될 것으로 생각했다. 따라서, 아이들에게 감정 표현 기술(Skill)과 긍정적인 마인드(Mind)를 길러 일상생활 속에서 웃으며 살아가기를 바라는 마음으로 앞 글자를 딴 스 · 마 · 일 프로그램이라는 이름을 만들게 되었다.

다음으로 감정과 관련된 수업을 위해 교과 연계를 고민하였다. 처음에는 국어 교과와 연계를 해 볼까? 라는 생각을 했으나, 계속성 있는 수업이 필요하여 주 6시수를 운영하는 진로와 직업 교과에서 자기관리, 대인 관계, 의사소통, 자기결정 등 상황에 맞는 적절한 대화 능력을 키울 수 있도록 수업을 재구성하였다. 또한, 학생들의 수업에 대한 평가 기준은 아래와 같은 성취기준을 참고하여 재구성하여 운영하였다.

교과	핵심 개념	내용	성취기준	평가 준거 성취기준
스·마·일 프로그램	의사 소통	감정 나침반	[12재활03-01] 다른 사람의 의사 표현을 이해하여 바르게 반응한다. [12재활03-02] 자신의 의사를 분명하게 전달한다.	생활 속에서 자기 생각이나 마음을 다양한 방법으로 표현한다.
		소통! 너의 마음 알기	[12재활01-01] 다른 자극과 함께 제시된 감각 자극을 구별한다. [12재활01-02] 감각 자극을 인식하여 상황에 적절하게 대처한다.	감각 자극을 인식하여 상황에 적절하게 대처한다.

학기 초 아이들에게 감정을 물어보면 교사의 말을 따라 하거나 감정 표정 카드를 주면 무지개 색상의 순서대로 나열하는 모습을 보였다. 아이들에게 우선으로 다양한 감정 및 표정을 이해하는 것이 필요했다. 웃는 얼굴, 화난 얼굴, 슬픈 얼굴 3가지 감정 신호등에서부터 점차 감정 표정 카드를 늘려가며 나만의 감정 이모티콘 만들기를 하였다. 이렇게 만든 이모티콘 표를 가지고 매일 "오늘 경아의 기분은 어때?" 또는 좋아하는 캐릭터

인 "루피 캐릭터는 오늘 기분이 어때?"라고 물어보고 이모티콘 표에서 가리키며 말할 수 있도록 지도하였다. 말로 표현하기와 함께 자신의 감정을 시각적으로 인식하고 표현하도록 감정 일기를 쓰면서 자신의 감정을 생각하는 시간을 가졌다. 반복적인 지도를 통하여 어느 날부터 그날의 감정에 따라 달라지는 캐릭터의 표정을 발견하게 되었다. 기분이 좋지 않은 날에는 루피의 눈이 세모가 되어 있다가 기분이 좋아지면 루피의 표정이 웃는 표정으로 바뀌었다.

감정 신호등

감정을 인식하고 이해하는 모습은 생겼으나, 분노 감정을 대처하는 방법을 모르니 손톱으로 신체를 할퀴거나 때려서 자해하는 행동을 하거나 교사를 손톱으로 할퀴거나 꼬집는 등 공격행동을 통하여 감정을 표출하였다. 자신과 다른 사람을 해하는 행동은 안전에 위험할 수 있어서 대처기술을 가르쳐 주어야 했다. 학생의 흥미를 이끌어서 대처기술을 알려 주는 방법은 무엇이 있을까? 생각하다가 좋아하는 루피 캐릭터를 활용하여 "루피 캐릭터가 화가 났을 때 어떻게 하면 좋을까?"라고 질문을 하였고 처음에는 심호흡하기를 가르쳐주었다. 화가 나는 모습을 보일 때에는 의자에 앉아서 심호흡하기를 시범으로 보여주고 따라 할 수 있도록 하였으며, 점차 "10까지 세보자."하고 수 세기, 감정이 좋지 않을 때는 좋아하는 그림 그리기, 동요 듣기 등 방법을 통하여 대처할 수 있는 구체적인 방법을 알려 주었고, 지속해서 볼 수 있도록 책상 근처 사물함에 붙여 놓고 자주 볼 수 있도록 분노 감정을 긍정적 에너지로 전환할 수 있도록 했다.

감정 일기 학습지　　　　　이모티콘 시각 자료　　　　　루피 감정 조절 시각 자료

또한, 화가 나는 감정이 생길 때 무작정 화를 내기보다 잠깐 멈춘 후 화난 감정을 생각하여 대처할 수 있도록 지도하였으며, 친구에게 감정적으로 대할 것 같거나, 대처 방법을 몰라서 도움이 필요한 경우에는 "선생님 도와주세요."라는 말을 할 수 있도록 지도하였다. 우리 반 학생은 학습한 후에 화가 나는 감정이 생길 때 한숨을 크게 쉰 후 잠시 침묵을 하였다가 "선생님 도와주세요!"라고 하며 기분이 나쁜 상황에서 침착하게 도움을 요청하여 대처하려는 모습을 보였으며, 경아도 "선생님 도와주세요.", "선생님 도와줄까?"라는 표현을 하였다.

아이들에게 감정 수업을 시작하면서 수업 시간에만 표현하는 것이 아닌 쉬는 시간, 점심시간 등 자연스러운 상황에서 학습한 감정을 표현할 기회를 제공하고 아이들의 관찰되는 행동을 기록해보니 점차 아이들이 감정 표현이 풍부해지고 표정들이 다양하게 바뀌는 것을 알 수 있었다.

어떤 날에는 경아가 등교하여 "양지선 선생님이랑 경아랑 1박, 2박, 3박 할 거야."라는 표현을 하여 대화 노트를 통하여 "경아 오늘 기분은 어때?"

라고 물어보니 기분이 좋은 이모티콘에 동그라미를 하고 "경아야, 선생님이랑 무엇을 하고 싶어?"라고 하니 "힐링캠프"라는 단어를 쓰는 모습을 보여 "힐링캠프 하고 싶어?"라고 하니 "네."에 동그라미를 하는 모습을 보였다. "힐링캠프에서 선생님이랑 어떤 것 하고 싶어?"라고 하니 "매콤한 떡볶이, 궁중 떡볶이, 텐트 치기"를 쓰는 모습을 보여서 "또 해 보자~"라고 이야기를 하였다. 아마도 1학기에 진로 캠프 때 선생님과 1박 2일을 하면서 보냈던 시간이 좋았던 것 같다.

2학기에 계획된 숙박형 체험학습이 취소되어서 실망감에 감정이 속상하다고 표현하는 모습을 보니 지속해서 감정 수업이 경아에게는 많은 도움이 되었던 것 같다. 어머니와 지속해서 소통하면서 "학교에서 선생님이 경아 마음을 읽어주면 한동안 가정에서도 평화로운 날을 보내요."라는 말을 들었었다. 감정 수업을 하면서 아이들 가까이에서 지도하는 담임교사로서 우리 아이들의 감정이 매일 달라지기도 하고 사실은 감정을 표현하고 싶지만, 몰라서 서로가 답답했던 것이 아닐까? 생각이 들었다. 오늘도 우리 아이들의 감정에 조금 더 관심을 가지고 들여보면서 아이들의 이야기에 경청해 주어야 할 것 같다.

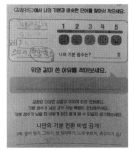

감정 5점 척도 학습지   대화 노트

> ### • 양지선 선생님의 따뜻한 한마디 •
>
> 1. 학생 스크립트, 파워카드, 감정 표정 의사소통판 등을 코팅 후 찍찍이를 붙여 주기적으로 활용하고 감정 표정 카드, 감정 캐릭터 표정을 따라 표정을 지어 본 후 사진 또는 동영상을 촬영하여 자기 점검 및 감정 북 자료로 활용합니다.
> 2. 스·마·일 감정 북 자료는 개별화 교육 상담, 학부모 상담 시 활용하고 다음 학년도 교사에게 개별화된 긍정적 행동 지원 자료로 제공합니다.

10. 특수교사의 언어 온도 ♡

박신성

특수교사인 우리가 만나는 장애학생들의 표현 방법은 정말 다양하다. 자신의 생각을 표현하기 어려운 학생들은 선생님을 끌어안거나 하이파이브 같은 물리적인 소통을 원하는 학생이 있다.

어떤 학생들은 자신이 원하는 것이 해결되지 않았을 때 소리를 크게 지르거나, 물건을 던지는 것으로 소통하기도 한다.

또는 타인, 자신에게 해를 가하는 학생 등 다양한 방식으로 자신의 감정과 필요한 것들을 표현한다.

우리는 자신만의 표현 방식을 가진 학생들에게 사회 안에 조화롭게 지내는 방법을 가르칠 필요가 있다.

하지만 교사조차 당황스러울 만큼 서툰 학생의 의사표현을 어떻게 조절하고 수정해주면 좋을지 고민에 빠진다.

처음 교사가 되고 학생들에게 가장 많이 했던 말은 "하지마! 위험해", "그러면 안 돼.", "지금은 이거 하는 시간이 아니야.", "조금 기다려 보자." 등의 다소 부정적인 이야기를 많이 했었다.

그런데 어릴 적 나를 돌아보면 부모님께서 "하지마, 그러면 안 돼."라고 하면 괜히 더 하고 싶었다. "지금 게임하는 시간이 아니라 숙제하는 시간이지?"라고 말씀하시면 왜 그렇게 게임을 놓기 싫었는지, 잠시 기다리라는 부모님의 말씀에 기다리던 그 순간은 어찌나 길게 느껴지던지….

혹시 우리 학생들도 나와 같은 생각을 하진 않았을까? 자꾸 하지 말라고 하면 더 하고 싶고 "안 돼!"라고 이야기를 들을 때면 괜히 반대로 하고 싶진 않았을까? 부모님의 이야기가 옳은 줄 알면서도 괜히 하기 싫었던 나를 돌아보면서 나의 언어로 학생의 긍정적인 행동을 이끌어 낼 수 없을까?

대화가 되는 학생들의 경우 '나 전달법'을 활용해 학생의 도전 행동을 경험하는 교사의 감정을 이야기하려고 했고, 대화가 어려운 경우 교사가 느낀 기분을 감정 카드를 이용해 마음을 전달하고자 했다.

그 과정 중에 교사의 감정에 공감하는 학생도 있었지만, 도전 행동을 보이며 자신의 감정을 표현하는 경우도 있었다. 학생의 도전 행동을 중재하면서 잠시 고요해지는 순간이 오면 이미 많은 에너지를 사용하여 멍해지는 때도 있었다.

그럼에도 불구하고 여러 학생 중 교사와 학생의 마음이 닿아 학생이 변한 이야기가 있어 함께 나누고자 한다.

먼저, 우리 반은 휠체어 학생 2명, 교실 밖으로 나가는 학생 2명, 평소에 활동을 잘하지만 자신의 기분이 상하면 아무것도 하지 않으려는 학생 1명, 공격 행동을 하는 학생 1명 총 6명으로 구성된 학급이다. 이 학생들 중 공격 행동을 하는 학생 수현이에 대한 이야기를 해보려고 한다.

수현이는 시간에 굉장히 예민하고 자신이 원하는 것(심리안정실이나 보건실에서 휴식)을 얻지 못할 경우 먼저 소리를 지른다. 그래도 자신의 감정이 풀리지 않았을 경우 교사를 꼬집거나 깨무는 행동으로 자신의 감정을 해소하려는 행동이 나타난다. 이 행동은 교사를 다치게 할 뿐만 아니라 다른 학생들이 수현이를 무서워하게 했다.

새 학년도가 시작되고 부모님께서는 학생이 교실에서 많은 시간을 보내기를 희망하셨다. 담임선생님과 나도 학생이 교실에서 시간을 제일 오래 보내야 한다고 생각했기에 교실 안에서 수업에 참여하는 시간을 늘려가기로 했다.

3월은 1교시 수업이 끝나고, 4월은 2교시까지 수업에 참여하고, 5월은 3교시 수업에 참여한 뒤 보건실로 갔다. 6월이 되었고, 4교시까지 수업에 참여하도록 지도하는데 수현이의 도전 행동이 발생하였다.
"수현아, 오늘은 12시에 보건실에 갈 거야."라고 나는 아침부터 쉬는 시간마다 이야기했다. 막상 4교시가 시작되었을 때 수현이는 보건실에 가겠다고 큰 소리로 노래를 부르며 교실 밖으로 나가려는 수현이를 겨우겨우 자리에 앉혔다. 그리고 나는 칠판에 한 문장을 적었다.

'소리 지르면 보건실 못 가.'

소리에 예민한 다른 학생을 위해 수현이가 내는 큰 소리를 줄여 보고자 했다. 조용해지면 다른 학생들과 수업 활동에 참여할 수 있으리라 생각했기 때문이다.

그러나 수현이는 계속 소리를 내었고, 소리를 낼 때마다 나는"수현아, 칠판에 선생님이 적은 것 읽어볼까?"

"소리 지르면 보건실 못 가. 흠!!!"

읽을 때마다 호랑이가 포효하듯이 읽었다.(차마 글로 그 상황과 분위기를 전하지 못함이 아쉽다.)

수현이의 화는 가라앉을 줄 몰랐다. 큰 소리를 계속 내었고 나는 소리를 낼 때마다 학생에게 칠판의 문장을 읽도록 했다. 문장을 3번쯤 읽었을까?

'내가 12시에 보건실에 보내주기로 약속했으니 '못 간다'는 말보다 '간다, 보건실에 갈 수 있다'고 말해주면 어떨까?'라는 생각이 내 머릿속을 스쳐 지나갔다.

나는 칠판의 문장을 '소리 안 지르면 보건실 가.'라고 고쳤다.

"수현아, 여기 봐봐. 선생님이 문장을 바꿔서 적었는데 다시 읽어볼까?"

"소리 안 지르면 보건실 가."

"맞아, 잘 읽었네. 소리 안 지르면 보건실 몇 시에 가기로 했지?"

"12시에 보건실 가자."

"그래 선생님이랑 12시에 가기로 약속했지? 그럼, 소리 안 지르고 기다렸다가 12시에 보건실 가자."

"소리 안 지르고 보건실 가자."(학생의 반향어)

이때 12시까지 남은 시간은 약 15분이었다.

수현이의 감정이 많이 격해진 상태였기에 잘 기다릴 수 있을지 걱정되었다.

하지만 나의 걱정은 기우였다.

이게 무슨 일인가! 12시가 될 때까지 조용히 앉아 기다리는 것이 아닌

가. 나는 아무 소리 내지 않고 기다리는 우리 수현이가 너무 대견했고 자랑스러웠다.

12시가 되었고 수현이가 나에게 다가왔다. "12시가 돼서 보건실 가고 싶어요."라고 말했고 나는 기쁜 목소리로 "수현아, 정말 잘했어. 잘 기다려줘서 고마워. 보건실 갔다가 점심 먹으러 와."라며 학생을 칭찬해 주고 다독여주었다.

이날 참 많은 생각이 들었다. '못 간다'와 '간다' 한 글자 차이로 우리 학생들이 받아들이는 것이 다르겠구나. 그동안 나의 말은 나의 안위를 위한 것이 아닌지 돌아보게 되었다.

그리고 이후에 비슷한 일이 발생했을 때 동일한 방법을 적용하니 수현이가 전보다 더 쉽게 받아들이는 모습을 보고 수현이에게 잘 맞는 방법이라고 생각했다.

수현에게 적용한 중재가 다른 학생에게 적용했을 때 같은 결과를 얻지 못할 수 있다.(앞서 이야기한 것처럼 우리 학생들에게는 정말 다양한 특성, 행동이 나타나기 때문에.)

다만 이 과정에서 학생이 행동이 수정된 모습을 보고 정말 큰 뿌듯함을 느꼈고, 많은 선생님께서 학생의 도전 행동을 중재하면서 상실감보다는 뿌듯함을 느꼈으면 하는 마음에 나의 이야기를 적어 보았다.

우리가 사용하는 중재 방법에 정답은 없다.

깊은 고민을 통해 학생에게 알맞은 중재를 찾아내는 것이 특수교사인 우리의 숙제이지 않을까?

나 또한 앞으로 교사 생활을 하면서 뿌듯함을 느낀 이 방법을 모든 학생에게 적용하기보다 학생의 특성에 대해 고민하고 알맞은 방법을 찾기 위해 고민하는 교사가 되겠다고 다짐하며 글을 마친다.

• 박신성 선생님의 따뜻한 한마디 •

1. 긍정적 언어를 사용합니다. 교사가 긍정적인 언어를 사용하면 교사의 마음도 편안해집니다. 마찬가지로 우리 학생들도 부정적인 언어보다 긍정적인 언어 사용을 할 때의 피드백이 안정적임을 느꼈습니다. 매 순간 긍정적인 언어를 사용하기 어려울 때도 있지만 교사와 학생 모두에게 편안한 마음을 줄 수 있는 긍정적인 단어를 선택하여 사용하시길 바랍니다.

11. 꿈을 키우는 학교 세상을 연다! ♡   이준희

 가창이나 합창 활동은 발달장애 학생들의 인지적인 능력의 제한으로 인해 많은 어려움이 있다. 악보를 보거나 박자를 맞추는 것이 어렵고 발성이나 발음에서도 어려움을 보이는 경우가 많기 때문이다. 발화 자체가 안 되거나 소리 내는 것조차 어려운 학생들에게 합창 지도는 어려울 수밖에 없다. 학생들과의 라포 형성도 매우 중요하다.

 모음 발성 연습을 단체, 개인별로 하고 가사를 큰소리로 읽고 반주에 맞추어 합창한다. 너무 작게 소리 내는 학생은 크게 부를 수 있게, 너무 크게 부르는 학생은 조금 작게 부를 수 있게 하나하나 소리를 다듬는 지도를 한다. 비장애 학생들도 별반 다르지는 않다. 다양한 피드백을 통해 학생들의 음악적 성장과 변화에 끊임없이 도움을 주는 것이다. 지휘자 즉, 지도 교사는 세밀히 곡의 해석과 느낌을 살려 학생들로 하여금 함께 부르는 노래가 얼마나 아름다울 수 있고 우리 모두의 삶을 풍요할 수 있는지 합창으로서의 감동과 여운을 전달한다.

 교단에 선 첫 음악 수업에서 학생들이 모두 숨바꼭질처럼 책상 아래로 숨었던 그때가 생각난다. 이해하고 노력하고 진심으로 존중해 줘야 하는 특별한 교육, 그래서 특수교육이 아닐까 하는 생각이 든다. 교사는 술래가 되어 학생들의 재능을 찾는 숨바꼭질을 계속해야 한다.

어떤 곡으로 어떠한 메시지를 전달할 것인가?

우리는 2012년 한길학교 개교식 때 교가 제창이라는 과제에 부딪혔다.

발화가 안 되는 학생이 대부분이라 어떻게 해야 이 작은 시골 학교에서 우리들의 노력으로 첫 개교식 첫 교가를 무사히 부를 수 있을까? 고민 끝에 전교생과 전 교직원을 모두 무대에 올리기로 했다.

개교기념식에 초대되어 축하해 주러 온 관객 앞에서 모두 손에 손을 맞잡고 합창으로 한길학교 교가를 무사히 불렀다. 설립자이신 이사장님께서 학생들이 쉽게 불렀으면 하는 생각으로 만드신 교가의 마지막 줄 가사처럼 꿈을 키우는 한길학교 학생들이 첫 문을 열고 세상에 나왔다.

합창 지도를 하다 보면 학생들이 내 의지와 통제를 벗어나 어려울 때가 있다. 씩씩대고 화내봤자 학생들과 곡의 완성은 쉽지 않다. 그럴 땐 칭찬을 아끼지 않고 학생들을 다독인다. 유연하게 대처하는 것이다. 하지만 욕심이 나는 것은 어쩔 수 없다. 휴우~

그러면 학생들도 조금씩 변화하고 그 변화가 완성도를 높인다.

〈꿈꾸지 않으면〉이라는 곡은 간디학교 교가로 유명하다.

첫 한길학교 발표회에 이 곡을 올리기로 했다.

곡의 처음 부분은 여학생의 솔로로 부르고 중간에는 남녀가 주고받는 메들리로 마지막은 유니즌으로 마무리하기로 했다.

나만의 감동이었을까? 전문가의 소견은 다를 수 있다. 신파에 기대는 것이 아닌 그동안 노력의 산물과 교사의 만족도에 기댈 수 있을 것 같다. 유난히 반짝이는 학생들의 눈에서 그간의 피곤이 사라진다.

1. 학생들과의 신뢰와 이해의 관계 형성이 매우 중요합니다. 교사는 학생들을 존중하며 진심으로 대해야 합니다. 교사는 학생들의 마음을 열고 안전하게 받아들이는 노력이 필요합니다.
2. 단계적인 접근과 개별화된 지도가 필요합니다. 발화가 어려운 학생들은 모음 발성 연습, 소리내기 연습 등 개별 지도를 통한 단계적인 접근이 필요합니다. 너무 작게 소리 내는 학생이나 너무 크게 부르는 학생의 소리를 각각 조절하는 등 다양한 피드백을 통해 학생들의 음악적 성장을 도와야 합니다.

12. 나는 운동선수가 될 수 있을까? ♡

이시원

마지막 승부, 농구대잔치, 연고전(고연전), NBA, 마이클조던, 슬램덩크… 이들의 공통점은 무엇일까? 바로 농구다. 우연히 TV에서 본 농구선수들의 멋진 플레이에 반해 나는 매일 해가 질 때까지 공을 던지는 학생이 되었다. 달리기는 싫었지만 농구공 하나만 주면 하루 종일 뛰어다녀도 지치지도 않았던, 농구가 너무 좋아 잘 때도 공을 껴안고 잤었던 나의 학창 시절…. 그로 인해 체육을 좋아하고 어느 순간 체육을 제일 잘하는 학생이 되었고 자연스레 나의 꿈과 진로는 체육선생님이 되었다.

나는 경력 17년 차의 특수체육을 전공한 체육교사이다. 특수체육교사는 단순히 신체적 활동을 가르치는 것을 넘어, 장애 학생들에게 자신감을 심어주고 사회적 기술을 향상시키는 역할을 한다. 이러한 교육 여정 중, 나에게 깊은 인상을 남긴 한 학생과의 경험을 소재로 체육과 진로에 대해 이야기 하고자 한다.

우리 학교는 전국 장애학생체육대회 경기도 실내조정 거점학교를 운영하고 있다. 아직 쌀쌀함이 남아 있던 2015년 3월 둘째 주 어느 날… 여느 때처럼 지하 1층에서 두 명의 학생과 실내조정 연습을 실시하고 있었다. 어느 순간 누가 보고 있는 것 같아 뒤를 돌아보니 고등학교 1학년 신입생

한명이 연습하는 것을 유심히 보고 있었다. 키 168에 몸무게 86kg의 대한 이었다.

"선생님, 이번 체육대회 제주도에서 해요?"
"그래~ 그런데 너는 누구니?"
"저는 이대한인데요… 저도 제주도 가고 싶어요."
"그럼 이 실내조정 1,000m를 4분 안에 들어올 수 있으면 선생님이 데려 갈게~"

실내조정은 원래 조정 선수들이 지상훈련을 하기 위해 만들어졌으나 그 운동효과가 뛰어나(근력, 근지구력, 심폐지구력을 동반한 전신운동이 가능함) 저변이 확대되어 별도의 대회까지 만들어진 종목이다. 그냥 보면 앞아서 노 젓는 것처럼 당기면 되는 단순한 운동처럼 보이고 전혀 힘들지 않아 보이기에 힘 꽤나 쓰는 우리 학교 젊은 남자 선생님 여럿이 도전하였지만 처음 타는 사람이 4분 이내에 들어오는 것도 힘들거니와 1,000m 완주하는 사람들도 반이 안 되었다. 심지어 완주한 사람들 중 일부는 내리자마자 구토를 하거나 반나절은 정신을 못 차리게 되는… 초보자들에게는 아주 힘든 종목이 되겠다.

자신만만하게 조정기에 앉은 대한이에게 간단하게 타는 방법을 알려주고 1,000m 거리 설정 후 출발 신호를 주었다. 뒤에서 기존 선수인 병하와 상우는 "대한아~ 잘해봐."하고 옅은 미소를 띠며 구경을 한다. 마치 5분 뒤의 상황을 아는 것처럼 말이다.

 출발이 좋다. 종아리근육이 남다르더니 힘깨나 쓰는 몸인 것처럼 보인다. 그러나 400m를 통과하는 순간부터 급속히 느려지더니 결국 800m를 못 가고 멈춰 선다.

 "헉헉… 선생님, 도저히 못하겠어요 헉헉헉."

 기계에 묶여 있는 발을 풀어주니 가쁜 숨을 몰아쉬며 쓰러질 듯 내려온다.

 "생각하는 것보다 더 힘들지? 어서 교실로 올라가서 좀 쉬어. 대회는 다음에 가자."

 이렇게 대한이의 첫 실내조정 경험은 끝이 났다.

 그러나 대한이에게 제주도는 특별함이 있었던 것 같다. 그날 이후 계속 찾아와 조정을 하고 싶다고 나를 설득하기 시작했다. 대한이는 정말 똑똑한 학생이었다. 체육 수업시간에 몇 가지 동작을 알려주면 금세 그 동작을 모방하여 거의 완벽하게 해내었다. 그러나 태도적인 면에서는 문제가 많아 담임선생님이 대한이 때문에 꽤나 고생을 하고 있었다.

 실내조정은 동작 자체는 단순해 보이지만 대회 출전을 위해 완성도 있게 동작을 익히고 기록을 내려고 하면 꾸준함이 필수이다. 또한 한번 당길 때 길게 당기는 것이 중요하여 키가 큰 것이 압도적으로 유리한 종목이기도 하다. 기존 선수 두 명이 고등학교 3학년이라 다음 선수를 생각해야 하는 시기이기는 했지만 태도와 키, 이 두 가지 조건으로 인해 다른 학생을 찾아야 하나 하고 고민하였다.

하지만 끈질긴 대한이의 요청에 못 이기는 척 훈련을 수락하며 세 가지 약속을 하였다.
첫째, 선생님 말씀 잘 듣고 수업에 집중하기. 특히 담임선생님의 지시 어기지 않기.
둘째, 훈련시간 잘 지키고 최선을 다하기.
셋째, 대회에서 3분 40초 안에 들어가기.

본격적인 실내조정 훈련이 시작되었다.

기초동작 익히기

실내조정은 크게 네 동작(캐치–드라이브–피니시–리커버리)으로 구분된다.

1. 준비: 준비동작은 상체는 bar를 가볍게 잡아 팔을 들고, 하체는 시트에 앉아 무릎을 굽힌 자세이다. 팔은 당길 준비, 다리는 밀 준비를 한다고 생각하면 쉽다.

2. 캐치: 캐치 동작은 출발 시 bar를 잡고 당기는 동작이다. 이 때 팔을 본격적으로 당기기 전 견갑골과 팔이 고정되어 bar와 함께 당겨지는 것이 포인트이다. 이 캐치 동작이 되지 않을 시 느긋하게 당겨지게 되어 기록 하락의 주요한 요인이 된다.

3. 드라이브: 드라이브는 팔로는 bar를 당기고 다리로는 로잉머신을 강하게 미는 동작으로, 배에서 노를 저을 때 당기는 모습과 같다. 팔은 캐치가 되어 있기 때문에 다리를 먼저 미는 것이 중요하고 무릎이 다 펴지기 직전부터 팔을 당기는 것이 포인트이다. 다리가 펴지기 전에 팔부터 당길 경우 다리의 힘을 온전히 로잉머신에 전달하지 못할 뿐 아니라 팔이 접혀있는 무릎을 넘어가야 하는 문제가 생기게 된다.

4. 피니시: 피니시는 당기는 동작이 끝났음을 의미한다. 상체는 가슴을 활짝 편 상태에서 약 15~20도 뒤쪽으로 기울어져 있고, 양 팔의 팔꿈치는 바깥쪽을 향하고 있으며 bar는 명치 부근에, 손목은 바bar와 일자로 곧게

펴져 있어야 한다. 가슴이 앞쪽으로 구부정하게 있으면 bar를 끝까지 당길 수 없다. 특히 주의해야 할 점은 손목이다. 보통 초보자들의 경우 손목이 안쪽으로 말리게 된다. 이 동작 또한 bar를 끝까지 당길 수 없음은 물론이고 장기간 하게 되면 손목의 부상을 불러올 수 있다.

5. 리커버리: 리커버리는 다시 당길 수 있도록 앞쪽으로 이동하여 다시 캐치 동작을 하는 것을 의미한다. 이때 젖혀져 있는 상체를 먼저 앞으로 이동시키고 난 후 무릎을 접어야 하는 것이 제일 중요한 포인트이다. 만약 무릎이 먼저 접히게 된다면 상체를 앞으로 숙일 수 없게 되고 bar를 잡은 팔도 접혀져 있는 무릎을 넘어가야 하므로 기록에 제일 악영향을 주는 요소가 된다.

기초동작을 익히는 데만 일주일이 넘는 시간이 지나갔다. 참을성 없는 대한이에겐 아마 억겁의 시간처럼 느껴졌을 것이다. 하지만 기초동작을 소홀히 할 수 없다. 한번 잘못된 동작을 익히게 되면 다시 돌리는 데는 2~3배의 시간이 들어가기 때문이다.

모니터 읽는 방법 익히기

실내조정에 사용되는 공식 기구는 에르고미터라고 부르고 정식 모델명은 concept 2 model-e이다. 에르고미터를 제대로 사용하려면 모니터 활용법을 익히는 선행이 반드시 필요하다.

1. 피치: m/s로 표시되는 피치는 1분 동안 당기는 횟수를 표시해 준다.

30m/s로 표시된다면 현재 속도로 당기면 1분 동안 총 30번 당기게 된다는 것이다.

2. 현재 파워: /500m로 표시되고 현재 당기는 힘을 시간으로 변환하여 알려주는데 1:50/500m로 표시된다면 지금 한번 당긴 힘으로 탄다면 500m를 가는 데 1분 50초가 걸리게 된다는 것이다.

3. 평균 파워: ave/500로 표시되고 출발부터 현재까지 당긴 힘을 누적하여 평균으로 알려준다.

대회는 1,000m이니 현재 기록에서 2를 곱하면 내가 들어오는 시간이 계산되는데 도착지점까지 들어오는 이 기록을 통해 체력 안배를 하며 경기를 하여야 한다.

4. 현재 거리: m로 표시되고 현재 거리를 표시해 준다.

에르고미터 훈련하기

1. 최대 파워 측정하기: 100m를 타는 중 나오는 최대 파워를 측정하고 모든 에르고미터 훈련은 이 파워를 기준으로 실시한다.

2. 2,000m 타기(중장거리 훈련): 최대 파워의 기준 75% 안쪽으로 들어오는 것을 목표로 실시한다. 예를 들어 최대 파워가 1:30이라면 평균 파워를 2:00 안쪽을 유지하는 것으로 2,000m를 타는데 8분 안쪽으로 들어오는 것을 의미한다.

3. 5,000m 타기(장거리 훈련): 최대 파워 기준 50% 안쪽으로 들어오는 것을 목표로 실시한다. 예를 들어 최대 파워가 1:30이라면 평균 파워를 3:00 안쪽을 유지하는 것으로 5,000m를 타는데 30분 안쪽으로 들어오는 것을 의미한다. 장거리 훈련 시 자세가 흐트러지지 않도록 계속적인 주의를 주어야 하고, 잘못된 자세가 반복된다면 운동 강도를 낮춘 상태에서 올

바른 자세가 될 때까지 유지하여야 한다.

4. 인터벌 훈련: 고강도와 저강도를 반복하는 훈련으로 순발력과 심폐지구력 향상을 목적으로 한다. 100m를 최대 파워로 타고 회복구간으로 200m를 두고 반복한다. 최대 파워 구간의 거리를 조절하거나 회복구간의 거리를 조절하여 난이도를 설정할 수 있다.

어느덧 두 달의 시간이 흘러 대회 날이 다가왔다. 대한이는 힘들어하긴 했지만 충실히 훈련을 수행하였고 약속하였던 3분 40초라는 기록까지 도달하게 되었다. 메달권의 기록은 아니지만 대회라는 경험을 통해 얻을 수 있는 성장이 있기에 우리는 함께 제주도로 향하였다.

대한이는 처음 타보는 비행기와 제주 공항의 야자수를 보며 즐겁고 신기해했고, 성적이나 긴장감 따위는 전혀 중요하지 않아보였다. 드디어 대회 당일 전국의 선수들이 대회장으로 모이기 시작했다. 아니나 다를까 덩치들이 모두 장난이 아니다. 대한이는 전국 50여명의 고등학교 남자 선수 중 가장 작았다.

"선생님, 저 예선 탈락하면 어떻게 해요?"
항상 자신만만했던 대한이도 대회장이 주는 긴장감을 느끼는 모양이었다.

"중요한 건 과정이야. 여태 열심히 연습한 만큼만 하고 가자. 성적에 부담 느끼지 마."

예선전은 총 10명씩 5개조, 총 50여 명이 출전하여 최종적으로 상위 10명만 본선에 올라갈 수 있는데 대한이는 개인 최고기록인 3:39, 예선 8위로 당당히 예선을 통과하였다. 자신과의 약속을 지킨 대한이에게 넘치는 격려로 축하하였다.

다음날 개인전 본선이 열렸다. 대한이는 어제의 긴장된 표정은 온데간데없이 평온한 표정으로 경기를 준비하였다.

"대한아, 컨디션은 어때? 오늘은 긴장되지 않아?"
"선생님, 오늘은 아무 생각이 안나요. 그냥 최선을 다하고 갈래요."

나는 내심 대한이의 말에 '기록이나 등수에 실망하지 않겠구나.' 하는 생각이 들어 너무 마음이 놓였다.

몇 년째 대회를 다니다보면 아주 간혹, 극히 드물게 발생하는 특별한 상황을 마주하게 되는 순간이 있다. 바로 도저히 낼 수 없을 것 같던 개인기록이 나오는 순간 말이다. 조정이라는 종목은 자신의 연습량을 바탕으로 근력, 근지구력, 심폐지구력이 결정되어 좀처럼 연습기록 이상의 기록을 내기 힘든 종목이다. 하지만 혼자 운동할 때와 누군가 옆에서 같이 운동할 때의 차이점을 주는 것이 대회이다. 대회는 경쟁의 장이기도 하지만 연습량만으로 설명하기 어려운 성장을 경험할 수 있는 장이기도 하다.

결승 시작 전, 예선 기록 1위이자 전국랭킹 1위인 부산시 대표 선수를 알려주고 모니터에서 다른 거 보지 말고 500m 구간까지 1위 선수에 뒤처지지 않도록 따라가되, 이 후 구간에서 피치를 약간 늦추되 호흡조절하며 최대한 길게 당기면서 마무리까지 가자는 약속을 하고 결승전이 시작되었다. 대한이는 약속한 것처럼 500m까지 1위와 대등하게 나아갔다. 이제 지칠 때가 되었는데 라고 생각하며 모니터를 보는데 대한이는 750m 구간까지 거의 동일한 기록으로 진입하였다. 갑자기 손바닥에 땀이 나고 머리카락이 곤두서며 그 시끄러운 시합장에서 내 심장소리가 귀에 들리기 시작했다. 대한이는 오버페이스를 한 상황이라 나의 역할은 현재 기록을 바탕으로 그 페이스가 갑자기 끊어지지 않게 유지할 수 있도록 전달하는 것이다. 대한이 뒤에서 목이 터져라 페이스를 유지할 수 있게 불러주었다.

그러나 아쉽게도 100m를 남겨둔 시점에서 1등과의 간격이 벌어지기 시작했다. 오버페이스로 이미 체력을 다 고갈한 상태임에도 약속대로 자세와 호흡을 유지하며 3:29의 기록으로 개인 최고기록을 10초나 앞당기며 당당히 3위에 입상하였다. 결승점에 도착하자마자 대한이는 묶여 있는 발도 풀지 못하고 밑으로 "쿵"하고 떨어졌다. 바닥에 누워 가쁜 숨을 쉬는 대한이를 부축하며 기록과 순위를 알려주었다. 대한이 본인도 믿지 못하고 어리둥절하며 정말이냐고 나에게 3번이나 다시 물었다. 나에게도 대한이에게도 평생 잊지 못할 기억의 순간이었으며, 이때 나는 대한이의 진로를 체육과 연계해야겠다는 다짐을 하게 되었다.

etc… 대한이는 졸업할 때까지 경기도장애인체육대회와 전국장애학생체육대회 모두 대표선수로 활약하였고, 졸업과 동시에 전국장애인체육대회 경기도 대표선수로 개인 최고기록을 3:17까지 당기며 많은 대회에서 우승과 입상을 하였다.

실내조정과 진로

장애인스포츠를 진로로 삼기에 가장 큰 문제는 실업팀이 너무 적다는 것이다. 그 중 지적장애 실내조정의 경우 팀이 전무하여 여러모로 어려움을 겪고 있었다. 하지만 대한이의 졸업과 동시에 장애인 체육계에서 큰 변화가 일어나게 되었다.

소규모를 제외한 우리나라의 많은 기업들(공기업 포함)은 일정 비율 이상의 장애인을 고용하여야 하는 의무가 있지만 장애의 특성과 직무의 특성상 장애인을 고용하지 못하고 고용부담금을 내는 기업들이 많았다. 체육계 또한 여러 종목에 걸쳐 저변확대 및 선수 확보 어려움을 겪던 중 이러한 문제를 해결하고 장애인 체육계의 우수 인재 양성을 위해 장애인 취업 연계 서비스가 생겨나게 된 것이었다.

기업에서 장애인 운동선수를 채용하면 해당 기업의 업무를 하지 않아도 장애인을 고용하는 것으로 인정한다는 것이었다. 특히 중증장애인(지적장애인 포함)의 경우 더블 카운트(1명 채용 시 2명으로 인정)를 인정하기에 기업 또한 1석 2조의 효과가 있었다.

이러한 변화의 흐름을 타고 통신회사 중 L* 기업에서 자회사의 형태로 자체 팀을 창단하게 되었고 대한이는 창단멤버로 입단하여 꿈꾸던 운동선수가 될 수 있었다.

1. 기초동작 익히기에서 캐치, 드라이브, 피니시, 리커버리를 각각 구분동작으로 우선 연습 후 연결동작을 하는 것이 좋습니다.
2. 훈련은 크게 지상훈련(유연성, 근력, 근지구력, 심폐지구력 향상을 위한 맨손 훈련)과 에르고미터 훈련(기본자세, 스퍼트, 인터벌 트레이닝, 장거리 등)으로 나뉩니다. 모든 훈련 방법은 학생의 현재 수행 수준에 따라 다르게 적용되어야 하며, 점진적으로 부하(거리, 횟수 등)를 주어 꾸준히 운동능력을 향상시키는 것이 중요합니다.
3. 취업연계서비스는 다양하게 진행되고 있습니다. 운동은 일 4시간, 주 20시간 이상 진행하여야 하고 어떤 기업과 어떻게 연계되는지에 따라 인정 방법이 다르니 주의하여야 합니다. 운동 장소 제공과 관련하여 해당 시의 장애인체육회와 협의해 보는 방법도 좋습니다.

13. 제각각 다른 빛깔의 꿈을 읽다 ♡ 김찬미

인생은 각기 다른 꿈과 목표를 향해 나아가는 여행이다. 하지만 이 여행은 특수교육이 필요한 학생들에게 때로는 복잡하고 어려운 도전이 될 수 있다. 나는 장애학생들이 자신의 꿈을 발견하고 이를 실현할 수 있는 길을 열어주는 일을 하고 있다.

나의 하루는 다른 사람들의 눈에는 평범하게 보일지 모르지만, 내게는 매 순간이 아이들의 미래를 바꾸는 중요한 시간이다. 나는 매일 새로운 가능성과 마주한다. 학생들과 함께하는 시간은 예측 불가능한 순간들이지만 그 시간에는 무한한 잠재력이 숨어 있다. 나는 이 무한한 잠재력을 가진 학생들과 함께 그들의 꿈을 찾아가는 여행에 함께한다. 이 여행은 도전과 인내, 그리고 여러 성취가 모인 것이다.

새 학년을 맞이한 첫 번째 수업, 각자의 세계에서 특별한 능력과 가능성을 가지고 있는 다양한 학생들이 모여 있다. 말로 표현하기 어려운 감정을 몸짓으로 표현하거나 사회적 상호작용에서 어려움을 겪기도 하지만 저마다의 꿈을 가지고 있다. 나의 역할은 그 꿈을 찾아내고, 그들이 그 꿈을 실현할 수 있도록 지원하는 것이다.

수업에서 가장 먼저 하는 일은 학생들의 흥미와 관심사를 찾는 것이다. 학생들은 각자의 방식대로 그리고 자신의 속도대로 나에게 자신만의 작은 세계를 보여준다. 어떤 학생들은 과학적 탐구를 좋아하고, 어떤 학생들은 예술적인 창작을 즐기며, 또 어떤 학생들은 사회적 관계 형성을 통해 세상을 이해하고 싶어 한다. 그러나 무엇을 좋아하는지 어떤 활동에 흥미와 관심이 있는지 전혀 파악이 안 되는 학생들도 있다. 아니 교사인 내가 전혀 알아차리지 못하는 것이다. 매우 난감한 일이다. 그러나 각자의 특성을 이해하고 존중하는 과정에서 그들의 꿈을 이해하고 그 꿈을 찾아가는 첫 발을 내디딘다.

다음으로 학생들의 강점과 도전 과제를 분석하기 위해 지속적인 관찰과 기록을 시작한다. 이 과정에서 어떤 학생은 일상생활 기술이 매우 우수하며 또 어떤 학생은 과제 수행을 위한 집중력이 뛰어나고 또 다른 학생은 체육활동에 남다른 재능이 있다는 것을 발견한다. 물론 언어적 능력이 제한되어 있어 표현이 어려운 학생들도 있지만 이러한 관찰은 그들의 꿈을 현실로 이끌기 위한 맞춤형 교육 방법을 찾아내는 데 중요한 기초가 된다.

나는 진로 탐색의 일환으로 다양한 직업과 그에 필요한 기술들을 학생들에게 소개한다. 우리는 현실적인 목표를 설정하고 그 목표를 이루기 위해 필요한 단계들을 계획하는 과정에서 학생들은 자신의 능력을 믿고 도전하는 용기를 갖추기 시작한다. 오늘도 여전히 진로 탐색 과정에 있지만 자신의 관심사와 재능을 바탕으로 무언가가 되기로 결심하고, 그를 위해 필요한 기술과 방법을 모색하며 간접적인 경험을 쌓을 수 있는 기회를 제공한다.

"선생님, 저는 회사원이 되고 싶어요. 돈을 많이 벌어서 선생님 맛있는 것도 사주고 엄마, 아빠 차도 사드리고 싶어요. 그리고 예쁜 여자 친구랑 결혼도 해서 쌍둥이 아기도 낳고 싶어요." 지금은 전공과에 진학한 한 학생이 4년 전 나에게 자신의 꿈과 미래를 나눈 말이다. 나는 그 학생의 열정과 성실함을 지지하고 그 꿈이 단순한 상상에서 벗어나 현실로 이어질 수 있도록, 그래서 미래에 더욱 빛날 수 있도록 노력했다. 학생의 관심사를 바탕으로 다양한 직업을 탐험해 보고 필요한 기술과 경험을 쌓기 위해 어떤 단계를 거쳐야 하는지에 대해 이야기했다. 그 과정에서 자신의 목표를 설정하고 그것을 이루기 위해 필요한 노력을 기꺼이 하려는 모습을 볼 수 있었다.

목표를 설정하고 그것을 이루는 데 필요한 노력을 하는 것, 결코 쉽지 않은 여행이다. 때로는 저마다의 도전과 어려움이 있다. 언어 능력이 제한되어 있거나, 사회적 상호작용이 어려운 경우도 있다. 그러나 함께 문제를 해결하며 성장해 가는 날들이 축적되면 작은 성취 하나하나가 쌓여 큰 꿈을 이룰 수 있다는 믿음을 가지고 있다.

학생들이 스스로 가능성을 믿고 자신의 꿈을 향해 나아가는 모습을 보면서 큰 보람을 느낀다. 학생들이 겪는 어려움이 결코 작지 않지만 그 어려움을 극복하고 성장하는 모습을 지켜보는 것은 나에게도 큰 영감을 준다. 세상에 기여할 수 있는 잠재력을 가진 학생들에게 단지 학문적인 지식을 가르치는 것이 아니라, 그들의 꿈을 실현할 수 있는 길을 찾도록 돕고 싶다.

그 과정에서 내가 가장 중요하게 생각하는 것은 학생들의 자존감과 자신감이다. 자신의 가능성을 믿고 스스로 가치를 발견할 때 비로소 자신의 꿈을 향해 나아갈 수 있다고 믿는다. 자신만의 속도로 자신만의 방식으로 꿈을 향해 나아갈 수 있도록 지지하고 격려하는 것, 그것이 나의 역할이다.

학생들이 자신만의 길을 찾아가는 모습을 보면서 교사로서 역할에 대해 다시 한번 깊이 생각하게 된다. 학생들의 미래를 밝히는 작은 등불이 되는 것, 단순한 교육의 이야기를 넘어 인간의 가능성과 희망에 대한 이야기이다. 나는 오늘도 그 이야기의 한 부분이 되어 학생들과 함께 희망의 씨앗을 심는다. 그리고 그 길의 끝에는 자신만의 빛나는 꿈을 이루어 나가는 학생들의 모습이 있을 것이다.

• 김찬미 선생님의 따뜻한 한마디 •

1. 학생의 특성과 필요를 이해하는 것이 중요합니다. 학생들이 가진 강점과 도전 과제를 지속적으로 관찰하고 기록하여 그에 맞는 맞춤형 교육 방법을 찾아야 합니다. 학생들은 자신의 가능성을 발견하고 자신에게 맞는 꿈을 설정할 수 있습니다.
2. 자존감과 자신감을 키워 줍니다. 학생들이 자신의 가능성을 믿고 꿈을 향해 나아갈 수 있도록 돕는 것이 중요합니다. 자존감을 높이기 위해 긍정적인 피드백과 격려를 아끼지 않고 작은 성취를 경험할 수 있도록 지원합니다.

14. 다올반의 15분 학급경영 비밀 ♡ 정동호

다올반 학생들과 함께하는 아침 시간은 특별하다. '다올'은 '복이 들어온다'는 뜻으로 학생들에게 긍정적인 경험을 제공하고 우리 학급에 복이 많이 들어오길 바라는 마음을 담아 지은 이름이다.

매일 아침 등교 후 첫 수업 전 15분은 학생들과 '좋은 습관 만들기' 프로젝트를 진행하는 시간이다. 명언 쓰기와 독서 교육으로 학생들이 살아가는 데 필요한 힘을 키우도록 돕고 있다. 아침에 출근하면 가장 먼저 창문을 열어 환기를 시키고, 칠판에 명언을 적으며 하루를 시작한다. 명언을 쓰며 내 삶을 점검하고 학생들에게 어떤 마음으로 다가가야 할지 고민한다.

특수학교에서 왜 명언이냐고 물을 수 있겠지만 우리 반 학생들의 특성과 수준을 고려했을 때 명언 쓰기가 충분히 가능하다고 판단했다. 뇌가 가장 맑은 아침 시간에 긍정적인 메시지를 전달하여 학생들이 학교생활을 시작할 수 있도록 돕고 싶었다.

새 학기 준비 중 학생들의 삶과 관련된 주제를 선정하여 명언들을 미리 준비했다. 정직, 용기, 성실, 책임, 긍정적인 언어와 같은 주제를 월별로 선정하고 각 주제에 대해 20~25개의 명언을 찾아 프린트했다. 이 덕분에 부담 없이 아침마다 학생들에게 명언을 나눌 수 있었다. 학기가 시작된 3월 학생들에게 "명언을 작성해 볼까?"라고 독려했던 것이 엊그제 같은데 이제는 명언 기록이 습관이 되어 학생들이 교실에 들어오면 스스로 명언 기록장을 펼친다.

하루는 명언을 기록하던 중 윤광이가 말했다. "선생님! 저 명언을 선배들에게 써먹었어요!" 이야기를 들어보니 전공과 선배들이 수행평가 시험이 너무 어려워 포기하고 싶다고 했다고 한다. 그래서 윤광이가 '긍정적인 마음가짐은 긍정적인 결과를 가져온다'는 말을 선배들에게 전했다고 한다. 윤광이가 명언을 삶에 적용하는 모습을 보며, 내가 매일 작성하는 명언이 헛되지 않고 학생들의 삶 속에 스며들고 있음을 깨달았다.

명언 작성을 마치고 나면 독서 교육이 이어진다. 전자칠판과 '두루책방' 어플리케이션을 활용하여 독서를 진행한다. 이 어플리케이션은 수준별, 주제별로 책을 선택할 수 있어 학생들이 흥미를 느끼고 별도의 비용 없이 편리하게 독서 교육을 할 수 있다. 매일 한 명의 학생이 자신이 읽고 싶은 책을 선택하여 함께 읽는다. 중간중간 교과서에서 배운 내용이나 어려운 단어에 대해 질문하고 설명하면서 학생들의 관심사를 파악할 수 있었다.

우리 반의 경우 지혜는 역사에, 나래는 음식에, 경천이는 기계 장치에 관심을 보였고 향후 교육 활동과 진로 설계에 도움이 되었다. 처음에는 독서 교육을 잘 따라올 수 있을지 걱정했지만 습관이 형성되면서 학생들은 책 읽는 것을 부담 없이 받아들이게 되었다. 얼마 전 이흠 저자의 『중국 베이징에 갔어요』라는 책에서 자금성 이야기가 나왔고 사회 수업에서 배운 문화유산 단원과 연결되어 학생들이 배웠던 내용을 복습하는 기회가 되었다.

6개월이 지난 지금 명언 쓰기와 독서 교육은 학생들에게 긍정적인 변화를 보여주고 있다:

1. 자기표현 능력 향상: 윤광이는 발표할 때 자신감을 잃곤 했지만 이제는 명언을 적용한 이야기나 자신의 진로에 대해 자신감 있게 이야기하는 학생으로 성장했다.

2. 문제해결력 향상: 상도는 글쓰기 속도가 느려서 주어진 시간에 명언과 독서통장을 기록하지 못했지만 이제는 스마트폰으로 명언과 책 제목을 촬영하여 쉬는 시간에 과제를 해결하는 기지를 발휘하게 되었다.

3. 사고력 향상: 자신의 생각이나 의견을 물어보면 "좋아요.", "재미있어요."라는 단순한 반응을 보였던 학생들이 이제는 주장에 대한 근거를 간단한 문장으로 말할 수 있게 되었다.

4. 사회적 상호작용 활성화: 매일 아침 교사와 학생, 학생과 학생 간의 대화가 이루어지며 서로 배려하고 존중하는 학급 문화가 형성되었다.

다올반의 아침 활동은 나에게도 의미가 있다. 교학상장(教學相長)은 가르치며 배운다는 의미로 내가 좋아하는 사자성어다. 학생들에게 명언과 독서 교육을 안내하면서 나 자신이 먼저 배우고 점검하는 기회를 얻기 때문에 학생들과 함께 성장하고 있음을 느낀다.

다올반 학급 경영의 비밀은 아침 시간과 단순하고 편리한 방법을 사용하는 것이다. 1교시 수업 전 아침 시간은 다른 교육 활동의 제약 없이 지속적이고 반복적인 교육을 할 수 있는 귀중한 시간이다. 또한 디지털 교수학습 자료를 활용해 학생들의 흥미를 유발하고 효과적으로 교육하는 전략을 사용한다.

아침 15분은 다올반에게 단순한 시간이 아닌, 학생과 교사의 삶을 풍요롭게 하는 소중한 시간이며 진로교육에 필요한 역량을 자연스럽게 배우고 터득해 가는 귀중한 기회가 되고 있다.

• 정동호 선생님의 따뜻한 한마디 •

1. 아침 시간을 활용하여 삶에 필요한 역량을 기를 수 있도록 합니다. 이 시간은 뇌가 가장 활발히 활동하기 때문에 집중력과 기억력이 좋습니다. 학생들은 부담 없이 긍정적인 습관을 기를 수 있을 것입니다.
2. 지속적이고 반복적인 교육을 실시합니다. 삶에 필요한 습관들은 생활 속에 자연스럽게 스며들도록 하는 것이 좋습니다. 이를 위해 학생들이 참여할 수 있는 지속적인 환경을 지원합니다. 교사는 지치지 않도록 디지털 교수학습 자료를 활용하여 단순하고 편리하게 교육 환경을 제공할 수 있습니다.

2장
행복한 미래 나침반

#진로탐색 #교육공동체

진로 탐색과 교육공동체, 함께 나아가는 길.

우리의 하루는 꿈을 찾아가는 여행으로

가득 차 있습니다.

진로 탐색을 통해 학생들은 자신의 길을 모색하고,

교육 공동체의 힘으로 서로 응원하며 성장합니다.

서로의 꿈을 응원하고, 함께 배우는 이 공간에서

우리는 다양한 경험을 나누며 한 걸음씩 나아갑니다.

'진로 탐색'과 '교육공동체'의 이야기가 궁금하지 않으신가요?

함께 만들어가는 우리의 미래를 그려봐요.

1. 야, 너두! 우리 모두 할 수 있는 교육행정 ♡   이시원

지금 시대는 스마트폰을 필두로 빠르게 변하고 있고, 그에 따라 학교 교육 또한 교육내용, 교육방법, 평가방법 등이 다양하게 변하고 있다. 그중 제일 큰 변화라고 한다면 단연 고교학점제의 시행일 것이다.

고교학점제는 학생의 다양성과 자율성 존중, 미래 사회에 필요한 역량 강화, 교육과정의 유연성 증대 등 변해가는 시대에 발맞춰 학생들의 진로 선택의 폭을 넓혀줄 수 있는 교육과정이다. 다시 말해 획일화된 교육과정에서 벗어나 학생이 희망하는 수업을 개설하고, 다양한 방법으로 학생의 성장을 평가해야 하며, 학교의 입장에서는 고교학점제를 준비하는 과정에 다양한 어려움이 있다는 뜻이기도 하다.

특수학교 또한 이 변화의 과정을 받아들일 수밖에 없게 되었다. 2025년 전면 도입에 앞서 우리 학교는 2022년 특수학교 고교학점제 모델교를 시작으로 2024년까지 특수학교 고교학점제 연구학교를 운영하고 있으며, 운영 결과를 전국의 특수학교가 참고할 수 있도록 안내하고 있다.

하지만 우리 학교도 시작부터 현재까지 여러 가지 어려움이 있었고, 그것들을 극복할 수 있었던 배경 중 하나로 교육행정이 있다.

교육행정은 교육 목표를 효과적으로 달성하기 위해 조직, 운영, 관리 및 평가와 관련된 모든 활동을 의미한다. 교육행정의 주요 요소는 계획, 조직, 지휘, 조정, 통제, 재정 관리, 정책수립 등 다양한 것이 있지만 교사들의 고교학점제 수행에 있어 느끼는 어려움을 해결하는 것에 초점을 맞춰 우리의 사례를 단계별로 안내하고자 한다.

1. 조직 및 환경 분석

한길학교는 지적장애 특수학교로서 경기도 안성에 위치하고 있다. 2012년 개교하여 3개 과정(중·고·전공과)에 8개 학급을 운영하고 있고, 재학생은 53명, 교직원은 39명이다. 부서는 총 4개(교무, 연구, 생활, 진로)로 구성되어 있으며 자세한 조직현황은 다음과 같다.

가. 2024.3.1.자 학교 기본 현황
1) 2024.3.1.자 학급수 및 학생 수

과정		중학교				고등학교				전공과			총계
학년		1	2	3	소계	1	2	3	소계	1	2	소계	
학급수		1	1	1	3	1	1	1	3	1	1	2	8
학생 수	남	4	3	6	13	3	7	5	15	7	5	12	40
	여	2	3	0	5	4	0	2	6	0	2	2	13
	계	6	6	6	18	7	7	7	21	7	7	14	53

2) 장애유형별 학생 수

구분	지적장애				자폐성 장애				중복장애			총계
성별	1급	2급	3급	중증	1급	2급	3급	중증	지적시각	자폐지적	지체뇌병변	
남	2	14	6	8	5	1	0	2	0	1	1	40
여	4	2	1	2	0	2	1	0	1	0	0	13
계	6	16	7	10	5	3	1	2	1	1	1	53

3) 교직원 현황

구분 성별	교원(22명)						행정실(5명)				교육공무직(9명)					기타(3명)		총계
	교장	교감	특수교사	진로전담교사	보건교사	영양교사	행정실장	사무운영주무관	시설주무관	통학운전주무관	행정실무사	특수교육지도사	통학차량보조원	조리사	조리실무사	시설미화원	사회복무요원	
남	0	1	11	0	0	0	1	0	1	2	0	0	0	0	0	0	2	18
여	1	0	6	1	1	1	0	1	0	0	2	3	2	1	1	1	0	21
계	1	1	17	1	1	1	1	1	1	2	2	3	2	1	1	1	2	39

4) 시설 현황

구분	교장실	행정실	교무실	보건실	보통교실	VR스포츠실	교과연구실	일상생활실	휴게실	시청각실	도서실	기초작업실	정보교육실	카페테리아	창의교육실	심리안정실	도예실	급식실	화장실
수	1	1	2	1	8	1	1	1	1	1	1	1	1	1	1	1	1	1	9

나. 학교 현황에 따른 장·단점 분석

1) 장점

– 타 학교와 비교하여 학교 규모 대비 다양한 특별교실 구축

– 빠른 의견수렴 및 적용이 가능

– 진로·직업 중점학교 운영에 따른 다양한 현장중심 교육활동 실시 경험

– 다양한 분야의 기관들과 MOU를 통해 지역사회 자원 다수 확보

2) 단점

– 적은 교원수에 따른 1인당 교원 업무의 과중화

– 적은 규모에 따른 분리되기 어려운 과정 운영과 부서 운영

2. 원인분석

교사들이 고교학점제 수행에 어려움을 느끼는 부분에 대해 자료분석, 개인면담, 고등학교 과정 교사 FGI 등을 통해 자료를 수집하였고, 이를 길 버트(Thomas Gilbert) 행동공학모형(BEM)을 통해 환경적 요인과 개인적 요인으로 나누어 분석하였다.

	정보	도구	평가
환경적 지원	**자료** 1. 고교학점제에 대한 명확한 지침 부족 2. 동학년이 없음	**도구** 1. 업무분장 시 과정 배정의 단기성으로 인한 단절 발생(연속성 부족) 2. 부서 중 과정부가 없음	**보상** 1. 별도의 보상 없음 2. 다양한 연수 등 전문성 신장 기회의 부족
개인적 행동 레퍼토리	**지식** 1. 고교학점제에 대한 지식습득의 어려움	**능력** 1. 개인 능력이 고려될 수 없는 업무분장 2. 개인 능력 측정의 어려움	**동기** 1. 고교학점제는 고등학교 과정에만 해당한다는 주변의 인식

3. 해결책 선정 및 제안

파악한 원인에 따른 해결책을 선정하고 이를 실행하기 위해 선정 준거를 설정하였다. 준거의 요소에는 실행가능성, 효율성, 시의성, 부작용 등이 있으나 가장 중요한 준거로 비용측면, 실행가능성, 지속성 이 세 가지를 선정하고 준거별 1~10점의 점수를 부여하여 우선순위를 정한 결과는 아래와 같다.

속성	핵심 원인	해결책	비용 측면	실행 가능성	지속성	순위
정보	고교학점제에 대한 명확한 지침 부족	고등학교 전문적 학습공동체 활용	9	10	9	3
	동학년 없음	무학년제로 편성 운영	10	10	10	1
도구	교원 과정 배정의 단기성에 따른 단절	업무분장 시 고등학교 과정 교원은 3년 단위로 편성하여 일관성 확보	10	8	8	5
	교육과정부 없음	과정별 교육과정 담당자 지정	10	9	9	3
보상	별도의 보상 없음	교원 성과급 정량평가에 고교학점제 연구학교 담당자 가산점 제공	9	9	8	7
지식	고교학점제 지식 습득의 어려움	고교학점제 관련 연수 최우선 지원 교육과정 관련 다양한 연수 신설	7	10	9	5
능력	개인능력이 고려될 수 없는 업무분장	전교원 수업 및 업무 관련 능력 전수조사하여 업무분장에 활용	10	10	9	2
	개인 능력 측정의 어려움					
동기	고교학점제는 고등학교 과정에만 해당한다는 주변의 인식	함께하는 문화형성	7	8	8	8

정보 영역에서는 두 가지 해결책을 선정하였다.

첫 번째로, 고교학점제에 대한 명확한 지침 부족에 대한 문제이다. 고교학점제는 학생 수요에 따른 교과목 편성, 성취기준 도달, 미이수 학생 예방지도 등 학교별로 새롭게 결정하여야 할 내용들이 너무 많고 방법적인 부분에 있어 학교별로 다르기 때문에 명확한 지침을 제공하기 어려운 부분이다. 이러한 운영사항들을 담당부장 혹은 담당교사가 결정하기에 무리가 있다. 이를 해결하기 위해 고등학교 과정 전문적 학습공동체를 고교학점제 운영사항과 연계하여 함께 논의함으로 집단지성을 통해 더 나은 방향을 모색하고 나아가 고등학교 과정에 대해 함께 논의하고 운영할 수 있게 하였다.

두 번째로, 동학년 없음에 대한 문제이다. 우리 학교는 학년당 1개 학급만 운영되고 있다. 선택과목 편성 시 1개 학급으로 편성할 경우 폐강 기준에 따라 선택이 아닌 선택교과를 운영하여야 한다. 이는 학생들의 다양한 교육과정 운영 및 선택권 보장이라는 고교학점제의 취지를 본의 아니게 벗어나는 결과를 초래하게 된다. 이에 고등학교 1학년의 경우 학교 지정과목으로 운영하고 고등학교 2 · 3학년은 무학년제로 운영하여 학생들이 다양한 전문교과 및 교내외 현장실습을 할 수 있도록 하였다.

도구 영역에서는 두 가지 해결책을 선정하였다.

첫 번째로, 교원 과정 배정의 단기성에 따른 단절 문제이다. 우리 학교는 중 · 고 · 전공과 3개의 과정을 운영 중이며, 모두 중등특수교사 자격을 소지하고 있기에 과정 배정이 본인의 희망과 학교의 운영사항 등으로 인해 잦은 이동이 있을 수 있다. 이는 고교학점제 전문교과 편성 시 교원의 능력에 따라 편성되는 교과가 있기에 전문교과 편성의 문제, 고교학점제 정착 및 고등학교 과정 운영의 일관성을 저해하는 등의 문제를 야기할 수 있다. 이에 업무분장 시 특별한 사유가 없는 한 최소 3년간 고등학교 과정 배치를 유지하는 조건으로 업무희망을 받아 고교학점제가 일관성을 가지고 운영될 수 있도록 하였다.

두 번째로, 교육과정부가 없음에 관한 문제이다. 우리 학교는 교무 · 연구 · 생활 · 진로 4개의 부서로 운영 중이다. 타 학교의 경우 통상적으로 학교 규모에 따라 8~16개의 부서를 운영 중인 것에 비하면 턱없이 부족한 숫자이다. 기존의 경우 연구부장이 학교 교육과정 편성 운영, 교육과정 및 시간표 운영, 개별화교육계획 운영 등 연구부와 과정부의 역할을 동시에 하고 있었다. 여기에 연구학교까지 담당을 하다 보니 업무가 과중함은 물론 부서의 운영과 과정의 운영이 명확하게 분리되지 않는 문제까지 발생하게 되었다. 이에 교무부의 협조를 얻어 기존 나누어져 있던 정보와 홍보 업무를 합치고, 그에 따른 인원 1명을 교육연구부로 추가 배치하여 교육과 정 담당업무를 편성하였다.

상세히 설명하자면 각 과정별로 교육과정 담당업무를 신설하게 되었는데, 자유학년제 업무 담당자는 중학교 교육과정 담당자로, 고교학점제 업무 담당자는 고등학교 교육과정 담당자로, 전공과 입학전형 담당자를 전공과 교육과정 담당자로 지정하여 운영하였다. 이 담당자들은 각 과정별 협의회를 통해 과정 운영사항까지 진행할 수 있도록 업무를 부여하였고, 그 결과 고교학점제가 원활히 운영되는 것은 물론, 과정별 운영사항이 강조되어 기존에 가지고 있던 문제 중 과정운영과 부서운영의 분리가 어려운 문제까지 부수적으로 자연스럽게 해결되었다.

보상 영역에서는 한 가지 해결책을 선정하였다.

고교학점제를 시행함에 있어 별도의 보상이 없는 문제이다. 이미 다양한 업무가 정착되어 있는 학교에서 새로운 것을 시작한다는 것은 쉽지 않다. 특히 연구학교의 경우 단순히 운영을 넘어 우리 학교 운영사항을 전국의 특수학교에 안내하는 역할을 해야 하기에 더 많은 논의와 행정들로 가득하다. 안타까운 점은 별도의 혜택이 없다는 것이다. 이에 최소한의 해결책으로 교원 성과급 정량평가에서 고교학점제 연구학교 운영에 대해 유의한 가산점을 제공하고 있다.

지식 영역에서는 고교학점제 지식 습득의 어려움에 대해 두 가지 해결책을 선정하였다.

첫 번째로, 고교학점제 관련 연수를 최우선으로 지원하고 있다. 교육방법은 매우 다양하며 변화무쌍하다. 이를 효율적으로 학교에 적용하기 위해 다양한 연수는 필수적이다. 특히 고교학점제는 학생 선택형 교육과정 운영 시 학교에서 편성할 수 있는 교과목이 늘어날수록 학생과 학부모의 선택 또한 범위가 늘어날 수 있다. 이에 다양한 연수가 있지만 고교학점제 관련 연수만큼은 예산과 기회의 범위 내에서 최우선으로 지원하고 있다.

두 번째로 교육과정 관련 다양한 연수의 신설이다. 교-수-평-기 일체화라는 용어를 모르는 사람은 없을 것이다. 결국 '학교는 어떤 것을 가르치는가? 어떻게 가르치는가? 어떻게 평가하는가? 어떻게 기록하는가?'가 기본이 되어야 한다. 특히 지금은 2015 개정 교육과정과 2022 개정 특수교육 교육과정이 함께 적용되는 시점이기에 수업과 평가를 함에 있어 혼선이 있는 시기이다. 특히 고교학점제 선택과목의 경우 더욱 그러하다. 이에 전문강사를 초빙하여 좋은 수업 만들기, 중도중복학생 평가, 2022 개정 특수교육 교육과정, 교수학습과정안 작성 등 교원의 역량강화를 위한 연수를 지속적으로 실시하고 있다.

능력 영역에서는 개인능력이 고려될 수 없는 업무분장, 개인 능력 측정의 어려움에 대해 한 가지 해결책을 선정하였다.

바로 전교원에게 수업 및 업무 관련 능력을 전수조사하여 업무분장에 활용하는 것이다. 통상적인 업무 희망원의 경우 보직교사 희망, 담임교사 희망, 부서 희망 등을 받는다. 하지만 업무 희망 시 위에 언급한 고등학교 과정 희망(3년간)과 더불어 수업 관련 자격증 조사와 희망교과 등을 함께 조사하였다. 이를 바탕으로 고등학교 전문교과 편성과 고등학교 과정 배치의 근거로 활용하고 고교학점제 운영의 기틀을 마련하였다.

마지막으로 동기 영역에서 고교학점제는 고등학교 과정에만 해당한다는 주변의 인식에 대해 공감문화 형성이라는 해결책을 선정하였다.

'고교학점제는 고등학교에서만 하면 된다.', 혹은 '고등학교 선생님들이 알아서 하는 것이니 나와는 상관이 없다.', '지금 업무하면 손해다.' 등 다양한 주변의 반응이 있다. 고교학점제를 정의하는 다양한 말이 있지만 한 단어로 표현하라고 한다면 단연 교육공동체 공감문화 형성이라고 생각한다.

고교학점제에 대한 전반적인 인식조사에서 어떤 준비가 필요하다고 생각하냐는 질문에 첫 번째로 나온 답이 「고교학점제에 대한 공감과 동의를 이끌어내기 위한 교육공동체(학생·학부모·교직원) 대상 연수」였다. 이는 이미 고교학점제는 그 누구의 단독 업무도, 그 어떤 과정의 업무도 아니라는 뜻이다. 교사, 학부모, 학생이 모두 한마음이 되어 준비하고 실행하고 평가하여야 한다. 바로 이것이 문화형성이다.

몇 가지 사례를 소개하자면, 학생들의 공감문화 형성을 위해 휠마스터, 카페 챌린지, 꽃내음, 스마트 톡톡 등 고등학교와 전공과 학생이 함께할 수 있는 다양한 진로동아리를 운영하고 있고, 학부모의 공감문화 형성을 위해 학부모 진로 동아리 운영, 교육활동 참여의 날 운영, 안성맞춤 진로진학설명회 운영 등이 있으며, 교원 문화형성을 위해 각종 연수와 연구회 운영, 독서동아리, 도예, 체육동아리 운영 등이 있다.

이 모든 것이 가능하려면 그 누구의 업무, 그 누구의 부서업무로 가능할까? 그렇기에 고교학점제는 교육공동체 공감문화 형성이 중요하다.

교육부에서 올해 5월 전국 특수학교 교감을 대상으로 고교학점제에 담당자 연수(전남 여수)를 실시하였다. 참석 후 느낀 점은 각 시도별로 그리고 학교별로 고교학점제에 대한 이해도가 정말 다르다는 것이었다. 학교의 위치, 학교가 처한 상황, 교육과정 운영사항 등이 너무 다를 것이고, 고교학점제를 준비하는 과정 또한 다를 것이며, 그에 따라 특수학교별로 형형색색의 고교학점제가 운영될 것이다.

이제 내년이면 특수학교 고교학점제가 2022 개정 특수교육 교육과정과 더불어 전면도입을 앞두고 있지만 아직 해결해야 할 숙제들이 많은 것 같다. 하지만 본래의 취지에 맞게, 그리고 학교에 맞게 잘 준비하여 고교학점제를 통해 우리 학생들이 다양한 진로를 선택하는 데 도움이 되었으면 한다.

• 이시원 선생님의 따뜻한 한마디 •

1. 모든 행정이 1년에 끝나는 법이 없습니다. 우선순위를 정하여 당해 연도에 실시할 것은 하고 나머지는 차후 년도에 실행합니다.
2. 해결책으로 제시되는 것들 중 학교 사정에 맞게 선택하여 적용할 수 있고, 순위에 상관없이 즉시 실행 가능한 것은 우선적으로 실시하는 것이 좋습니다.
3. 앞의 표는 학교에서 일어나는 모든 것에 적용 가능합니다. 해결책 선정 지표의 경우 다양하게 수정하여 활용 가능합니다.

2. 특수학교 고교학점제의 시작 ♡

박정찬

　고교학점제란 학생이 기초 소양과 기본 학력을 바탕으로 진로·적성에 따라 과목을 선택하고 이수 기준에 도달한 과목에 대해 학점을 취득·누적하여 졸업하는 제도다. 고교학점제는 변화하는 사회에 적응할 수 있는 역량을 기르고, 획일화된 교육과 과도한 경쟁 중심의 교육 현실에서 벗어나 학생들의 꿈과 진로를 찾도록 지원하기 위해 도입되었으며 학생들이 다양한 진로를 탐색할 수 있도록 폭넓은 교육과정을 구성하여 제공한다. 고교학점제는 2025학년도부터 전면 도입이 되는데 우리 학교는 2022학년도부터 2025학년도까지 모델 및 연구학교 운영하며 특수학교 고교학점제의 시작을 함께하게 되었다.

　우리 학교는 특수학교 고교학점제 모델교로 선정되고 첫 회의를 진행하였다. 주제는 우리 학교의 고교학점제 비전과 목표 설정이었다. 일반학교에서 시작한 고교학점제를 우리 학교는 어떻게 받아들이고 어떠한 목표를 가지고 추진할 것인지가 중요했다. 선생님들은 고교학점제를 '진로', '선택', '미래', '행복', '일상생활', '꿈', '주인공'이라는 단어로 표현했다. 우리는 도출된 단어들을 조합하고 문장으로 만들어 보며 고교학점제의 비전과 목표를 설정하였다. 비전은 학생들이 중심이고 학생들이 돋보이길 바라는 마음으로 '학생이 주인공이 한길 고교학점제'라고 하였다. 또한 학년별 교육목표를 설정하여 우리 학교만의 교육철학과 고교학점제의 방향을 설정하였다. 다소 상투적일 수 있겠지만 '진로', '선택', '미래'의 앞 글자를 따서 핵심가치를 '진 · 선 · 미'라고 하였다. 교육 비전과 목표를 수립하니 교육과정 협의 시 원만한 의사소통이 이루어지고 하나의 목표를 향해 건설적인 협의가 이루어졌다.

비전	학생이 주인공인 한길 고교학점제
목표	진로를 탐색하고 준비하는 자기주도적 학습설계 역량 함양
	선택과목을 활용한 개인 맞춤형 교육과정 운영으로 학생 중심 교육과정 구현
	미래를 준비하는 교육과정 운영과 교육공동체 협력체계 구축

고교학점제로 인한 가장 큰 변화는 학생의 진로에 맞는 다양한 과목을 개설하고 학생들은 자신이 원하는 과목을 수강할 수 있다는 것이다. 그동안 학교에서 과목을 정한 방식에서 벗어나 이제는 학생과 학부모의 의견을 수렴하여 과목을 개설하고 대학교처럼 원하는 과목을 수강할 수 있는 제도가 마련된 것이다. 우리 학교도 설문을 실시하여 6개의 선택과목을 개설하였고 학생들은 매 학기 원하는 과목을 선택하여 수강하고 있다. 수업은 학생들의 진로와 연계하여 진행되고 있는데 예를 들어, 외식서비스를 수강하는 학생은 바리스타와 조리 실습 등을 하며 직업에 필요한 직무를 학습하거나 일상생활에 필요한 여러 가지 기술을 배우고 있다. 고등학교 1학년 때는 서비스, 생산직, 농생명 등 다양한 진로를 탐색할 수 있도록 교육과정을 마련하고, 학생들의 적성과 흥미, 평가 결과를 반영하여 2학년과 3학년 때는 자신의 진로에 맞는 과목을 선택해 수강하도록 하고 있다. 그동안 획일적인 학교 교육과정이 운영되었다면 이제는 학생의 적성

과 흥미를 고려하고 교육공동체가 함께 참여하는 다양한 교육과정을 운영할 수 있게 된 것이다.

직업현장실습 화훼단지실습　　대인 서비스 우체국 견학　　기초작업기술 조립실습

우리는 고교학점제가 시작되면서 학생들의 진로를 구체적으로 설계하였다. 고교학점제와 관련하여 학부모 설문을 하였는데, 60% 이상의 학부모가 자녀의 진로를 결정하지 못했거나 어떤 진로가 있는지 모른다고 응답했다. 그래서 학기 초 개별화교육지원팀 상담 시간에 학생의 진로 희망을 파악하고 직업 평가를 실시했다. 또한 미디어 진로교육, 진로 주간, 비즈쿨 운영 등 다양한 진로 탐색 프로그램을 운영하며 학생들의 직업 흥미에 맞춘 맞춤형 진로를 설계했다. 태블릿 PC를 이용해 장래 희망을 그림으로 그리며 진로를 탐색하고, 지역사회의 복지관, 대학교, 사업체 등을 방문하여 미래의 삶을 경험하며 진로를 모색했다. 고등학교 졸업 후에는 전공과 진학, 가정으로 복귀, 시설 이용에 대한 단순한 진로 설계를 넘어, 내가 무엇을 좋아하고 어떻게 삶을 살 것인가에 대한 구체적인 미래를 설계하는 것이 매우 중요하다고 생각했다.

마지막으로 우리는 협력하고 연구하는 문화가 형성되었다. 새로운 제도가 학교에 도입되었을 때 교육공동체가 함께 협력하는 문화는 매우 중요하며 성공의 열쇠가 된다. 우리는 고교학점제가 시작된 후 나눔의 자리를 정기적으로 가졌다. 학기 초 학급 운영 방향을 소개하는 학급 경영 나눔의 시간과 전문적학습공동체 연구계획 및 결과발표회 등을 운영하여 교사의 교육철학을 공유하고 교사의 전문성과 교수학습 역량이 강화되도록 하였다. 또한, 도예, 독서, 체육 동아리 등 교직원 동아리를 운영하여 교직원 간 소통하고 협력하는 문화를 조성하였다.

학부모는 학교의 교육활동 운영 및 학생의 삶과 진로 설계에 협력자이며 조력자이다. 학부모가 학교 교육활동을 이해하며 공감할 수 있도록 진로·직업 동아리를 개설하여 운영하였다. 첫해는 바리스타, 두 번째 해는 목공 동아리를 개설하여 학부모가 서로 소통하고 자녀의 교육과정을 이해하는 시간을 마련하였는데 만족도가 매우 높았다.

교육 나눔 '한길즐겨찾기'　　　학부모 동아리 '뚝딱이 목공소'　　　교원 독서동아리 '책 벗'

2025학년도에는 고교학점제가 전면 도입된다. 특수학교 고교학점제라는 새로운 제도가 도입되며 모델교와 연구학교를 운영하기가 쉽지는 않았다. 마치 종착역이 없는 기차를 운전하는 마음이었다. 하지만, 고교학점제를 운영하며 학생, 학부모, 교직원이 함께 참여하는 학교 교육과정을 만들 수 있었고 모든 학생의 성공적인 진로와 행복한 삶을 위해 교육공동체 모두가 협력하고 노력해야 한다는 것을 깨달았다.

고교학점제는 성공적인 사회로의 전환을 연결해 주는 징검다리이다. 이 징검다리를 튼튼하게 놓아주어야 우리 학생들이 안전하게 사회로 건너갈 수 있다. 그리고 고교학점제는 소통과 배려, 관심과 사랑이다. 교육공동체의 소통과 배려, 교육 정책에 대한 관심, 그리고 학생을 사랑하는 마음이다. 특수학교 고교학점제가 성공적으로 정착되어 우리 학생들의 미래와 삶이 더욱 행복하길 기대한다.

• 박정찬 선생님의 따뜻한 한마디 •

1. 교육공동체가 함께 비전과 목표를 설정합니다. 고교학점제는 다양한 과목을 개설하는 것과 더불어 학생의 진로를 고민해야 합니다. 학생의 개별 흥미와 적성을 고려하는 교육과정을 설계한다면 우리 학생들의 미래는 더 밝을 것이라 기대합니다.
2. 공감(共感, empathy)과 이해의 문화를 정착합니다. 고교학점제의 빠른 안착을 위해 교사들의 전문성 신장도 중요하지만, 앞서 고교학점제를 마주하는 교육공동체 간의 공감과 이해의 문화 조성이 매우 중요합니다. 교육활동을 계획하고 실행하는 과정에서의 공감 문화는 그 어떤 프로젝트라도 완성도를 높게 합니다.

3. 진로의 시작, 동사형 꿈! ♡

한미정

중, 고등학교 시절, 방송에 대한 호기심과 동경으로 무작정 학교 동아리 방송실 문을 두드렸던 나를 기억한다. '딩~동~댕' 스피커를 통해 뚫고 나오는 종소리는 모든 이들을 초집중시키고 한순간에 귀 기울이게 만드는 그 울림이 나를 흥분시켰다.

난 그렇게 기쁨과 희열의 마음으로 중학교 방송반, 고등학교 방송반, 대학교 방송국까지. 방송이 내 마음의 안식처인 듯 방송국 주변을 얼쩡거리며 붙어 있었다.

진로교육이라는 말조차가 생소하던 고등학교 3학년 발등에 불이 떨어졌다.

미래를 계획해 보지도 않고 내일모레면 졸업이다. 고3 담임은 이제 갓 임용시험을 치르고 부임한 새내기 선생님이셨고, 진로의 '진'자도, 안성의 '안'자도 생소하신 분이었다. 그분에게 나의 미래를 책임질 종이 원서를 온전히 맡겨야 했다. 無 계획, 無 실천, 無 의지 3無를 가지고 대학에 진학하게 되었다. 학과에 관심보다는 대학 방송국 생활을 하며 졸업까지 버렸던 것 같다.

'한 우물만 파면 반드시 성공한다'고 누가 그랬던가….

버티고 버텨 정말 꿈만 같이 첫 직장으로 방송국에 취업한 나는 마케팅국 영상 제작부서에서 일을 하게 되었다. 오가다 만나는 연예인들의 모습이 신기하기만 했고, 깔끔하게 정돈된 아나운서 모습이 아름답게 느껴지고, 며칠 밤을 새워 꾀죄죄한 모습의 PD님을 보며 멋있다고 생각했다. 무조건 방송국이라는 실체만 동경했을 뿐 딱히 어떤 분야에서 일을 하고 싶다는 생각을 해보진 않았다. 정체성 없이 AE, 카피라이터, 광고 영업, 방송 지 두루두루 나름대로 시간을 보내며 '주어진 역할을 열심히 하면 그게 천직이지!' 하고 말이다. 하지만 호기롭게 직장 생활을 하며 10년 차가 되었을 때, 난 문득 '방송국' 그 자체가 꿈이 되어가고 있는 나를 발견했다. 그저 빨리 방송국에 취업하여 출퇴근하고 싶었다. 방송국에만 취업한다면 내 꿈을 이루는 것이라는 믿음으로 가득했던 시절이었다. 직업이 가지고 있는 가치를 생각해 보지 않았던 터다.

　어느 날 직업의 가치도 찾지 못하고 꿈만 꿨던 방송국 생활이 물려 탈진 증후군(Burnout syndrome)으로 잠시 쉬고 있을 때, 우연히 엄마 뒤꽁무니만 따라다니는 건장한 성인 지적장애인을 만나게 되었다.

　웃으며 건넨 "안녕하세요!" 인사에 너무나 활짝 웃어 보이는 그.

　어느새 경계와 의심의 눈빛이 사라지고 "안녕하세요!" 인사 한마디에 지킬 박사처럼 호기심 가득한 순수한 눈빛으로 순식간에 바뀌는 그 짜릿한 찰나를 난 경험했다.

　삶의 힘든 여정으로 순수함을 잊어가던 그때, 순수함이 무기였던 그들을 만났고, 일하고 싶은 욕구를 매개로 그들의 미래, 꿈, 진로 이야기를 하며 숱한 만남과 때론 이별과 기쁨으로 희로애락의 시간을 함께 보냈다. 그들을 만나는 일은 실로 가슴 뛰는 일이다. 그리고 마침내 그들의 매력에 빠져 방송국이란 꿈에서 교사란 실체가 드러나는 직업을 꿈꾸기 시작했다.

나는 어떤 교사여야 할까? 멘토를 찾아보자! 주변에 선생님들을 생각하니 큰 가르침을 주신 선생님들과 고등학교 3학년 선생님이 문득 떠오르며 큰 깨달음을 얻었다. 그렇게 난 '꿈을 꾸는 방법을 함께 고민하고 함께 그려나가는 특수교사'가 되고 싶다! 라는 꿈이 생겼다. 꿈을 이루려면 학생들의 환경과 정보를 미리 섭렵해야 한다는 마음가짐이 특수교사, 진로전담교사라는 직업을 대하는 나의 기본 자세가 되었다. 한길학교 개교와 동시에 이제 비로소 방송국이란 명사형 꿈에서 동사형 꿈이 완성되었다. 그리고 교사가 되기 위해 대학 편입을 하며 늦깎이 대학생으로 공부에 공부를 거듭하며 임용시험을 통해 교사가 되었다.

난 가끔 교사로서 자괴감에 빠지거나 능력이 한없이 부족하다 느껴져 기운이 빠지는 날은, 기억의 저편으로 넘어가 꺼내어 보는 나 자신에게 던지는 질문이 있다.

'흥미는 있었지만 막연한 꿈으로 가치를 보지 못했던 방송국. 억세게 운이 좋아 꿈에 그리던 직장을 갖게 되었지만 그래서 그다음은? 꿈도 있고, 흥도 있었지만…. 나의 마음은?'

학생들과 오늘도 웃고 기운 내며 함께 '너희들의 맘, 꿈, 흥은 무엇이니?' 질문한다.
한길학교 진로상담은 이렇게 시작되었다.

똑, 똑, 똑.
문을 빼꼼히 열며 담임교사와 함께 들어오는 중학교 3학년 혜인이의 모습이 보인다. 몸짓, 손짓으로만 의사소통하는 학생이다. 익숙한 주변 환경과 친구들이 보이면 유심히 관찰하듯 쳐다보고 환하게 웃는 학생이다. 시작을 어떻게 해야 할까? 평가가 어려워 각종 평가도구는 접어두고, 주변 친구들의 모습으로 이야기가 시작되었다. 같은 반 친구들의 얼굴과 학교 전경 사진과 학급 사진을 보여주자 웃어 보인다. 곧 고등학교 입학을 앞두고 진학 상담이 이뤄져야 하는 시기였기에 같은 반 친구들의 얼굴을 우리 학교 전경 사진에 놓아두며 "혜인아! 친구들은 모두 한길학교에 가고 싶대. 우리 혜인이는 어느 학교에 가고 싶니?"라고 묻자 활짝 웃어 보이며 한길학교에 자기 얼굴을 가져다 놓는다. 이렇게 친구들을 좋아하니 우리 혜인이의 모든 상담은 친구들을 매개로 이어나간다.

똑, 똑, 똑.

문을 들어서자마자 "선생님 전! 농부가 되고 싶어요." 다짜고짜 자신의 명확한 진로를 당당하게 주장하는 철민이. 아직 고등학교 1학년이지만 자신의 진로를 고민해 봤다는 것 자체가 특수학교에서는 굉장히 월등한 지적 수준임을 말해준다.

"농부는 왜 되고 싶어?"
"블루베리와 채소를 좋아하니까요!"
"그러면 블루베리와 채소를 수확해서 어떻게 할 건데?"
"아는 사람들을 주고 싶어요."
"그냥 주는 거야? 아니면 돈 받고 팔 거야?"
"…."

아직 거기까진 생각하지 못한 진로 계획이다. 그럼에도 자신이 무엇을 하고 싶은지 명확한 생각이 있음에 감사하다.

누군가 "꿈이 무엇입니까?" 하고 물었을 때 누구나 당연히 직업 가운데 하나를 골라 답하는 것이 어쩌면 당연하게 느껴진다. 직업은 꿈이 아니라 꿈을 이루기 위한 삶의 수단일 뿐인 것을 이렇게 반백 살을 앞두고 느끼다니, 아쉬운 부분이다.

2010년 관계 부처 합동으로 제1차 진로교육 종합 계획이 수립되었지만, 특수교육에서는 10년이 훌쩍 지나 「진로교육법 시행령」 개정에 따라 2020년부터 전국 특수학교에 1교 1인씩 진로전담교사가 배치되었다. 우리 학교의 진로전담교사는 나다. 진로교육이란 단어조차 어색하던 20여 년 전과 비교하면 아날로그가 디지털화되고, 대면보다는 비대면이 익숙해지고 스스로 개척하는 진로 역량이 중요시되는 교육의 패러다임 자체가 바뀌었다. 세상은 변해가는데 우리 장애 학생들에게는 어떠한 변화를 지원해 줘야 할까?

난 오늘도 학생들에게 미래에 대해 함께 고민하고 따뜻한 위로와 현실적인 조언으로 방법을 찾아가며 희망을 주고자 한다. 특수교사로 진로전담교사로서 성장하는 나만의 가치이다.
난 우리 학교 진로전담교사다.

1. 나는 무엇을 좋아하는가? 먼저 생각해 봅니다. 우리는 태어나면서부터 선택의 순간을 맞이합니다. 사소하지만 일상생활 속에서 해보고 싶고 하고 싶은 것을 생각해 봅시다. 다양한 흥미 유형 검사 도구나 다양한 체험을 해보는 것도 큰 도움이 됩니다.

2. 실패하든 성공하든 중요하지 않습니다. 도전 자체가 아름답습니다. 인생을 살다 보면 누구나 아주 작은 일에도 실패를 경험합니다. 실패하더라도 '어떤 사람으로 자라고 싶은가?'의 질문으로 가치를 먼저 생각하도록 유도해 봅시다.

4. 미래를 위한 선택 앞에 선 당신에게 ♡

장민지

'인생은 B와 D 사이에 있는 C이다.' 이 말은 프랑스 철학자 장 폴 사르트르가 처음 했다고 알려져 있으나, 사실 그 출처는 불분명하다. 어찌 되었든, 인생은 Birth(탄생)와 Death(죽음) 사이의 Choice(선택)로 가득 차 있다는 것이다. 우리의 삶도 그리고 우리가 만나는 학생들의 삶도 모두 매일 선택으로 이루어진다. 소소하게는 점심 급식에서 무엇을 먼저 먹을지 고르는 것부터, 거창하게는 앞으로 어떤 삶을 살아갈지 결정하는 것까지. 모든 것이 선택이다. '선택'이라는 것은 '책임'이 따르기에 참 어렵게 느껴진다.

인간은 태어나 자라며 유년기, 청소년기, 성인기를 거쳐 노년에 이르는 인생의 여러 단계를 겪는다. 인생의 단계를 거치는 동안 각 단계에서 거치게 되는 발달 과업들이 있다. 이 과업 중 하나가 바로 '전환'이다. 유아기에서 청소년기로, 청소년기에서 성인으로 넘어가는 과도기, 그 시기에 하는 '선택'들은 다음 시기의 삶에 영향을 미친다. 학교에서 만나는 학생들은 유아기에서 청소년기로 넘어가거나 청소년기에서 성인으로 넘어가는 과도기에 놓여 있다. 학생들이 처음 마주하는 인생의 과도기에서 선생(先生)으로서 우리는 어떤 것을 보여줄 수 있을까. 특수교육 전문가로서 보호자에게는 어떤 '선택'을 할 수 있다고 안내할 수 있을까. 사실 정답이 없는 질문이다. 모두에게 필요한 것이 다르고 모두가 원하는 것이 다르므로.

인터넷에 떠도는 '메뉴 선택 만다라트'를 본 적이 있는가? 필자가 누군 가를 만났을 때 가장 두려워하는 질문은 '뭐 먹을래?'이다. 필자에게 제일 어려운 것은 오늘 무엇을 먹을지 생각하는 것인데, 그런 나에게 무엇을 먹을지 선택하라니. 그래도 나에게 구원이 있었으니 바로 '메뉴 선택 만다라트'다. 이 만다라트 덕분에 위기를 넘긴 적이 여럿이다. 이처럼 우리가 만나는 학생들에게도 인생의 전환기에 해야 하는 '선택'에 보기가 있다면, 보호자들에게 정보가 있다면 도움이 되지 않을까.

이제 고등학교를 졸업하고 학교 밖 세상으로 나아가는 발달장애 학생과 보호자에게 가장 어려운 선택은 무엇일까? 아마도 청소년기에서 성인기로 넘어가는 이 시기에는 진로 선택이 가장 큰 문제일 것이다. 선택이 어려운 이유는 무엇을 선택할 수 있는지, 그 선택 너머엔 어떤 기관들이 있는지 정보가 부족하기 때문일 수도 있다. 또한, 선택 이후의 삶에 대한 불확실성과 다른 선택의 기회를 잃게 될지도 모른다는 불안이 원인일 수도 있다.

우선 정보 부족에 대한 어려움을 해결해 보자. 고등학교를 졸업한 학생은 크게 '고등교육과 평생교육', '취업과 직업훈련', '생활 지원기관 이용' 중 하나를 선택한다.

첫 번째 선택지인 고등교육과 평생교육은 대학과 전공과 진학, 평생교육으로 나뉜다.

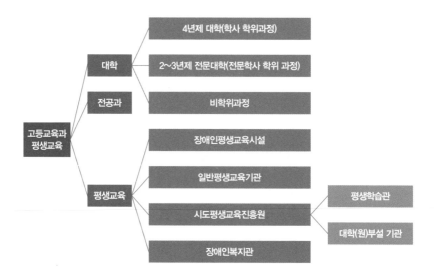

대학은 4년제 학사학위 과정과 2~3년으로 이루어지는 전문 학사 과정으로 나뉘고, 전공과는 1년 과정과 2년 과정의 전공과로 나뉜다. 평생교육은 지역의 다양한 평생교육 기관이나 장애인복지관 같은 곳에서 참여할 수 있다.

두 번째 선택지인 취업과 직업훈련은 직업훈련과 급여를 받는 근로로 나뉜다.

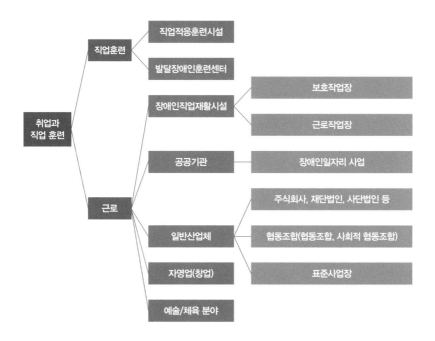

직업훈련은 직업 적응훈련 시설이나 발달장애인 훈련센터에서 실시하는 직업훈련에 소정의 교육비를 내고 참가하는 것이다. 근로는 장애인 직업재활시설, 공공기관, 일반산업체 등에서 급여를 받고 일하는 것과 창업, 예술·체육 분야로의 진출로 구분된다. 근로의 유형 중 하나인 장애인 직업재활시설은 보호작업장과 근로작업장으로 나뉜다. 보호작업장은 직업 능력이 낮은 장애인에게 직업 재활훈련 프로그램을 제공하는 기관으로서 장애인을 위해 안전하게 구성한 환경에서 근로 기회를 제공하여 노동의 대가로 임금을 지급하는 곳이다. 근로작업장은 보호작업장과 비슷한 곳이지만 최저 임금 이상을 지급한다는 점에서 차이가 있다. 일반산업체 유형

중 표준사업장은 일반노동시장에서 상대적으로 취업이 어려운 장애인을 다수 고용하고 있는 사업장으로 자회사형 장애인표준사업장, 사회적 기업형 장애인표준사업장, 컨소시엄형 장애인표준사업장으로 구분된다.

마지막 생활 지원기관 이용은 진학도 취업도 희망하지 않는 사람 중에서 하루를 의미 있게 보내고 싶은 사람이 선택할 수 있는 보기이다.

오전부터 낮까지 종일 시간을 보내는 주간보호시설과 하루에 정해진 시간 동안 지역사회 속에서 사람들과 시간을 함께 보내는 주간활동서비스로 구분된다.

지금까지 고등학교 또는 전공과 졸업 후 선택할 수 있는 '보기'를 살펴보았다. 모든 설문조사에 항상 마지막 번호로 '기타'가 있듯 앞에 안내한 보기 외에 다양한 선택지가 존재한다. 그러니 거주하는 지역에 선택할 수 있는 또 다른 보기가 있는지 살피기를 추천한다.

그렇다면 '선택' 이후의 삶은 어떨까. 하나의 보기를 선택하면 그 길로만 가야 하는 걸까? 답은 당연히 '아니다.' 전공과를 진학한 후에 다시 대학으로 진학할 수 있고, 평생교육으로 직업훈련을 받을 수도 있다. 반대로 취업으로 성인기를 시작했으나 나중에 대학 진학을 할 수도 있고, 성인 생활 지원기관을 이용하다 취업할 수도 있다. 인생은 고정된 것이 아니라 계속해서 변화하고 성장하기 때문이다. 우리는 어떤 '선택'이든 언제든 다른 '선택'으로 바꿀 수 있다.

그러니 '선택'을 두려워하지 말고 우선 그 결과를 만나보기를 바란다. 우리의 오늘은 그 작은 '선택'들이 만나서 이루어진 결과일 것이니.

• 장민지 선생님의 따뜻한 한마디 •

1. 선택지가 모두 매력적이라면? 이 선택이 지금만 가능한 것인지, 다음에도 기회가 있는 것인지 때를 생각해 봅니다.
2. 선택지가 모두 끌리지 않는다면? 처음으로 돌아가 다시 생각해 봅니다. 때로는 일단 선택하고, 선택한 것이 옳은 선택이 되도록 노력하는 것도 필요합니다.
3. 선택한 결과가 후회된다면? 당장 그만두고 다른 선택을 하기 전에 처음 선택의 순간으로 돌아가 충분히 숙고해 보고 결정합니다.

5. 취업 성공? 이제 너의 차례! ♡   양희학

덕업 일치된 삶은 나에게 엄청난 활력소로 작용한다. 교직에 들어와서 학생들의 최종 목적은 취업이라고 줄곧 생각해 왔다. 학생들의 능력과 특성을 파악하여 적재적소의 직무, 사업체에 취업할 수 있도록 방법과 방향을 제시해주는 취업 담당 교사. 그리고 취업이라는 열매를 맺게 되는 나의 제자들. 이것이 나의 덕업 일치된 활력소이다.

2020년부터 학생들의 취업을 담당하면서 12년 교직 생활 중 이렇게 희열을 느꼈던 적이 없었다. 그러나 한편으로는 중, 고등학교 선생님들께 죄송한 마음이 든다. 학생들이 취업이라는 열매를 맺기 위해서 씨앗부터 꽃이 피는 전 과정을 함께 하셨던 분들이 열매를 맺는 바로 이 장면을 목격하실 수 없기 때문이다. 그래서 매년 학기 말에 중, 고등학교 선생님들께 "선생님의 제자 ○○이가 이번에 어느 회사 취업에 성공하였습니다."라고 취업 소식을 전해드린다. 소식을 받으신 선생님께서는 자기 일처럼 펄쩍 뛰시며 기뻐하신다. 정말이지 이보다 큰 영광은 없는 것 같다.

나는 이 글을 통해 현장실습 또는 취업을 담당하시는 선생님 그리고 고등학교 3학년, 전공과 2학년 등 졸업이 가까워진 학생 및 보호자와 이야기를 나누고 싶다.

〈학습중심 현장실습의 유형에 따른 사례〉

경기도교육청 특수교육과에서 매년 '특수교육대상자 학습중심 현장실습 운영 계획'을 공문으로 안내해 준다. 이 공문을 토대로 학교 학습중심 현장실습 운영 계획을 작성한다. 학습중심 현장실습은 다양한 형태로 운영되고 있는데 실습 유형에 따른 사례는 다음과 같이 교내활동과 교외활동으로 나뉜다. 우선 취업을 위해 필요한 준비사항과 교내활동을 살펴보고 후속편에서 교외에서 이루어지는 활동에 대해서 이야기해 보도록 하겠다.

〈학습중심 현장실습 유형 구분〉

구분	형태	교육 과정	유형 및 예시	주관	실시 시기	기간	작성 서류	지원 인력
교내 활동	강의 및 체험	교육 과정 내	**교내 직무체험형 현장실습** 특수학교 학교기업, 창업교육(비즈쿨) 및 동아리 활동, 전문가 초빙강의 등	학교	고1~3, 전공과	자율	자체 계획서	별도 없음
교외 활동	강의 및 직무체험	교육 과정 내	**우수교육기관 연계교육형 현장실습** 진로직업특수교육지원센터, 학교기업, 통합형 직업교육 거점학교, 직업위탁교육기관, 폴리텍, 전문대학 등	학교	고1~3, 전공과	자율	자체 계획서	별도 없음
	직무 및 직장경험	교육 과정 내	**산업체 직무체험형 현장실습** 취업캠프, 견학, 직무체험 등	학교	고1~3, 전공과	자율	자체 계획서	별도 없음
			장애맞춤기관 직무체험형 현장실습 발달장애인훈련센터, 장애인복지관, 장애인직업재활시설 등	공단, 복지관, 직업재활시설 등	고1~3, 전공과	자율	자체 계획서	별도 없음
	인턴십	교육 과정 내, 방과후, 방학중	**산업체 채용약정형 현장실습*** 채용을 약정으로 한 산업체 현장실습	산업체	고3, 전공과	1주 이상 3개월 이내	현장실습 표준협약서	별도 없음
			정부주도 취업연계형 현장실습 한국장애인고용공단, 한국장애인개발원, 교육청, 지자체 등 정부 및 공공기관에서 취업과 연계하여 운영하는 현장실습	교육부, 고용노동부, 보건복지부, 지자체 등	고3, 전공과	1주 이상 3개월 이내	참여 동의서 등	직무 지도 원등

취업을 위해 교내에서 필요한 준비

면접

예상 질문 리스트를 미리 준비한다. 5년간 현장실습 직무를 맡아 아이들 채용 면접을 인솔하면서 면접관들께서 하시는 질문들을 작성해 보았다. 장애 학생들의 면접은 주로 아래 질문이 많이 나왔으며 이 파일을 스캔 후 학생들 개인 SNS로 전달하여 면접 전까지 최대한 많이 반복해서 질문하고 답하는 훈련을 한다. 반복연습은 학생들의 긴장을 완화하고 자신 있는 대답을 가능하게 한다.

〈면접 질문 리스트〉

① 자신의 이름과 주소, 나이를 말해보세요. (자기소개)

②-1 ○○을/를 지원하신 이유와 하는 일은 무엇입니까?

②-2 ○○은/는 어디에 있습니까?

③ 직장 상사에게 꾸중을 들었을 때는 어떻게 하시겠습니까?

④ 작업복(옷, 장갑, 토시 등)이 손상되었을 때는 어떻게 하시겠습니까?

⑤ 아침에 너무 아파서 지각/결근을 하게 된다면 어떻게 하시겠습니까?

⑥ 직장동료와 다투거나, 억울한 일이 생기면 어떻게 하시겠습니까?

⑦ 돈을 벌면 무엇을 하고 싶으십니까?

⑧ 현재 먹고 있는 약은 있으신가요?

⑨ 회사에 오는 방법? (대중교통)

위 리스트에 대한 모범답안은 수업자료로 충분히 활용하여 함께 작성해볼 수 있으며, 화면에 현수막(PPT)을 띄어놓고(ex, ㈜○○회사 채용면접.2024.1.1.) 회사 면접실과 같은 환경 구성을 통해 실제 상황을 유사한 장면을 연출하여 연습한다면 학생들의 면접 연습에 많은 도움이 될 것이다.

출 · 퇴근

학생들의 취업을 위한 또 다른 관문이라고 말해도 과언이 아니다. 우리 학교는 학생들이 지역사회 내에서 최대한 대중교통을 스스로 이용할 수 있도록 현장실습과 지역사회적응훈련을 통하여 지원하고 훈련한다. 출퇴근의 경우 대부분 학생과 네ㅇ버 길찾기를 통하여 도보, 대중교통을 이용한 경로를 확인하여 출근 당일 함께 출근한다.

안성은 산업체가 대부분 도시 외곽에 있어 버스 환승 없이 이동하기가 쉽지 않다. 그래서 통근버스를 이용할 수 있는 회사를 최대한 추천하며 대중교통 환승, 가족 지원, 도보 등 다양한 방법으로 출퇴근이 가능하도록 지도한다. 한 가지 노하우는 면접 채용이 확실해져서 출퇴근이 필요하다면 최대한 학생들의 집 근처에 통근버스가 배차될 수 있도록 하고 어렵다면 시내버스로 한 번에 갈 수 있는 장소에 통근버스가 지나갈 수 있도록 협조를 구한다.

추수 지도

학생들이 산업체에 완벽하게 적응할 수 있는가를 판가름할 수 있는 매우 중요한 업무다. 먼저 졸업생의 경우 경기도교육청에 장애학생 현장실습 운영 매뉴얼에 따라 졸업 후 3년간 추수 지도를 실시하고 있으며 3년 내 퇴직, 이직하는 학생들의 동태를 살피며 분기별, 학기별 추수 지도를 실시한다. 재학생은 지원고용, 산업체 채용형 현장실습, 복지일자리 등 교외에서 실시하는 현장실습의 경우 직무지원원의 지도 방법을 최대한 존중하며 최소한의 연락한다. 잦은 연락은 서로에게 또 다른 업무로 느껴질 수 있기 때문이다. 따라서 처음 만나는 날 표준협약서, 참여 조건합의서에 나와 있는 내용을 상세히 설명하고 학생의 특성, 학교에서의 지도 방법을 말씀드리며 그 외 궁금한 사항은 언제든지 연락을 주시라고 말씀드리며 명함을 드린다.

장애 학생 직무지도는 대부분 경력자이시기 때문에 정말 궁금한 사항이 있지 않고는 대부분 학생을 통해 전달하시거나 가볍게 문자를 주시곤 한다. 그리고 그날 학생 퇴근 후 담당자분께 전화를 걸어 오늘 하루 어땠는지 또 개선이 필요한 부분은 없는지 여쭈어보고 가정과 연계하여 해결하며, 그 이후의 연락은 대부분 학생과 직접적으로 상호작용하며 공식적으로 월 1회 정도 방문하여 순회 지도를 실시한다. 추가로 학생뿐만 아니라 보호자와의 통화도 간헐적으로 실시하면 교사에게 하지 않는 이야기를 들을 수 있는 장점이 있다.

상담
전공과 2학년 진급하여 가장 중요한 것은 직업 선택이다. 어떤 직종의 직업을 선택하는 것이 미래 학생들에게 가장 효과적일지는 주기적인 상담을 통해 가능하다. 많은 보호자들은 사무직, 바리스타 등 비교적 안전하고 깨끗하며 쉬운 직무를 희망하고 그 일을 자녀들에게 추천한다.

그러나 취업 현황을 보면 사무직, 바리스타 등 희망하는 직업을 갖는 경우도 있지만 소수이며 대부분 제조업 분야에서 근무하는 것이 현실이다. 따라서 이 격차를 줄이는 것이 중요한데 보호자가 희망하는 현장실습 직무와 실제 취업이 가능한 산업체에서의 현장실습 직무를 병행하여 경험하게 하는 것이 매우 효과적이다. 그렇다면 취업의 현실을 어느 정도 파악할 수 있으며 다양한 직종에 대해 편견 없이 마음이 열리기도 한다. 주기적인 학생, 보호자와의 상담이 학생의 취업을 가능하게 한다고 생각한다.

교내 직무체험형 현장실습

교내 직무체험형 현장실습은 실제 사업장과 유사한 작업환경으로 구성된 교내 실습실에서 현장적응력과 실제적 직무기능 향상을 위한 직업훈련이나 직무체험을 하는 현장실습이다. 모든 학생들의 교외로 나가서 실습에 참여하는 것에 제한이 있기 때문에 외부 사업체에서 생산하는 물품을 학교에 가져오거나 배달을 해주면 완성 후 다시 사업체로 납품을 한다(주로 임가공). 학교기업과 같이 학교에서 직접 원두 로스팅을 하여 더치커피, 드립백 등을 생산하는 자체 생산 체계를 활용한 현장실습이 있다.

우리 학교의 경우 인근 보호작업장에서 전기제품에 활용하는 임가공 제품을 교내현장실습 담당선생님이 주기적으로 제품을 가져와서 전공과, 고 2·3 학생들이 현장실습 시간에 조립 후 다시 사업체에 납품하는 체계로 현장실습을 운영하고 있다. 더불어 창업교육(비즈쿨) 사업도 교내 직무체험형 현장실습에 해당되는데 자세한 사항은 장현성 선생님 내용을 참고하면 좋을 것 같다.

1. 교내에서 실시하는 다양한 현장실습은 학생들의 장애 특성에 따른 능력과 잠
재력을 파악할 수 있는 중요한 과정입니다. 또한 운동회, 지역사회 적응훈련,
수련회, 학교 사랑 조회 등 학생들을 다양한 측면에서 관찰하고 기록해두면
현장실습(취업자리) 기회가 생겼을 때 적합한 실습 장소에 학생을 배치하는
데 도움이 됩니다.

6. 꿀벌의 비행을 따라, 나의 진로를 따라 ♡　장민지

우리 학교는 학생들에게 여러 진로교육을 제공하고 있다. 전일제로 이루어지는 체험형 진로교육부터 학급 단위로 한나절만 진행되는 진로교육 등 운영 방법과 형태도 다양하다. 그러다 보니 학교 달력은 늘 빼곡하게 채워져 있고, 교무실은 교육활동 준비로 항상 분주하다. 자유학년제가 첫 도입 된 2018년부터 2024년 고교학점제 연구학교까지 학생들을 위한 다채로운 프로그램이 이루어졌다. 어떤 프로그램이 어떻게 진행되었는지 평가도 성실히 하였으나 낱알같이 흩어진 일정들로 인해 시간이 지나고 나면 무엇을 했는지 기억하기 어려울 때도 있었다.

그러던 중 2016년부터 2023년까지 8년 동안 해온 '한길에서 꿈 찾기'라는 프로그램의 운영 평가에서 이제 프로그램을 새로운 형태로 운영하자는 의견이 나왔다. 이 한 문장에서 출발한 변화의 날갯짓에서 '한길에서 꿈 찾기 시즌 2, 진로 탐색 주간 꿈꿀지도'라는 새로운 프로그램이 탄생했다.

'꿈꿀지도'

진로 탐색 활동을 하는 한 주 동안 학생들이 '꿈을 꾸게' 하고, 꿈을 위한 '진로 설계의 지도'를 그리기를 희망하는 마음으로, 더 나아가 이 시간이 학생들에게 '꿀'같이 달콤한 추억으로 남기를. 꿀벌처럼 매일 열심히 모으며 자신의 미래를 꿀벌 집처럼 채워가기를 바라는 마음으로 지은 프로그램의 이름이다.

여러 직업인과 함께하는 직업 체험, 지역사회의 진로 기관 견학, 자기탐색 시간, 1박 2일 학교 캠프 등 다양한 교육활동이 일주일을 알차게 채우고 있다. 사실 이 교육활동들은 원래 학교에서 학생들에게 제공하고 있었던 것이다. 진로 탐색주간을 운영하기 위해 새롭게 한 것이라고는 활동 전, 후 교육을 위한 학생용 익힘책을 제작한 것과 분위기를 띄우기 위하여 '꿀벌' 머리띠를 잔뜩 만든 일뿐이다.

물론 진로 탐색 주간을 운영하는 동안 한 부서의 해당 업무 담당자만 애쓴 것은 아니다. 일주일 동안의 프로그램을 만들기 위하여 세 개 부서, 여섯 명의 선생님이 함께 모였다. 인원이 적은 우리 학교 특성상 부서 업무 외에도 TF 팀처럼 모였다 흩어졌다 하는 일이 간혹 생기곤 하는데, 진로 탐색 주간 운영이 그러했다.

그럼, 이제 주요 교육활동을 소개하도록 하겠다.

전일제 직업 체험활동

다양한 직업군의 직업인이 직접 학교로 찾아와 체육관에 체험 부스를 차린다. 학생들은 40분씩 학급 단위로 이동하며 자유롭게 체험 부스를 찾고, 해당 직업이 하는 직무 한 꼭지를 체험한다. 이 직업들과 직무들은 우리 학교 교육과정과 연계하여 진로와 직업 교과나 전문교과에서 우리 학교 시설과 자원으로는 다루기 어려운 성취 기준을 중심으로 구성한다. 다양한 직무를 체험하며 여러 과목의 성취 기준을 경험하고, 자기 적성에 맞는 직군을 탐색해 볼 수 있다.

자기 탐색 프로그램

성격 검사부터 자신이 좋아하는 것을 찾아보는 활동으로 구성된 자기 탐색 프로그램은 학생이 자신은 어떤 사람인지 스스로 탐색할 수 있도록 한다. 탐색 활동을 하며 스스로를 더 깊이 이해하는 시간이다. 발달장애 학생의 수준에 맞도록 쉽게 구성된 활동과 학습 활동지를 이용하여 학생들이 자기 주도적으로 참여하도록 구성하는 것이 핵심이다.

지역 탐방 프로그램

우리 학교에 입학하면 고등학교 3년 동안 한 학기에 한 개 기관씩 총 여섯 개 기관을 견학한다. 일반 산업체부터 표준사업장, 보호작업장과 같은 취업 또는 직업훈련 시설, 주간보호시설, 장애인종합복지관과 같은 재활 시설, 대학, 평생교육원 같은 진학 기관까지 학년별로 정해진 유형의 기관을 방문하게 된다. 보호자도 희망하면 함께할 수 있다. 우리 지역에 어떤 기관이 있는지 살펴보고 내가 선택할 수 있는 진로에는 무엇이 있는지 경험해 보는 시간을 가진다.

1박 2일 학교 캠프

학교에서 친구들과 함께 숙박형 체험학습을 진행한다. 급식이나 식당처럼 누군가 해주는 밥이 아니라 우리끼리 메뉴를 정해 요리를 하고 다른 사람들과 나누어 먹는 시간이다. 밤에는 서로 그간 아껴온 끼를 뽐내는 오락 활동 시간도 기다리고 있다. 즐겁게 지낸 후 간단히 샤워도 하고, 교실에서 우리 반끼리 침낭을 깔고 누우면 수다가 시작된다. 다음 날 아침 학교에서 일어나 식사하고 다시 하루를 시작한다. 1박 2일 학교 캠프는 학생들에게는 잊지 못할 추억의 밤을 선사하고, 건강한 일상생활 유지를 위한 기술을 연습하는 시간을 제공한다. 교사에게는 학생들의 생활 모습을 관찰하고, 특성을 이해할 수 있는 관찰의 시간이 되기도 한다.

이렇게 '진로 탐색 주간 꿈꿀지도'를 크게 네 가지 주제로 열세 개의 구체적인 교육활동을 기획하여 일주일간 운영하였다. 중학교와 고등학교, 전공과 수준별로 나누어 참여하기도 하고 전교생이 함께 참여하기도 하며 하루씩 알차게 채웠다. 매일 교육활동에 참여한 학생들은 익힘책 첫 장의 '꿈꿀지도'에 도장을 찍으며 지도를 완성하도록 하였다. 도장을 모두 채우면 수료증과 소정의 기념품을 제공하였다. 길다면 길고 짧다면 짧은 일주일 동안 모든 학생이 도장을 받기 위해 매일 열심히 참여하는 모습을 볼 수 있었다.

하루하루가 지날수록 교직원의 얼굴에는 피로감이 켜켜이 쌓여 갔지만 학생들은 매일 더 밝아지는 것을 볼 수 있었다. 한 주가 끝나고 평가회 시간에 선생님들의 입에서 '다시는 하지 말자!'라는 말이 나와도 이상하지 않을 것 같은데, '내년에는 이렇게 하자'고 먼저 제안해 주시는 선생님들이 계셔 든든하고 감사하다.

• 장민지 선생님의 따뜻한 한마디 •

1. 평소 경험하지 못했던 교육활동을 위해 가장 필요한 것은 이를 도와줄 전문 인력입니다. 다채로운 교육활동 운영을 위해 시와 교육지원청에서 관리하는 강사 인력은행과 마을 교사를 활용해 봅니다.
2. 학생들의 기억을 추억으로 남기고 싶다면 포토 부스를 적극 활용합니다. 적은 투입 큰 산출, 추억도 잡고, 분위기도 잡고. 꿩 먹고 알 먹고!

7. 꿈.틀! 오늘도 이만큼 성장했어요 ♡

학기 초 우리 반 아이들에게 "꿈이 뭐야?" 또는 "장래 희망이 뭐야?"라고 물어보면 아이들에게 돌아오는 답은 "경찰이 되고 싶어요.", "가수가 될 거예요."라는 현실과는 먼 꿈을 이야기하거나, "모르겠어요.", "엄마가 취업하라고 했어요."와 같은 자신의 미래에 대해 생각해 보지 않은 답변이 돌아오곤 했다. 자신의 흥미를 고려하지 않고 자신을 받아주는 직장 또는 정해진 틀에 나를 맞추는 삶은 만족도가 높은 삶이 되지 못한다.

정해진 몇 가지 결과 중 끼워 맞춰서 삶을 결정하는 것이 아닌, 자신의 꿈은 스스로 찾고 이루기 위해 자신에게 맞는 꿈의 액자를 주체적으로 만들어 갈 수 있도록 발판을 마련하고자 한다. 그러기 위해 아이들에게 다양한 직업을 경험하고 생각할 기회를 주어야 한다고 생각하여 진로와 직업 교과와 연계한 다양한 직업 세계와 새로운 직업에 대한 정보를 탐색할 수 있도록 수업을 재구성하였다. 또한, 아이들의 수업에 대한 평가 기준은 아래와 같은 성취기준을 참고하여 재구성하여 운영하였다.

교과	핵심 개념	내용	성취기준	평가 준거 성취기준
진로와 직업	직업 탐색	농수산업 직종 탐색과 체험 (작물재배원, 원예재배원) 서비스업 직종 탐색과 체험 (편의점 스태프, 제과·제빵사, 청소원)	[12진로02-04] 지역사회에서 접할 수 있는 농수산업 직종을 탐색하고 체험한다. [12진로05-05] 지역사회에서 접할 수 있는 서비스업 직종을 탐색하고 체험한다.	지역사회에서 접할 수 있는 작물재배원, 원예재배원 직종을 탐색하고 체험한다. 지역사회에서 접할 수 있는 편의점 스태프, 제과·제빵사, 청소원 직종을 탐색하고 체험한다.

수업을 설계할 때 하나의 직업마다 이론학습, 직무체험, 자기 점검 3단계로 나누어서 수업을 체계적으로 수업하고자 했다. 이론학습에서 편의점 스태프 직업을 체험하고자 할 때 직업이 하는 일, 장소, 복장으로 세분화하였고 한 차시씩 계획을 잡아 명확하게 이해하고 넘어갈 수 있도록 하였으며, 이론학습이 끝난 후에는 직업소개서를 함께 만들어보면서 내용을 정리하였다.

직업소개서 학습지

이론학습이 끝난 후 직무체험은 한 달에 최소 3시간에서 6시간 정도씩 직무를 체험하였다.

구체적으로 농수산업, 서비스업, 제조업 세 영역을 학교 행사 및 연계 프로그램을 고려하였다. 4월은 식목일이 있어 농수산업에 있는 작물재배원, 화초재배원을 배치하였고, 5~6월은 서비스업으로 편의점 스태프와 요리사 또는 제과·제빵사를 체험할 수 있도록 하고 경기발달장애인훈련센터에서 편의점 스태프 체험 및 6월 진로 캠프에 일식 요리사 직업 등을 신청하여 경험하였다. 7월에는 학기 말로 청소원 직무체험을 통하여 청소 방법을 배우도록 하였다. 9월에는 새 학기 시작하면서 학교 물품 택배가 많이 오면서 쉽게 접할 수 있는 택배를 이용한 온라인 패커 직업을 체험하도록 하였으며, 10월에는 바리스타 직업을 연계하고 학교 내 카페 챌린지에서 음료수 구매하기, 지역사회 적응훈련이 있는 달로 카페를 계획하여 체험할 수 있도록 하였다. 11월에는 제조업으로 조립원, 포장원 등의 직무를 체험할 수 있도록 하였다. 그 이유는 학생들이 배운 내용을 기억하기 쉽도록 월별 특성 및 행사와 연계성 있는 교육이 되고자 하였으며, 교실 내에서 모의수업을 통하여 연습하고 지역사회 적응훈련을 통해 학습한 내용을 일반화되었는지 확인하여 삶과 연계하고자 하였다.

먼저 농수산업 체험에서는 어느 날 윤호는 급식에서 나온 오이무침을 보며 "윤호가 오이 키웠잖아요."라고 하여 "맞아. 윤호가 4월에 농부 체험하면서 오이 직접 교실에서 키워서 수확해서 가져갔지? 부모님이랑 요리해서 먹었어?" 하니 "네!"라고 하며 뿌듯한 표정을 보여주어 배운 내용을 기억하고 관련된 내용이 나왔을 때 기억해서 스스로 이야기하는 모습이 대견스러웠다.

다음으로 편의점 스태프 체험에서는 하는 일을 과제 분석하여 단계적으로 시범을 보여주고 모방 학습할 수 있도록 하였는데 우리 반 모두가 경험에서 배제되지 않기를 바라는 마음이 컸다. 다양한 특성이 있는 우리 반 학생들의 주의집중을 이끌기 위해 무엇이 있을까? 라는 생각이 들었다. 그 중 '미션이 도착했어요.'라고 하면서 능동적인 참여 분위기를 형성하고 그림을 보고 쉽게 참여할 수 있도록 시각적 자료를 함께 제공하여 보고 따라서 할 수 있도록 하였다. 윤호, 준영, 승민이는 스스로 미션지를 읽고 물품의 개수에 맞게 물품을 가져왔으며, 예은이와 경아는 미션지의 그림을 보며 물품의 개수를 함께 세어보고 개수만큼 물품을 가져올 수 있도록 하였고, 수 세기에 어려움이 있었던 지아는 물품의 그림과 같은 물품을 보여 주고 가져오도록 하여 모든 학생이 참여할 수 있도록 하였다.

미션 활동지

미션 활동지

바코드 화면 활동지

바코드 건 사용 설명서

1년 동안 다양한 직업의 경험을 체험하였고 2학년이 되어 고교학점제 전문교과 선택에 학생들의 흥미와 의견이 반영될 수 있도록 도움이 되고 자 포트폴리오로 수집하고 학부모님께 공유하였다. 따라서, '꿈.틀! 오늘도 이만큼 성장했어요!'라는 말은 기존에 정해진 진로 틀을 깨고 아이들 스스로 꿈을 찾아가는 과정에서 어제보다 오늘 더 성장하였음을 포트폴리오에 담으면서 든 생각이었다. 특히, 학생들의 흥미와 장점에 따라 준영이는 농부 직무가 "너무 힘들어요."라고 이야기하였고, 윤호는 농부 직무를 "재밌어요."라고 표현하며 같은 직무를 함께 체험하였어도 서로 다른 흥미와 직업에 대해 알게 되고 자신이 좋아하거나 관심이 있는 직업을 찾아갈 수 있었다. 학기 초에는 부모님도 "우리 아이가 무엇을 좋아하는지 몰라서

요."라는 이야기를 하였지만, 포트폴리오를 보며 2학기 상담을 하였을 때, "선생님, 우리 아이가 졸업하고 반일제라도 취업 기관에서 일하였으면 좋겠는데 감정 기복이 심해서 걱정이었거든요. 그런데 이렇게 차분하게 앉아서 잘하는지는 처음 알았어요."라고 이야기하며 "2학년 전문교과는 기초작업기술 교과를 선택해 볼까 싶어요."라고 이야기를 하며 학생들의 1년 꿈 찾기에 대한 과정에 보람을 느낄 수 있었다.

직업 및 체험 소개

직업체험활동보고서

꼭 기억해요! 학습지

출고집계표 학습지

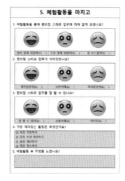
자기 점검 학습지

· 양지선 선생님의 따뜻한 한마디 ·

1. 학생 학습지를 파일철에 보관 또는 '패들렛(Padlet), 캔바(Canva), 피그마(Pigma), 피그잼(Figjam)' 등을 활용한 포트폴리오로 저장하고 학생들이 실제 활동 모습을 살펴보면서 피드백을 제공합니다.
2. 포트폴리오 자료는 개별화 교육 상담, 진로상담, 고교학점제 교과 선택에 대한 학부모 상담 자료로 활용하고 다음 학년도 교사에게 학생 선행 수준을 파악하기 위해 제공합니다.
3. 학생의 독립생활, 직업 생활, 계속 교육 등을 계획하기 위한 참고 자료로 활용합니다.

8. 선택해봤어? ♡

손은나

선(選)

새 학기가 시작되었다. 교사는 어떤 수업을 할 것이며 학생들의 흥미를 끌어내기 위해서는 어떻게 해야 할까? 수업에서 학생의 주도성, 자율성, 창의성 등을 신장하기 위해 어떤 수업을 진행할지 학기 초 많은 고민 속에 수업 준비를 하게 될 것이다. 나는 이번에 교내현장실습, 직업과 생활, 직업 준비, 여가와 문화 수업을 하게 되었다. 학생들에게 많은 선택의 기회를 제공하여 학생들이 자신의 의견을 말할 수 있는 수업을 만들자고 스스로에게 한 번 더 다짐을 했다.

학생들에게 사회가 요구하는 문제해결 능력이라는 것을 기르기 위해서 교사는 어떤 것들을 해야 할까? 나는 교육학에서 힌트를 얻었다. 문제해결을 위한 사고방식에는 수렴적 사고와 확산적 사고가 있다. 수렴적 사고란 무엇일까? 사전적인 의미로는 의견이나 사상 따위가 여럿으로 나뉘어 있는 것을 하나로 모아 정리하는 것이다. 여러 가지 생각 가운데 가장 적절한 것을 찾아가는 생각의 방식이라 말할 수 있다. 반면에 확산적 사고란 사전적인 의미로 흩어져 널리 퍼지는 또는 그런 것이라고 한다. 즉 다양한 정보를 탐색해 가면서 새로운 답을 만들어가는 것을 말한다. 이 두 가지 중 어느 것이 더 좋다고 말할 수 있는 것은 아니다. 나는 '학생들이 다양한 답을 찾았으면 좋겠다'는 생각을 수업에 반영하여 진행하고자 하였고 필요에 따라 개방형 질문을 주로 쓰되, 폐쇄형 질문도 섞어서 사용하기로 하였다.

택(擇)

우리 학교 교내현장실습에는 조립 그리고 새싹 인삼 재배 및 포장 수업이 있다. 나는 그중 새싹 인삼을 재배하고 포장하는 수업을 진행하고 있다. 처음 맡았을 때는 새싹 인삼을 잘 키우는 것에만 집중하였다. 묘삼 1년 근을 주문하여 배송받으면 바로 작업에 들어간다. 물로 새싹 인삼에 붙어 있는 흙을 하나씩 닦아주고 식초 물에 30분을 담가둔다. 다시 깨끗한 물에 헹궈서 물기를 제거해 준다. 이렇게 세척한 새싹 인삼은 학생들과 함께 배지판에 심는다. 심고 나서 끝이 아니다. 매일 물을 갈고 온도 유지를 해주고 곰팡이가 생긴 것들은 배지판에서 빼준다. 배지판을 빼서 찬물로 뿌리 부분을 헹궈주기도 한다. 이렇게 학생들과 정성 들여 키운 새싹 인삼들을 모두 포장할 수 있다면 좋겠지만 싹이 자라지 않은 새싹 인삼들이 있다.

"자라지 않은 새싹 인삼들은 어떻게 하면 좋을까요?"
"차로 만들어요.", "제품을 만들어요.", "음료로 만들어요." 등 다양한 의견이 나왔고, 학생들과 고민을 시작했다. 상의 끝에 새싹 인삼을 말려서 분쇄기에 갈아 인삼차를 만들었다.
"선생님 맛이 없어요."
"으~ 써요."
물과 새싹 인삼 가루만 넣은 인삼차를 맛본 학생들의 반응이 너무 좋지 않았다. '음, 무엇을 더해야 좋을까?' 학생들과 고민을 시작했다.

"선생님 달게 설탕을 넣어보고 싶어요."

학생의 의견에 따라 설탕을 한 숟가락 넣어보았다. 하지만 이건 똑같이 쓴맛이 났다.

"선생님 설탕 더 넣어요!"

우리는 실험을 시작했다. 컵 세 잔을 준비해 첫 번째 잔은 한 숟가락, 두 번째 잔은 두 숟가락, 마지막 잔은 세 숟가락을 넣었다.

"자, 이제 조금씩 덜어서 먹어봅시다. 먹고 난 뒤에는 물로 입을 헹군 뒤에 다음 잔을 먹어보세요."

학생들이 맛을 보기 시작했다. 각자 자신이 맛본 것 중 가장 맛있는 잔에 투표하기로 하였다. 설탕을 두 번 넣은 인삼차가 선택되었다. 우리의 투표 결과를 다른 선생님들께 공개했고, 추가 의견을 받았다.

"새싹 인삼과 설탕만 들어가니 차의 색상이 투명하네요. 색상이 들어가면 좋을 것 같아요."

학생들과 다시 회의를 시작했다.

"어떤 재료를 넣어야 색상이 투명이 아닐까?" 학생들이 다양한 의견을 내놓았다. 녹차, 커피 등 많은 의견이 나와 다시 또 만들어보기 시작했다. 맛과 색상을 잡기 위해 여러 재료를 섞어본 결과 우리는 커피를 한 숟가락 넣기로 하였다. 딱 건강한 느낌의 색상이다.

드립 백에 포장하고 상자에 우리 학생들이 직접 정한 홍보 문구를 작성하여 우리 학교와 MOU를 맺은 기관으로 외부 활동 시 드리는 선물로 인삼차가 나가기 시작했다. 4월의 어느 날 다육 식물과 행복한 배움이라는 활동을 위해 평택세무서에 갔다. 우리는 선물로 인삼차와 더치커피를 준비하였다. 학생들이 직접 만든 인삼차와 더치커피라고 말씀드리며 직접 선물을 드리니 학생들이 매우 뿌듯해했다.

이렇게 한 해 동안 우리는 외부 활동이나 강사님들의 선물로 학생들이 만든 레시피로 인삼차를 만들어 선물을 했다.

새싹 인삼을 심고 있는 학생

인삼차 포장하고 있는 학생

3월이 되었다. 새로운 학생들과 다시 교내현장실습 수업을 하게 되었다. 일 년 동안 인기 있었던 인삼차를 재단장하기로 하였다. 인삼차의 레시피는 좋았다.
'그렇다면 무엇을 바꿔볼까? 외관이다!'

직업 준비 시간을 활용하여 컴퓨터, 태블릿, 종이에 인삼 캐릭터를 그려 전공과 인삼 캐릭터 공모전을 열었다. 학생들이 제출한 인삼 캐릭터를 이용해 스티커 디자인을 4가지 만들었다. 구글 클래스에서 학생들의 투표를 진행했고 하나의 디자인이 선정되었다. 이번에는 상자 스티커이다. 2가지의 디자인을 학생들과 만들었고 다시 투표를 시작하였다. 마지막으로 상자에 붙이는 인사 스티커를 바꿔보기로 하였다. 학생들의 의견을 받아 문구를 정리하고 직접 학생들이 써보도록 하였다. 학생들이 쓴 글을 스캔하여 상자에 붙이는 인사 스티커를 만들었다.

23년 인삼 스티커 디자인

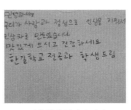

23년 상자 인사 스티커

24년 인삼 스티커 디자인

24년 상자 스티커 캐릭터 인삼

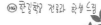

24년 상자 인사 스티커 1

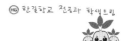

24년 상자 인사 스티커 2

　　지금도 외부 선물이 나갈 때는 학생들이 디자인한 캐릭터와 문구가 들어간 인삼차가 함께 나가고 있다. 나는 앞으로도 학생들이 선택, 도전, 의견 등을 주장할 수 있도록 기회를 주어 학생들의 적극적인 참여를 유도하고자 노력할 것이다.

1. 장애학생과 함께하는 수업에서 중요한 것 중 하나가 학생들과의 적극적인 상호작용입니다. 다양한 수준의 학생 특성을 알고 그 특성에 맞는 방법으로 소통해야 합니다. 학생들의 몸짓과 다양한 목소리 하나하나에 반드시 귀 기울이고 학생이 활동에 더욱 집중하며 자신의 의견을 표현할 수 있도록 교사는 확산적 사고의 길잡이가 되어 주어야 합니다.

9. 입히고 싶은 옷, 입고 싶은 옷 ♡

"선생님, 제가 입고 있는 옷 어때요? 예쁘죠? 주말에 마트에 갔는데 엄마가….'"

학부모님의 차에서 내린 누리가 부모님께서 새로이 사주 신 옷을 자랑하며 월요일 아침을 분주하게 맞이한다. "선생님, 말도 마세요. 저 옷이 뭐가 그리 예쁘다는 건지 마트에서 떼를 쓰고 난리였습니다." 누리의 어머님께서는 분주하게 움직이는 누리와는 달리 아침부터 기운이 없어 보이신다. 주말 마트, 그곳에서 일어난 전쟁을 직접 보지는 못했지만, 어머님의 표정에 숨어 있는 전상의 고통만은 고스란히 느껴지는 아침이었다.

누리는 고등학교 3학년으로 자신의 주관이 뚜렷하고 개성이 도드라지는 여학생이다. 사춘기가 늦게 왔는지 최근 들어 학교나 가정에서 자신이 원하는 것이 있으면 무슨 수를 써서라도 얻어 내려고 한다. 때로는 다른 친구들에게 피해를 주면서까지 자신의 욕구를 채우려는 모습을 보이기도 한다. 비단 이것이 단순한 행동의 문제라면 사춘기가 지나가면서 자연스레 개선될 여지가 있겠지만 이러한 누리의 뚜렷한 주관이나 판단이 현재 고등학교 3학년, 인생의 전환 시점에서 분명히 삐딱하게 작용하고 있음을 알기에 담임교사인 나로서는 걱정이 점점 쌓여만 간다.

얼마 전 수업 시간에 있었던 일이다. 앞으로 자신의 진로와 직업 선택에

146 우리들의 꿈 찾기 여행

관한 이야기를 나누던 중 누리는 자신의 미래 진로에 관한 질문에 '대학교 진학'과 '유치원 선생님'이라고 답하였다. 그동안 특수학교에 근무하면서 들어 왔던 진로 관련 대답 중 가장 구체적이었지만 한편으로는 실현 가능성이 매우 낮다고 생각되는 대답이었다. 그동안 가르쳤던 학생들에게 '전공과 진학' 또는 '회사'라는 두 가지의 일반적인 대답만을 들어 왔던 터라 매우 놀라웠다. 한편으로는 자신의 의지를 쉽사리 굽히지 않는 누리의 성향을 잘 알기에 저 대답에 대한 걱정이 먼저 앞서는 것이 사실이었다.

모든 사람에게는 자신의 더 나은 미래를 위하여 진로를 선택하고 결정하는 전환의 시점이 분명히 존재한다. 장애 학생들에게도 진로 전환 시점이 마땅히 존재하고 그 시기의 선택이 매우 중요함에 틀림이 없다. 하지만 장애 학생의 진로 선택은 다양한 변인이 영향을 미치고 그러한 변인들에 의하여 진로 선택이 매우 달라진다. 장애 학생들의 진로 선택에 영향을 미치는 변인들에는 미디어, 또래 관계, 학부모, 교사 등이 있고 그중에서도 진로 결정에 가장 큰 영향을 미치는 중요한 변인은 실제적인 도움의 주체인 학부모와 교사이다. 하지만 학생-조력자들 간 진로에 대한 가치관이 서로 상이함에 따라 야기되는 혼란으로 장애 학생의 진로 결정이 순탄하게 이루어지지 않는 것이 현실이다.

누리의 생각이 궁금해서 던진 질문

나 : "진로를 결정할 때 누리는 무엇이 중요하니?"
누리 : "저는 친구들이 좋아요. 그래서 대학교 가서 더 많은 친구를 만날 것이에요."
나 : "친구들이 좋아서 대학교 가고 싶은 거야? 그러면 전공과에 가도

되잖아?"

누리 : "전공과보다 대학교 가야 친구들이 더 많잖아요. 그리고 제 진로는
    제가 하고 싶은 거랑 좋아하는 거 해야죠."

'내 인생의 주인공은 나!'

뼈를 때리는 누리의 대답이었다. 누리의 대답에서 잘못된 생각은 하나
도 없었다. 나도 학창 시절부터 특수교사가 된 이후까지 진로 결정에 있어
서 가장 중요한 것은 '자신의 흥미와 적성에 대한 고려'라고 배웠고 가르쳐
왔기에 무엇이라 반박할 수가 없었다. 누리 말대로 누리 인생의 주인공은
자신이기에 진로 선택에서 자신의 흥미를 최우선으로 생각하는 그야말로
최상의 답변이었다.

지원군을 만들고 싶어 던진 질문

　　나 : "누리 어머님, 어머님께서는 누리 진로에 대해 어떻게 생각하고
　　　　계시는가요?"

어머님 : "누리가 지금 대학교 가고 싶다고 계속 그러는데, 저는 솔직히 걱
　　　　정이 너무 됩니다. 물론 누리가 좋아하는 것을 하면 좋겠지만 대
　　　　학교에 가게 되면 수업, 친구 관계, 통학 등 신경 써야 할 게 너무
　　　　많아요."

　　나 : "맞아요. 저도 어머님의 걱정이 너무 공감됩니다. 그러면 전공과
　　　　진학이나 취업에 대해서는 어떻게 생각하세요?"

어머님 : "저도 그래서 전공과 진학이 좋다고 생각합니다. 전공과 진학이
　　　　되지 않으면 지역사회에 있는 회사에 취업해서 단순 작업이라도
　　　　하며 돈이라도 벌면 좋을 것 같습니다."

나 : "네, 어머님. 그러면 어머님 말씀대로 전공과와 취업 잘 준비해
　　　보도록 하겠습니다."

'대학교가 웬 말이니? 전공과 가서 취업 준비나 하자!'
　나의 지원 요청에 대한 어머님의 감사한 답변이었다. 어머님의 대답에
서는 누리의 대학교 생활에 대한 걱정, 대학 등록금에 대한 경제적 부담,
대학 졸업 이후 불명확한 미래 등 현실적인 부분이 철저하게 반영됨이 느
껴졌다. 이제 어머님과 협력하여 누리를 설득할 일만 남겨 두게 된 것이
다. 이상이 아닌 현실의 강한 이끌림으로 말이다.

　앞서 언급한 바와 같이 장애 학생이 사회로 나아가 자립적으로 살아가
고 삶의 질을 높이기 위하여 진로 선택은 매우 중요한 주제임에 틀림이 없
다. 하지만 당사자인 학생과 조력자들 간의 가치관 및 경험의 차이에서 오
는 갈등 아닌 갈등의 해결이 전제되었을 때 비로소 더 나은 발걸음을 내디
딜 수 있게 된다. 이러한 갈등 해결에서 보통은 조력자들이 학생에 대한
사랑이라는 포장된 말로 진로 선택에 적극적으로 개입하고 결과적으로 일
방적인 결정을 내리기가 일쑤이다. 나 또한 그렇다. 물론 이러한 개입이
조력자들의 입장에서는 최고의 선택이라 여기겠지만 한편으로는 진로에
대한 학생의 자기 결정권이 침해되는 예민한 부분으로도 여겨질 수 있다.
　그렇다면 학생 그리고 조력자들 간 진로 선택에서의 갈등을 무던하게
해결하기 위하여 우리는 어떻게 하여야 할 것인가? 먼저 결론을 내리자면
정해진 정답은 없다. 어떤 이는 학생의 자기 결정권보다는 조력자들의 가
치관과 경험을 우선으로 둘 것이고, 또 어떤 이는 조력자들의 판단보다는
학생의 흥미를 기본으로 한 자기결정을 우선으로 생각할 것이다.
　분명히 정답은 없다. 하지만 자신들의 위치에서 책임감을 느끼고 역할

에 충실해야 한다는 점은 분명한 사실이다. 다시 말해 학생은 모든 색깔의 옷이 잘 어울리는 완성형 인간이 되기 위한 노력을 해야 하고 교사와 학부모는 모든 색깔의 옷이 학생에게 잘 어울리도록 상호 협력하며 열심히 디자인해 나가야 한다. 현재의 자신에 충실하고 그 속에서 수많은 노력과 인고의 시간을 함께하였을 때, 다디단 열매를 비로소 맛볼 수 있을 것이다.

• 김경림 선생님의 따뜻한 한마디 •

1. 학생은 자신이 좋아하는 것과 잘하는 것이 무엇인지를 파악하며 진로에 대한 자기 이해를 높여야 합니다. 다양한 경험을 쌓고 진로에 대한 정보를 수집하는 것이 중요합니다.
2. 학부모는 자녀의 관심이 무엇인지를 관찰하고 이해하도록 합니다. 자녀의 다양한 활동에 관심을 가지고 꾸준히 소통하며 진로에 대한 정보를 제공해 주는 것이 중요합니다.
3. 교사는 학생, 학부모의 관심을 파악하고 지속적으로 협력하며 진로에 대한 폭넓은 정보를 제공하여야 합니다. 지역사회의 진로·진학 기관 및 사업체와의 연계가 중요합니다.

10. 따로 또 같이 행복하기! '함께하는 묘약' ♡　　한미정

　넓은 주차장, 주변에 논과 밭으로 둘러싸여 있지만 그마저도 그림이 되는 어느 카페. 이곳에 가면 일주일이 하루같이 느껴지고 오늘이 내일 같고 내일이 오늘 같은 분주함으로 지루해져 단단해졌던 마음이 스르르 녹아드는 기분이다. 아마 상상만 해도 따뜻해지고 향이 퍼지는 커피 때문만은 아닐 것이다.

　오늘은 공동의 목표를 가지고 마음만은 하나인 20여 명의 학부모님이 카페에 모이는 날이다. 학교에서 벗어나 정확히 이야기하면 아이들에게서 벗어나 만남이 어색하지 않고, 오히려 당연한 장소로 시내 한적한 카페를 선택했다.

　학생들이 배우는 학교의 외식서비스 교과에 대한 이해도를 높이고 학부모님들 간의 정보교류를 위해 지난해 '학부모 진로 탐색 동아리'가 처음으로 결성되었다. 주제, 시간, 요일도 모두 학부모님들의 의견수렴을 통해 결정되었고, 20여 명이 카페에 모이게 되었다.

　교사들은 흔히 '선생님이 행복해야 교실이 행복하다.'라는 말을 많이 한다. 바꾸어서 이번 학부모 동아리는 오로지 '부모가 행복해야 아이가 행복하다.'라는 명언을 구성원 모두가 실감할 수 있는 자리이길 바라는 마음이었다.

장애 자녀를 둔 부모들은 자녀보다 하루라도 더 사는 것이 소원이라고 말한다. 책임감도 그렇지만 홀로 남겨진 장애 자녀가 세상을 살아가기엔 너무나 많은 문제에 봉착하리라는 두려운 예견 때문일 것이다.

"아이들 이야기, 학교 이야기는 빼고 갑시다!"

반짝반짝 빛나는 눈빛으로 4주에 걸친 연수를 더욱 즐거운 시간으로 만들고자 약속을 정하자는 번득이는 제안을 하신 학부모님이 나타나셨다.

그렇다. 행복의 방향은 '나'여야 한다. 비단 장애 자녀를 둔 학부모님도 예외일 순 없다. 행복의 방향이 내가 아닌 아이가 되어버리면 내 행복을 뒤로하고 아이에게 쏟은 것만큼 기대하게 되고 그 기대가 충족되지 않으면 실망과 화가 앞선다. 늘 자녀 양육으로 365일, 8,760시간 동안 긴장 속에 양육으로 고되었던 마음이 동료애가 되고, 자녀들로 모이게 되었지만, 아이들 없이 함께하는 시간 속에서 웃음 벨이 커져간다.

진행되는 8시간(2시간*4회) 동안 세계지도를 놓고 알아보는 커피의 품종과 역사, 아름다운 자태로 내린 핸드드립 커피를 함께 나눠 마시며 맛과 향을 논하고 마지막 시간까지도 자녀와 학교 이야기는 접어둔 채 힐링과 행복의 단어가 서로의 마음에 닿는 순간을 느꼈다.

'세상에는 성장하는 부모만 있을 뿐, 완벽한 부모는 없다'는 말이 있다. 자녀들로 인해 성장하고 있는 나를 마주할 때 자연스럽게 자녀들의 행복도 따라온다. 자녀를 마주할 때 생각지도 못한 또 다른 시선이 바로 부모 안에 있는 행복이란 단어가 아닐까 싶다. 함께 웃으며 대화를 나누는 소통의 매개체였던 진로 탐색 동아리의 '커피'란 학부모님들이 따로 또 같이 행복하게 성장하는 진정한 '묘약'이다.

진로교육은 자신에 맞는 진로를 탐색하고, 진로 체험 활동 등 관련한 다양한 경험을 하게 하며, 여가 시간을 활용하는 방법 등을 익혀 궁극적으로 행복한 삶을 영위하도록 한다. 학교와 가정이 별개가 아닌 함께했을 때, 비로소 삶의 영역에서 성장하게 되는 것이다.

• 한미정 선생님의 따뜻한 한마디 •

1, 자아존중감을 높여 줍니다. 올바른 행동을 하고 특기가 드러났을 때, 그 행동이 크거나 작더라도 칭찬한다면 확실하게!
   '대단하다, 잘했어, 굉장하다, 멋지다, 최고다, 훌륭하다.'라는 긍정적인 언어로 자아존중감을 높여 주시기를 바랍니다.
2. 다양한 평가 자료들을 통해 좋아하는 것(흥미), 할 수 있는 것(능력), 잘하는 것(적성)을 찾아 미래 진로에 대해 준비를 해두는 것이 매우 중요하고 필요합니다. "먹는 것은 다 좋아해요."보다는 "탕후루와 치킨을 제일 좋아해요."가 미래 진로를 계획하는 데 큰 도움이 됩니다.

11. 우리 동네 한 바퀴 ♡

정동호

6월의 아침, 집 앞 공원에서 산책을 한다. 맑은 공기를 마시며 걸을 때마다 느껴지는 상쾌함은 내가 살아 있음을 느끼게 해준다. 육아휴직 때 시작한 아침 산책이 좋은 습관이 되어 지금도 즐겁게 이어가고 있다. 그때의 경험이 없었다면 오늘도 침대에 누워 있었을지 모른다. 경험은 우리 삶에 깊은 영향을 끼친다. 때로는 잊히기도 하지만 순간이 찾아오면 그 감정을 다시 떠올리게 된다.

특수교육에서 경험은 중요하다. 학생들은 실생활을 직접 경험하면서 세상을 더 잘 이해하기 때문이다. 마트에서 직접 물건을 사거나 카페에서 음료를 주문하는 경험은 삶에 필요한 배움이 된다. 이러한 경험은 학생들의 기억에 오래 남고 실생활에 적용할 수 있는 능력을 키워준다.

올해 우리 학교는 지역사회 적응훈련을 '우리 동네 한 바퀴'라는 이름으로 진행했다. 협의회에서 지역사회 적응훈련은 학생들이 독립적인 생활을 할 수 있도록 필요한 기술을 알려주는 것이라는 의견이 나왔다. 동료 교사들은 더욱 체계적으로 학생들에게 필요한 기술을 가르치기로 했다. 또한 협력하고 소통하는 과정에서 함께 교육 자료를 개발하였다.

오늘은 우리 동네 한 바퀴 훈련이 진행되는 날이다. 사전 학습 시간에 요섭이는 편의점의 1+1 이벤트를 모르고 있었다. 훈련 후 요섭이에게 물었다. "요섭아, 1+1이 뭐지?" 요섭이는 자신 있게 대답했다. "하나 사면 하나 더 주는 거요!" 요섭이의 대답을 들으며 나는 뿌듯함을 느꼈다. 요섭이는 편의점에서 1+1 음료를 구매하며 개념을 배우고 동생에게 나눠줄 생각에 행복해했다. 작은 경험이지만 그 과정에서 요섭이는 지역사회의 기술을 배우고 형으로서의 책임감을 느끼게 되었다.

윤광이는 마트 전단지를 보며 당근을 선택했다. "당근은 건강에 좋으니까요!"라는 윤광이의 말은 간단했지만 선택은 특별했다. 친구들이 과자나 음료수를 고르는 사이 윤광이는 오직 당근을 찾았다. 찾기 어려운 당근을 발견하고 계산까지 마쳤다. 다음 날 아침 윤광이는 자랑스럽게 말했다. "선생님, 어제 저녁밥에 제가 산 당근으로 엄마가 반찬을 만들었어요!" 윤광이의 목소리에는 자신감이 가득했다. 윤광이의 당근 구매는 단순한 경험을 넘어 자립생활의 도약과 성취감을 안겨준 소중한 경험이었다.

우리는 주민자치센터에서 주민등록 등본을 발급받는 경험도 했다. 직원들은 학생들의 눈높이에 맞춰 친절하게 응대해 주었다. 때때로 학생들은 긴장하거나 짜증을 내기도 했지만 직원들은 인내심을 가지고 기다려 주었다. 그 모습은 마치 부모가 아이의 첫걸음을 지켜보는 것 같았다. 학생들이 직접 주민등록 등본을 떼어보며 요섭이가 "이거 어디에 사용하는 거예요?"라고 질문했다. 요섭이의 질문을 들으며 스스로 생각하고 궁금증을 표현하는 진정한 배움의 모습을 보았다.

우리 동네 한 바퀴는 학생들에게 지역사회를 직접 경험하는 즐거운 기회를 제공한다. 요섭이와 윤광이처럼 학생들은 이 활동으로 자신의 선택을 존중받으며 사회적 예절과 지역사회와의 소통 방법을 배운다. 이 과정에서 학생들은 자신감과 자립심을 키우고 지역 주민들과 어울리며 함께 살아가는 경험을 쌓는다.

우리 동네 한 바퀴는 단순한 체험활동을 넘어서는 실제적인 진로교육이다. 학생들은 자신의 삶과 밀접하게 연결된 지역사회에서 '어떻게 살아가야 하는지', '어떻게 다른 사람들과 어울려야 하는지'를 직접 배운다. 다양한 장소를 방문하고 여러 사람과 대화를 나누는 경험은 학생들의 미래에 긍정적인 영향을 미친다.

시간이 지나면서 그 경험이 잊힐 수도 있지만 중요한 순간에 다시 떠오르며 그 감정과 배움을 되새기게 될 것이다. 우리 동네 한 바퀴는 학생들이 더 나은 사회 구성원으로 성장하는 데 중요한 역할을 할 것이다.

• 정동호 선생님의 따뜻한 한마디 •

1. 동료 교사와 함께 협력하여 자료를 연구하고 개발합니다. 실제적인 아이디어와 체계적인 계획으로 의미 있는 프로그램을 학생들에게 제공할 수 있습니다.
2. 사전 학습에서는 활동에 대한 동기를 높이고 사후 학습에서는 자신감과 성취감을 확인합니다. 사전 학습으로 구매할 물건, 지켜야 할 규칙, 방문할 장소 등을 미리 파악합니다. 사후 학습에서는 좋았던 점과 아쉬웠던 점을 함께 나누며 학생들이 자신감과 성취감을 느낄 수 있도록 합니다.

12. 두 할머니 이야기 ♡

조선호

　드라마 작가는 화두를 던진다는 면에선 거의 독보적인 역할을 한다. 노희경 작가가 진심 어린 삶의 위로로 나의 눈물을 훔친 〈우리들의 블루스〉가 그랬고, 함께 살아가는 사람들을 대하는 우리의 태도가 어떠해야 하는지를 깊은 성찰로 이어지도록 도운 〈이상한 변호사 우영우〉가 그랬다. 나는 특수교사의 관점에서 장애가 있는 사람을 주인공으로 세운 두 드라마를 매우 인상적으로 감상하였다. 하여 〈이상한 변호사 우영우〉를 주말 동안 다시 정주행하면서 떠오른 말을 되뇌어 본다.

　'우리 곁에 있는 그 아이는 이 우주에 유일하게 존재하는 특별한 사람입니다.'

　〈이상한 변호사 우영우〉는 자폐 스펙트럼이 있는 실제 인물을 모티브로 한다. 영화나 여타 드라마에서 가끔 소재로 다루는 자폐 스펙트럼의 서번트는 대개 지하철 노선도를 좔좔 외거나 한 번 들은 피아노 선율을 악보 없이 훌륭히 연주하는 것이다. 그 독특한 모습은 신비롭기까지 하여 보는 이로 하여금 감탄을 자아낸다. 이 드라마는 방대한 법전과 판례 문서를 사진 찍듯 모조리 기억하는 서번트로 어려운 사람들을 돕는 변호사 이야기이다. 그런데 장면 장면으로 볼 때, 작가가 자폐 스펙트럼이 있는 사람의 매력에 완전히 빠져 있거나 최소 가족 내지는 측근이 아닌지 매우 궁금해진다. 단적인 예로 형을 죽였다는 누명을 쓸뻔한 등장인물이 극심한 스트레스 상황에서 보이는 자폐 스펙트럼의 독특한 행동을 풀어내는 방식이 그렇다. 그리고 우영우가 문을 통과할 때 그 만의 의식을 행하여야만 경계를 넘어갈 수 있는 심리적 특성을 보여주는 장면이 그러하다. 이런 사실적인 표현은 가까이서 이들과 애정을 전제로 호흡하지 않고서는 도저히 그려낼 수 없는 디테일이다.

그리고 오프닝 영상!

자폐 스펙트럼이 있는 사람에게 있을 수 있는 정서 흐름과 더불어 딱 정해진 시간에 정해진 행동을 해야만 '안녕'한 일상을 매우 현실감 있게 묘사한다.

그러나 드라마는 드라마일 뿐!

서번트가 이 드라마에서처럼 타인의 삶과 사회적 이슈에 직접적인 영향을 주는 형태로 발현되는 것을 나는 아직 보지 못하였다. 그래서 서번트를 활용하여 전문적 영역에서 해법을 찾고, 천재성을 발휘하여 문제를 해결하고, 약자를 도와 정의로운 사회 구현에 이바지하는 주인공 모습이 생경하기까지 하다. 내 경험 안의 자폐 스펙트럼 학생들은 대부분 서번트가 없으며 하고 싶은 이야기조차 말이 되어서 나오지 않아 해석에 해석을 보태야만 알아들을 수 있는 경우가 즐비했기 때문이다. 그래서 나는 더욱 작가의 의도에 집중하게 된다.

그것은 바로 서번트 없이도 그들만의 특별함으로 이미 세상에 기여하고 있으며 존재 자체로 너무나 소중한 사람들임을 다양한 에피소드에 담아 설득하고 있다.

즉, 드라마 주인공처럼 특별한 서번트로 사람들에게 도움을 주는 어마

어마한 능력과 동등하게 그 존재만으로 이미 귀한 장애아이들의 각기 다른 특성을 그들만의 고유한 능력으로 인정해야 한다는 것이다.

하여 드라마는 끝이 났으나 존재만으로 이미 귀한 손주의 특성을 진즉에 알아보고 그에 매료된 두 할머니의 에피소드를 소개하고자 한다.

할머니 고맙습니다!

우리 반에는 자폐 스펙트럼 학생이 2명 있다. 그중 제이는 종일 루피가되어 그날의 기분이나 원하는 것을 표현한다. 그리고 섬세한 색감과 입체감으로 〈뽀로로〉의 한 장면을 거의 완벽한 예술 작품으로 만들어 내어 사람들의 눈을 휘둥그레지게 한다. 이때 제이는 세상과의 경계 막을 톡 터뜨리고 밖으로 나와 사람들의 찬사에 진심으로 호응한다. 번역이 필요치 않은 '예술'은 제이가 가진 매우 유용한 언어다.

다른 학생 선우는 말을 참 잘한다. 모든 감정과 기분을 자유자재로 표현함은 물론 알고 있는 단어도 많아서 적재적소에 유창하게 사용한다.

그런데 선우는 유치원을 졸업할 때까지도 말을 안 하였다. 당시 할머니소원은 손자에게서 '배고파.', '졸려.' 등 아주 간단한 말이라도 한마디 들어보는 것이었다. 초등학교에 입학했을 때다. 등교할 때는 엄마가 데려다주고 출근하면 되지만 하교가 문제였다. 그래서 버스만 꼬박 30분을 타야 하는 10리 길을 할머니가 기꺼이 감당하게 되었다. 말이 30분이지 집에서 시내까지 10분, 시내에서 학교까지 갈아타고 또 20분을 가야 했다. 놓치면 1시간 이상을 기다려야 하는 마을버스를 타기 위해 할머니는 정해진 시간에 꼭 움직여야 했고 기다릴 손자를 생각하면 하루도 예외일 수가 없는 일이었다. 비가 오나 눈이 오나 6년 내내 이어진 수고로움은 할머니의 사랑이 있었기에 가능한 기적에 가까운 일이었다.

하굣길마다 할머니는 선우에게 무슨 이야기를 하셨을까?

봄이면 피어나는 아지랑이와 들판에 움트는 풀 향기 이야기를 들려주었을까? 여름 볕에 달궈진 땅 위로 타박타박 내리는 빗소리가 번질 때의 반가운 표정을 애써 가르치셨을까? 아니면 목소리를 숨긴 선우를 쳐다보는 어긋난 시선 때문에 손자의 손을 더 꽉 잡고 걷는 사연을 털어놓으셨을까?

아마도 할머니는 대답 없는 선우에게 매일 독백의 시를 눈물로 바쳤을 것이다.

시간에 기댄 기도는 배신이 없다.

10년을 하루 같이 쌓고 쌓으신 할머니의 기도를 학부모 상담 과정에서 알게 되었다. 그래서 나는 그 기도가 하루빨리 응답받도록 학교에서 할 수 있는 일을 곧바로 시작하였다. 즉, 아이의 입술이 옴짝옴짝 움직일 때마다 내용과 형식을 평가하지 않고 맞장구치며 사랑스럽게 바라본 것, 이해하기 힘든 맥락의 문장은 적어 두었다가 선우의 의도를 알기 위해 그때그때 가정에 연락하여 소통한 것, 그리고 가정과의 소통 결과가 맞는지 다시 선우에게 확인하면서 대화를 이어간 것!

그래서였을까? 입학한 지 2~3개월 만에 머뭇대던 선우의 입술이 완전히 열렸고 학기가 거듭될수록 말하기에 적극적인 아이가 되었다.

세상에 태어난 모든 삶은 각기 다른 빛깔임을 우리는 알고 있다. 그래서 신은 사람들에게 삶을 해석하기 위한 언어를 하나씩 쥐어 주어 각자 흡족하게 번역하여 다채롭게 살도록 하였다. 선우는 그 첫 언어의 습득 과정에서 10년 만에 할머니의 기도와 만났고 나는 선우 곁에서 할머니의 기도를 읽어 주는 해설자 역할로 충분하였다. 이것이 말보다는 행동이 무거운 내 방식의 가족 지원이다. 드디어 인생 무대에서 당당히 대사를 외치는 선우가 너무 자랑스럽고 선우를 이렇게 키워내신 할머니가 진심으로 존경스럽다.

지금 생각해 보니 3년 동안 선우가 한 모든 말은 아마도 이것이 아니었을까 한다.

'할머니, 저는 할머니의 기도를 아주 오래전부터 듣고 있었어요. 그 기도에 대한 답을 지금 드립니다. 할머니 사랑해요. 그리고 고맙습니다!'

할머니의 눈도장

올해도 나는 중학교 1학년 담임이 되었다. 자원한 것이기도 하거니와 신입생을 맞는다는 것은 새로운 에너지가 솟는 아찔한 설렘이 있기에 계속 희망할 수밖에는 없는 것이다. 하여 입학 전에 학생 가족을 먼저 만나는 것은 지난 2년간 중1 담임을 맡으면서 내가 스스로 정한 가족 지원 규칙이다. 이 규칙의 좋은 점은 학교 적응을 위한 학생의 중요한 정보를 폭넓고 깊이 있게 수집할 수 있다는 것이다. 사실 모든 학생이 모여 있는 상태에서 첫 만남을 갖다 보면 '선생님에게 나는 그저 많은 학생 중 하나일 뿐이구나!' 하고 생각하기 쉽다. 그런데 일대일로 오롯이 만나다 보면 '아, 나는 선생님에게 정말 각별한 사람이구나!'라는 생각을 갖게 된다. 실제로 우리 학생들은 바뀐 환경에서 불안해하고 두려워하는 경우가 잦은데 입학 전 담임과의 가족 지원 상담은 안정적인 학교생활에 꽤 큰 도움이 된다. 아울러 상담의 효과를 극대화하기 위해서는 각 가정과 충분한 시간을 확보한 상태에서 개별적으로 만나야 한다. 이때 대화의 소재는 주로 학생의 특성이 되겠지만 그 어떤 것도 가능하다. 그래서 나는 '인간중심 상담'을 기반으로 하여 육아 과정에서부터 가장 최근의 일까지 자유로운 분위기에서 이야기를 나눈다. 이때 담임과 학부모의 신뢰 관계가 형성되고 나아가 학교가 학생을 위해 가족과 호흡을 같이할 것이라는 확신이 생긴다. 이러한 과정에서 생긴 가족들의 심리적 안정감은 학생의 학교생활에 긍정적인 요인으로 작용한다.

올해 가족 지원 상담은 할머니가 오신 가정이 유독 많았다. 그중에 큰 키와 좋은 풍채가 오로지 손주만을 위한 것이었던 할머니 이야기를 해보려 한다. 학교가 맘에 들었는지 폴짝폴짝 뛰는 규빈이 곁에서 손주의 발자국이 머물게 될 이곳저곳에 부리부리한 눈으로 눈도장을 팍팍 찍어 당신의 기운을 입히는 분이 계셨다. 애 엄마 사정이 여의찮아 다섯 살 때부터 규빈이를 도맡아 키우셨다며 쩌렁쩌렁한 목소리로 간단명료하게 손주에 대한 무한 애정을 드러내셨다. 그러고는 돌아갈 차에 오르다 말고 교장 선생님과의 면담을 청하셨다. 할머니는 교장 선생님께 우리 손녀딸 잘 부탁한다는 말을 채 끝내지 못하고 목소리가 흔들리더니 눈시울이 빨개지셨다. 엄마와 떨어져 사는 가여운 손주 생각에 울컥 솟은 눈물이 걱정하지 마시라는 교장 선생님의 대답을 마중 나갔다.

그 순간!

10년을 하루같이 규빈이를 키워낸 할머니의 시간 전부가 빛처럼 두 분 사이에서 흐르고 있는 걸 나는 봤다. 찡한 마음 대신 할머니 등을 쓸어 드리는 나의 손끝은 이렇게 말하고 있었다.

'할머니의 천사를 제게 보내주셔서 감사합니다. 규빈이가 행복하게 학교 다니도록 제가 가진 사랑을 다 퍼줄게요. 약속합니다.'

올해도 학생, 학부모, 교사의 찰떡 호흡 덕분에 학생들과 함께 정말 행복한 한 해가 될 것 같다. 얘들아, 우리 잘해보자!

1. 학생들이 각기 다른 가정환경에서 성장하기 때문에, 이를 이해하고 지원하는 것이 중요합니다. 상담 시간을 통해 학부모와의 소통을 강화하고, 가정에서의 어려움이나 특별한 필요를 파악합니다. 학생 개개인의 필요에 맞춘 교육적 지원을 제공하는 데 큰 도움이 됩니다.

2. 학부모와 교사 간의 신뢰 관계는 학생의 학교생활에 긍정적인 영향을 미칩니다. 서로의 입장을 이해하고 존중하는 공감적 소통을 통해, 학부모는 학교에 대한 신뢰를 느끼고, 교사는 학생에 대해 더 깊이 이해할 수 있습니다.

13. 나와 우리의 연결고리 ♡   장현성

학령기에 만난 다양한 진로 및 진학, 취업과 관련된 기관은 장애학생의 졸업 후 성인기로의 전환을 돕고, 함께 나아가는 연결고리가 되어준다.

우리는 알게 모르게 많은 사람들과 관계를 맺고 있다. 그리고 다양한 정보를 업무와 일상에서 얻는다. 이런 모든 것이 나의 삶 속에서 물 흐르듯 지나가고 있지만, 우리는 이 물길 속을 들여다보고 손을 넣어 보석처럼 빛나는 존재들을 잡을 수 있어야 한다. 특수교육이 발전하고, 장애인식이 개선되고 있지만, 모든 것이 장애인과 학생들을 중심으로 움직이지 않는다. 우리 스스로가 먼저 나서고 손을 내민다면, 흘러가는 물길 속에서 함께 헤엄칠 수 있는 동료를 얻을 수 있을 것이다.

한길학교는 안성이라는 지역사회에서 사회복지시설, 교육기관, 산업체, 대학 등 여러 자원들을 활용하여 교육활동과 연계하고 있다. 도대체 어떤 것들이 연결고리가 되는지 함께 살펴보자.

다양한 공공기관과 산업체, 보호작업장, 주간보호시설, 대학교는 졸업생들의 진로와 진학과 긴밀하게 연계하여 진로 탐색활동, 진로설계, 취업 및 시설 이용을 통해 연결되어 있다. 그 예로, '우리 동네 기관 탐방'이라는 교육활동은 고등학교 1~3학년을 대상으로 운영된다. 학기에 하나의 기관을 탐방하는데, 고등학교 1학년 1학기부터 고등학교 3학년 2학기까지 탐방을 하는 기관의 유형이 정해져 있다. 학생들은 직접 기관에 방문해 보고 어떤 삶의 모습이 펼쳐지는지 경험하게 된다. 학생들은 "선생님, 저는 졸업하면 여기 취업하고 싶어요.", "복지관에 프로그램 재미있는 것 같아요!"라는 이야기를 해주기도 한다. 이렇게 한길학교 고등학생은 3년간 6개의 다양한 지역사회의 기관들을 탐색한다. 이 과정으로 학생은 자신의 흥미와 추구하는 삶을 조금씩 그리고, 그림의 재료는 이런 경험과 배경지식이 되는 것이다.

장애인주간보호시설 일과 체험

대중교통은 어느 곳에나 있지만, 모두 편리하고 편안한 수단은 아니다. 안성이 그렇다. 이동에 선택지는 버스와 택시 뿐… 대중교통의 시간에 승객이 맞추어 살아야 하는 도시이다. 이 도시에서 거주하거나 근무하고 있는 사람은 자차가 필수라고 할 정도로 대중교통 인프라가 부족하지만, 그런 상황에서도 장애학생들은 적응해야만 하고, 잘 이용해야 한다. 시내 중심지로 몰리는 버스노선 탓에 1회 이상 환승은 필수로 할 수 있어야 하며, 이를 위해서는 시내에서의 도보 이동과 경로를 지속적으로 파악하고 활용하는 능력 또한 필요하다. 전공과 교외 현장실습을 지도하며 언제나 집에서 보호자의 차를 타고 나오던 학생이 있었다. 대중교통을 타고 스스로 등

하교를 하기 위해서는 보호자가 함께 팀이 되어 학생을 지도한다. 한 달 이상은 보호자가 같이 버스를 타고 등교한다. 이후 보호자는 뒷자리에 떨어져 앉아 함께 등교한다. 적응이 되어가면서 보호자는 정류장에서 학생이 버스를 타면 지도교사에게 연락을 한다. 이후 도착하는 정류장에서는 지도교사가 학생을 맞이한다.

대중교통을 이용하는 전공과 학생

실습날 아침 나의 휴대폰은 전화하느라 바쁘다. "네 어머님 서아 버스 탔을까요? 몇 번 버스일까요?" 보호자와 통화를 하며 학생의 이동 상황을 파악한다. "응 서아야, 버스 탔니? 몇 번 버스 탔어?" 나는 모든 것을 알고 있지만, 모르는 척 질문한다. 학생이 스스로 확인하고 행동할 수 있도록 기다려준다. 처음에는 학생도, 보호자도 두려움이 컸지만 잘 도착했다는 연락을 받은 보호자. 보호자에게 칭찬받은 학생. 자신감을 가진 보호자와 학생을 보는 나까지 모든 사람이 할 수 있다는 자신감이 높아졌다. 이렇듯 스스로 이동할 수 있다는 자신감이 학생과 보호자에게 더 많은 성장을 줄 수 있었다.

'우리 동네 한 바퀴' 프로그램은 중학교, 고등학교, 전공과 과정 순으로 점진적인 지역사회적응능력을 신장하는 데 집중하여 운영하고 있다. 중학교 학생들이 학교 인근의 공공기관과 마트를 이용한다면, 고등학교 학생들은 버스를 타고 시내 대형마트까지 이동하고, 전공과 학생들은 각자 집에서 대중교통을 타고 인근 지역 기차역 혹은 사전 결정된 집결지로 각자 등교하는 등 대중교통 활용 능력을 점진적으로 확대하는 교육활동을 운영하고 있다. 학교를 통해 학생들이 적극적으로 지역의 대중교통을 이용하고, 비장애인들과 만나고 소통하는 과정으로 지역사회와의 연결고리는 더욱 단단하게 조여지고 있다.

전통시장과 대형마트는 서로 반대되는 특성이 있고, 어쩌면 공존하기 위해 치열하게 조율하는 관계다. 이 안에서 어느 하나만이 선택되는 것은 옳지 않으며, 학생들은 다양한 소비 생활을 경험하고 적극적으로 활용할 수 있어야 한다. 그러기 위해 개인, 가정뿐만이 아니라 학교와 교사가 교육활동에서 경험을 할 수 있도록 안내해야 한다. 시내를 이동할 때는 전통시장을 지나가며 다양한 상점과 시장의 모습을 함께 살펴본다. 이때 상인들과 소통하며 정이 있는 문화를 경험할 수 있다. 대형마트에서는 편리하게 다양한 상품을 살펴보고 구매할 수 있다. 전공과 학생들이 안성에서 바비큐장에 가기 전 먹을 음식과 소모품을 사기 위해 전통시장과 대형마트, 편의점 3가지 유형의 소비시설을 경험했다. 전통시장에서는 신선한 양파와 감자를 현금으로, 대형마트에서는 일회용품과 소스, 고기를 카드로, 편의점에서는 개인 카드로 구매하며 다양한 소비시설의 특성을 알고, 물건에 따로 어떤 곳이 더 좋은지를 알아보았다. 합리적이고 현명한 소비를 하기 위해 다양한 정보를 알고 있는 것이 필요하다는 것을 느껴보며 맛있게 점심 식사를 만들어 먹는 하루를 만들 수 있었다. 이렇게 우리의 즐거운 하루를 만들어주는 여러 소비시설과 우리는 가까이에서 연결되어 있었다.

전통시장에서 채소를 구매하는 모습   대형마트에서 셀프계산하는 모습

공방과 지역 강사야말로 학교와 많이, 깊게 연계되는 것 같다. 지역의 마을에서 운영하는 체험프로그램, 진로체험 프로그램 운영기관 등과 연계하여 학교 차원의 교육활동이 계획되어 운영되기도 하지만, 일일형 현장체험학습과 연계하여 지역의 공방에서 원데이클래스에 참여하기도 했다. 한 번은 향수 공방에 방문하여 다양한 향을 경험하고, 내가 선호하는 향과 향료를 골라 미리 정한 비율로 향수를 만드는 체험을 했었다. 학생들은 달콤한 향을 맡고 키위 향이 난다고 말하기도 하고, 꽃향기를 맡고 어떤 꽃향기일지 서로 이야기를 나누는 모습을 보이기도 했다. 오감을 활용한 교육이 효과적이지만, 후각을 활용하여 교육활동을 구성하는 것은 익숙하면서도 신선한 부분이었다. 그리고 과정별 워크숍을 진행하며 마을에서 장아찌 만들기 프로그램, 블루베리 농장 체험, 쿠키 만들기 등을 체험했다. 이러한 학교 차원의 교사 지원으로 폭넓은 경험과 지식을 쌓고 교육영역의 확장되는 등 교사 역량의 신장을 일으키고 있다. 이러한 자원은 그 자체로써 학교 교육활동과 연결되기도 하지만, 교사 연수, 생산품, 교육프로그램 개발 등 다양한 유형으로써 학교에서 함께하고 있다.

2024년에는 새롭게 운영된 진로 탐색 주간 교육활동이 있었다. 핵심 프로그램 중 하나였던 만나보는 직업(직업체험 프로그램)을 준비하면서 개인적으로 새로운 도전을 했다. 이를 통해 연결고리의 중요성을 다시금 확인할 수 있었다. 전문교과 교과서에는 포함되어 있지만, 여러 이유로 인하여 학생들이 경험하기 어려웠던 단원과 성취기준을 파악하고, 그에 해당하는 직업군과 성취기준을 바탕으로 직업체험 프로그램으로 제공 가능한 영역을 추려보았다. 간호조무사, 반려동물 관리사, 보육교사, 요양보호사, 일식 조리사, 피부관리사, 와인 소믈리에 총 7개의 직업군을 추려 장애학생 대상의 프로그램과 강사로서의 교육서비스 제공이 가능한지 알아보고 조율하면서 애를 먹었다. "이 교육활동으로는 40분 안에 끝나기가 힘들 것 같아요. 이론교육도 내용을 쉽게 만들어주시면 더 좋아요." 장애학생이 현실적으로 취업하거나 진학하기 어려운 직업일수록 교육프로그램과 강사의 교육 경험이 현저히 적었다. 심지어 '와인 소믈리에'라는 단원은 시음을 하며 고객에게 알맞은 와인을 추천하고 제공해야 하는데, 술이 수업에 등장하는 것은 말도 안 되는 일이었다. 무알코올 칵테일을 떠올려 조주기능사를 알아보았지만, 프로그램으로서는 강사료, 재료비 등 단가가 예산과 차이가 크게 나서 불발되었다. 그러다 문득 술이 문제라면 소믈리에라는 역할을 중심으로 하면 무엇이 있을까 생각이 들었다. 그러다가 찾게 된 직업이 티 소믈리에였다. 재료만 달라졌을 뿐, 주재료를 이해하고 창의적으로 조합하는 과정, 고객과 소통하며 서비스를 제공하는 과정은 같다고 생각했다. 다른 직업군을 찾으면서 병원, 전문학원, 대학교, 센터 등 다양한 지역사회 기관을 통해 알아보며 인연이 닿은 강사들과 연결고리를 맺으며 다시 한번 장애학생을 중심에 두고 직업체험 프로그램을 구성해 나갈 수 있었다.

요양보호사 직업체험 프로그램   보육교사 직업체험 프로그램

   이러한 수많은 연결고리들이 존재할 수 있었던 이유는 그 중심에 학생이 있었기 때문이다. 학교도 교사도 지역도 아닌, 학생이 있었기에 이 모든 것이 연결되어 나아갈 수 있다.

   그런데도 연결고리가 견고하게 풀리지 않는 것이 아니다. 관계를 유지하는 대상 간에 서로 고리를 잡고 유지하는 것이다. 때로는 누군가 놓을 때도 있고, 고리가 부서질 수도 있다. 하지만 다시 기회를 주는 것 또한 학생이다. 학생들은 우리에게 항상 기회를 주고, 받아들일 준비가 되어 있다. 그 고리를 잡고 최선을 다해 좋은 교육과 서비스를 만들고, 돌려주는 것이 우리에게 주어진 일인 것 같다.

1. 나와 관련된 모든 것은 자원이 됩니다. 지나치더라도 기억하고 메모해두면 도움이 되는 순간이 찾아올 겁니다.
2. 전혀 생각하지 못한 자원들이 연결될 수 있습니다. 교육활동을 계획할 때는 브레인스토밍을 통해 잠깐이라도 혼자 이렇게 저렇게 시작해 보면 어떨까요?
3. 교육활동을 구상할 때는 콘셉트가 중요합니다. 활동을 어떻게 의미 있게 만들고 싶은지 담당자 스스로 방향을 잡으세요. 그다음 단계부터 술술 풀려나갈 수 있습니다.
4. 주된 아이템, 색깔, 활동 방식, 캐릭터 등 중심을 잡아 줄 키워드를 같이 만들어둔다면, 좀 더 다채롭고 유연하게 활동을 기획할 수 있습니다.

14. 혼자 살아갈 수 있을까? ♡

손은나

나눔으로 빚는 한가위

우리 학교는 학교와 마을이 함께하는 여러 종류의 교육활동을 하고 있다. 여러 활동 중 하나가 '나눔으로 빚는 한가위'이다. 이 활동은 마을의 주민들, 고마운 사람들과 함께 학생들이 만든 명절 음식을 나누는 활동이다. 다른 사람들에게 도움을 받고 돌봄을 받는 학생들이 마을의 주민들에게 나눔을 실천하는 모습은 연합뉴스 TV에 보도되기도 하였다.

장애학생이 전하는 한가위 선물 연합뉴스 TV 영상

2012년 개교 이래 지금까지 전교생과 교직원이 모두 모여 송편을 빚었다. 학생들이 만든 송편은 지역의 공공기관과 마을의 주민들, 학습중심 현장실습을 위한 장소를 제공해 주신 분들과 같이 학생들의 배움에 도움을 주신 분들께 학생들이 직접 배달하고 있다.

'나눔으로 빚는 한가위'를 운영하기 위해서 두 달 전부터 계획을 세우고 한 달 전에는 본격적인 교육 물품을 구매한다. 그리고 일주일 전부터 학교 특색사업인 등산 활동 시간에 뒷산에서 학급별로 솔잎을 채취한다. 학생들이 채취한 솔잎은 깨끗하게 세척 후 말려서 송편을 찔 때 사용한다. 운영 당일 학생들이 동글동글 반죽을 빚어 깨, 콩과 같은 속을 넣고 반달의 예쁜 송편을 빚는다. 학생의 손 기능을 고려해 어떤 학생은 떡 도장을 사용해 모양을 낼 수 있도록 지도한다. 그리고 맛있게 찐 송편을 학생들이 포장 용기에 하나씩 담아 뚜껑을 닫아 완성한다. 반죽부터 포장까지 학생들의 손으로 만들어진 선물은 학생과 교사가 짝이 되어 마을의 주민들에게 배달되었다.

2024학년도 달력을 받고 추석을 바라보며 전년과 같이 송편을 만들고 포장하여 배달을 갈 것인지 고민이 되었다. 나눔을 받은 지역주민들이 더 좋아하실만한 다른 음식은 무엇일까?, 더 좋은 방법이 있을까?

고민 끝에 우리는 새로운 메뉴를 도전해 보기로 하였다. 명절 분위기를 살리면서 모두가 좋아할 수 있는 음식으로 약과 쿠키를 정해보았다. 전공과 학생들과 함께 먼저 만들어보기로 하였다. 송편에서 약과 쿠키로 바꾸기 위해 고려했던 것은 첫째, 송편보다 만들기가 쉬운가? 둘째, 시간 안에 많은 쿠키를 만들 수 있는가? 셋째, 맛과 모양을 모두 잡을 수 있는가? 이었다.

약과 쿠키를 만들기 위해서 필요한 재료는 쿠키믹스와 달걀, 버터, 약과, 조청이다. 재료를 준비하는 동안 학생들은 조리복을 착용하고 손을 깨끗이 씻은 뒤 라텍스 장갑을 착용한다. 쿠키믹스는 통밀 시나몬 맛과 통밀 버터 맛을 준비하였다. 학생들과 함께 미리 조사한 조리법과 쿠키를 만드는 과정을 영상으로 함께 시청하면서 과정을 정리한다. 그리고 2명씩 짝을 지어 만들기 시작한다.

믹싱볼에 달걀 2개를 넣고 미리 녹인 버터를 섞어준다. 그 뒤에 쿠키믹스를 400g 넣어 주걱으로 가루가 보이지 않을 때까지 섞어준 뒤 한 덩어리가 되도록 뭉쳐준다. 반죽을 20g 떼어내어 동그랗게 말아 유산지를 깐 오븐 팬에 정해진 간격을 두고 놓는다. 명절 느낌을 살리기 위해 전통 무늬 떡 도장으로 반죽을 찍는다. 그 뒤에 180도로 예열된 오븐에 20분간 굽고 오븐에서 꺼내어 충분히 식혀준 뒤 조청을 발라 약과를 붙인다. 학생들이 조사해서 정리한 조리법을 따라 차근차근 약과 쿠키를 만들었다.

약과 쿠키 레시피를 적고 있는 학생   약과 쿠키 만들기 활동

완성된 약과 쿠키를 포장해서 교직원분들에게 선호도 조사를 진행했다. 학생들이 직접 쿠키와 투표용지를 들고 다니며 설문 조사를 하였다. 투표에 참여한 21명의 교직원 중 18분이 새로운 메뉴가 좋다고 답하셨다. 맛있고, 새롭고 창의적이고, 학생들의 특성을 고려하였을 때 더 적합하다는 이유였다. 송편은 아직 더위가 남아 있는 계절에 상하기 쉬운데 약과 쿠키는 두고 먹을 수 있다는 장점이 있었다. 다만 쿠키가 조금 딱딱하게 구워져 노인 분들의 치아에 부담을 줄 수 있다는 의견이 있어 반죽을 다시 해보기

로 하였다. 송편이 더 좋다고 응답해 주신 세 분은 '한가위라면 송편!'이라고 하셨지만 대세는 약과 쿠키로 기울었기 때문에 바꾸기로 했다. 여기에 추가로 쌀강정 만들기가 추가되었다. 고등학교에서 추천받아 약과 쿠키와 쌀강정을 같이 만들어 포장하기로 하였고, 학생들과 여러 시행착오를 거쳐 조리법을 만들어 안내하였다.

의견 용지

나눔으로 빚는 한가위 배달

대망의 '나눔으로 빚는 한가위' 날이 밝았다. 그동안 열심히 준비한 만큼 학생들은 즐기며 쿠키를 빚고, 쌀강정을 만들어 정성스럽게 포장했다. 예쁜 종이봉투에 담아 학생 1명과 교원 1명이 짝이 되어 면사무소, 현장실습 산업체, 마을의 어르신 등을 찾아뵈어 한가위 인사와 함께 만든 쿠키와 쌀강정을 배달했다. 찾아가는 곳마다 함박웃음으로 맞아주시고, 약과 쿠키가 모양도 예쁘고 맛도 좋다며 잔뜩 칭찬해 주셨다. 생각보다 더운 날씨로 조청이 빨리 굳지 않아 애를 먹기도 하고, 처음 해보는 약과 쿠키와 쌀강정 만들기에 좌충우돌하기도 하였지만 학생들과 교직원, 마을 주민의 얼굴에 피어난 웃음꽃을 보니 이만하면 성공적인 것 같다.

내년에는 또 어떤 메뉴를 만들어 진행할지 지금부터 고민 중이다.

다육이와 행복한 배움

마을과 함께하는 교육활동 중 다른 하나는 '다육이와 행복한 배움' 활동이다. 이 활동은 전공과의 현장실습 교과와 연계한 활동으로 학생들이 키운 다육 식물을 지역의 공공기관에 배치하고 관리하는 활동으로 구성되어 있다.

주로 평택세무서와 수원지방검찰청 평택지청과 연계하여 이루어지고 있다. 세무서에는 학기에 한 번씩, 평택지청에는 학년도에 한 번씩 방문하여 진행한다. 세무서에서 이루어지는 활동은 1학기 식목일을 기념하여 학교에서 학생들이 심고 관리한 다육 식물을 전달하는 것으로 시작한다. 다육 식물과 함께 관리하는 방법을 정성스럽게 적은 편지도 같이 드린다. 그리고 세무서장님과 나눔의 자리를 가지며 세무서에 대해 알아보고, 꿈과 미래에 관한 이야기를 나누는 시간을 갖는다. 그리고 직원들과 함께 세무서에서 만든 보드게임을 하며 시간을 보낸다.

처음에는 다육 식물을 화분에 심고, 정성으로 관리하는 일에 학생들은 어려워하고 귀찮아하곤 한다. 이런 학생의 귀찮은 마음은 직접 세무서와 평택지청의 직원들이 활짝 웃으며 화분을 받을 때, 고맙다고 잘 키우겠다고 인사하는 직원을 마주할 때 뿌듯함으로 바뀌곤 한다. 직원분들 중에는 학생들이 식물을 키우는 방법을 설명할 때 눈이 빛나는 모습을 보며 '학생들이 얼마나 열심히 정성으로 키웠을지 상상되어 마음이 뭉클했다'는 분도 계셨다.

다육이와 행복한 배움   다육퀴즈온더블럭   다육이와 행복한 배움

2학기에는 학생들의 의견을 받아 '다육이 콘테스트'를 진행한다. 한 해 동안 세무서 직원분들이 키운 다육 식물 중 팀별로 가장 잘 키운 것만 모아 투표를 통해 최고의 식집사를 뽑는다. 콘테스트에서 뽑히는 분들에게 드릴 상품은 학생들이 직접 정하고 포장하였다. 대망의 콘테스트 날, 1등을 한 직원에게 학생 중 한 명이 "잘 키워주셔서 고맙습니다." 하고 직원분에게 인사하였다. 인사를 받은 직원분께서 "처음 받았을 때는 특별한 의미가 없는 화분 하나였는데 지금은 특별한 의미를 지닌 화분이 되었다." 이야기해 주셨다.

세무서에서 활동을 마치고 학교로 돌아오는 버스에서 보람으로 가득 찬 학생들의 눈빛을 보고 있자니 '다육이와 행복한 배움'이 마을과 학생이 연결되는 하나의 고리가 될 것이라 믿어 의심치 않는다.

'나눔으로 빚는 한가위'와 '다육이와 행복한 배움' 외에도 우리 학교는 학생들이 학교 밖 마을에서 주민과 함께하는 다양한 활동을 하고 있다. 나는 학생들이 사회에서 나 홀로 살아가는 것이 아니라 지역에서 더불어 살아간다고 생각한다. 따라서 학교는 학생들이 지역사회에서 함께 살아갈 수 있도록 다양한 지역사회 기관들과 협력체계를 구축하고 함께하는 환경을 제공한다면 학생들이 독립된 삶을 살아갈 때 통합된 환경에서 두려움 없이 자기 삶을 살아갈 수 있을 것이라 기대해 본다.

• 손은나 선생님의 따뜻한 한마디 •

1. 수혜자가 아닌 기여자의 입장에서 교육활동을 계획합니다. 학생들이 능동적이고 주도적으로 송편을 만들고 지역사회에 나눔을 실천하는 주체가 됩니다. 학생들이 사회에 기여하고 참여하는 기회를 제공하는 의미 있는 행사를 계획할 수 있습니다.
2. 지역 공공기관과 학교가 연계하여 학생들에게 현장실습 기회를 제공하는 것은 매우 효과적입니다. 학생들은 실무 경험을 쌓고 지역사회와 유대감을 형성할 수 있으며, 기관 직원들 또한 학생들과 의미 있는 시간을 나누며 상호 이해와 협력을 증진시킬 수 있습니다.

15. 변화의 중심으로 한 발자국 ♡

장현성

학생을 수동적이고 나태하게 만드는 수업을 하고 있지는 않은가?

학생들과 교실에서 수업이라는 이름으로 만나기 시작하면서 계속해서 떠오르는 말이다.

40분이라는 정해진 시간 속에서 내가 계획한 수업을 진행하는 것이 목표였다. 학생은 활동에 참여하고 내가 정한 범위 안에서 따라오는 수업의 '대상'인 것 같았다.

나는 교직 경력이 많지 않은 교사이지만, 수업 준비에 허덕이고, 업무로 초과근무를 밥 먹듯이 해 힘들 때가 많았다. 피로감과 함께 찾아오는 힘든 순간들은 오히려 수업과 업무를 하는 이유를 깨닫게 했다. 교육의 모든 과정은 교사가 주인공이 되려고 하는 일은 아니라고 생각하게 된 계기가 되었다.

우리는 학생들을 위해 수업을 하고, 학생들을 위해 업무를 하고, 학생들을 위해 교사가 되었다. '가르치다'라는 동사가 학생과의 관계에서 미묘한 제약을 받고 있던 게 아닐까?

세상은 하루에도 수십 번, 수백 번씩 크고 작은 변화와 이슈가 일어나고 점점 유행 주기도 짧아지고 있다. 기술은 발전하여 학습이 조금만 늦어도 교육 격차가 커진다. 이런 변화 속에 발달장애 학생을 홀로 세워두기에는 오히려 주위의 불안과 부담감이 클 것이다.

2023년부터 학교에서 '청소년 비즈쿨' 업무를 담당하게 되었다. '청소년 비즈쿨'이란, 비즈니스(Business)와 스쿨(School)의 합성어다. 창업진흥원에서 학교를 대상으로 창업교육과 기업가정신 주제의 교재교육, 체험활동을 운영하는 사업이다.

학교의 교육과정 및 다양한 교육활동과 연계하여 사업을 운영해왔고 전임자에게 업무를 인계받아 운영하고 있다. 이 업무를 인계받기 전, 고등학교와 전공과 학생들이 참여하는 진로동아리 동아리의 담당 교사를 맡았었다. 이때 '청소년 비즈쿨'에 대해서 알게 되었다. 업무를 인계받으면서 내가 이 사업을 어떻게 학교 교육과정에 녹여내어 운영할 것인지 가치관을 다시 재정립했었다.

우선 핵심 키워드인 '창업 교육', '기업가정신'을 어떻게 장애 학생을 대상으로 운영할 것인지가 고민이었다. 장애 학생들은 창업하기까지 수많은 서류작업과 행정절차 등의 과정을 온전히 스스로 책임짐에 어려움이 있기 때문이다. 또한 기업가가 갖추어야 할 도전, 창의성, 도덕성, 사회적 책임 등을 습득하도록 직접적으로 교육하는 것은 의미가 없다고 판단했다.

이 2개의 키워드를 관통하며 학생들에게 가장 중요한 것은 책임감, 주도적인 태도, 주인의식이라고 생각하게 되었다.

그때부터였을까?

학생을 중심에 놓기 위한 변화의 첫걸음이 시작되었다.

학교에서 운영한 프로그램을 하나씩 살펴보며 변화의 중심으로 한 걸음씩 들어가 보자.

2024학년도 진로동아리의 시작

1. 진로 동아리

"너희가 하고 싶은 동아리 다 적어봐." 작년 겨울에 학교 게시판을 활용해 학생들이 적어놓은 하고 싶은 동아리 종류가 채워진다. 희망 동아리 리스트에서 동아리 담당 선생님들이 협의를 통해 1차 선별했다. 이후 동아리별 대표 학생을 신청받아 동아리와 대표 학생을 선정한다. 이후 진로 동아리 참여 대상 학생 모두가 시청각실에 모여 동아리 대표의 동아리 소개, 대표로서의 포부를 듣고 그 자리에서 신청서를 작성한다.

이후 3회기의 동아리 활동으로 오리엔테이션, 연간 동아리 활동 계획 회의 및 계획서 작성을 하며 3월이 지나간다. "우리 동아리에서 규칙은 어떻게 정할까?" 회의와 계획, 계획서 작성은 동아리 대표 학생이 주로 진행하며 교사는 진행을 지원하는 역할로서 적극적으로 도움을 준다.

동아리 연간 활동 계획 및 계획서를 작성하는 시간 동안 담당 교사는 동아리 활동에 필요한 물품과 교구를 준비한다. 이후 4월부터 본격적으로 동아리별 계획한 활동을 운영한다.

학기 말에는 다른 동아리 중 1개 동아리를 1회 체험해 보는 시간으로 구성하였다. 타 동아리 체험을 통해 차년도 동아리 선택에 참고하고, 희망하는 활동을 신청할 수 있도록 계획하여 운영하고 있다.

카페챌린지: 레시피 개발 과정　　카페챌린지: 운영 및 손님 응대

2. 카페 챌린지

"선생님, 이번 카페 챌린지에는 어떤 메뉴 나와요?", "홍보 영상은 언제 나와요?" 학생들이 만나기만 하면 재촉한다. 전공과 학생들이 교과 수업과 연계하여 카페 창업 및 바리스타 실무 체험교육을 운영한다. 재료 탐색, 메뉴 개발, 레시피 제작, 홍보·마케팅, 고객 응대 등의 다양한 직무를 경험한다. 실제 카페에서 바리스타로 일할 때 하게 되는 크고 작은 직무를 경험한다. 중·고등학생은 긍정적 행동지원와 연계하여 획득하는 '토큰'을 사용하여 매달 1회 카페 챌린지에서 경제 교육의 일환으로 음료를 구매한다. 30분 간 진행되는 카페는 중고등학생에게는 행복, 전공과 학생들에게 전쟁터를 선사한다. 준비한 대로 치열하게 카페를 운영하는 모습에서 학생들의 성장과 자신감이 느껴진다. 더불어 학교 차원의 긍정적 행동지원과 지역사회 적응 교육, 환경교육 등이 함께 진행되는 복합프로그램으로 운영되고 있다.

3D프린트 프로그램에 참여하는 모습

3. 메이커스페이스

메이커란 디지털 기기와 다양한 도구를 사용한 창의적인 만들기 활동을 통해 자신의 아이디어를 실현하는 사람을 말한다. 이런 메이커가 활동할 수 있는 공간을 메이커스페이스라고 한다. 중소기업벤처부, 창업진흥원이 운영하는 사이트인 '메이크올'에서는 전국에 인증된 메이커스페이스에서 적합하다고 생각하는 기관과 연결하여 체험활동의 형태로 메이커스페이스를 이용한다. 2023학년도에는 수원의 '경기도업사이클플라자'에서 UV 프린팅, 플라스틱 병뚜껑 업사이클링 화분 만들기, 가림막 아크릴 재활용 무드등 만들기와 같은 활동을 체험했다. 이를 통해 메이커 장비 활용과 더불어 업사이클링에 대한 환경교육까지 다양한 체험교육을 운영하고 있다. 2024학년도에는 진로동아리별로 메이커스페이스를 선정해 동아리별 성격과 특성에 맞게 체험교육을 운영하였다. 단순한 체험이 아닌, 장비라는 하나의 카테고리가 기준이 되는 체험이라 학생에게도, 교사에게도 새로운 접근의 체험 프로그램을 운영할 수 있다.

플리마켓 수익을 정산하는 모습   플리마켓 운영 중   플리마켓 부스 담당학생들이
재고 정리하는 모습   홍보하는 모습

4. 비즈쿨 플리마켓

"너희가 부스의 주인이고, 대표고, 직원인거야." 학교에서는 학기에 1번씩 플리마켓 행사가 열린다. 그 중 비즈쿨에서 한 부스를 맡아서 운영한

다. 비즈쿨 사업과 관련된 물품이나 서비스를 판매하는데, 나아가 전공과 학생들이 적극적으로 참여할 수 있는 기업가정신교육과 연계했다. 부담임 선생님들이 도맡아 운영하던 부스를 전공과 학생들이 직접 맡아서 계획하고 준비한다. 선생님은 여러모로 도움을 줄 뿐…. 비즈쿨 부스에서는 친환경과 탄소중립을 주제로 운영되는 부스를 운영한다. 카페 챌린지와 유사하게 부스 기획, 물품 준비, 재로 파악, 진열, 판매, 계산, 정산 등의 창업과 판매 실무를 경험한다. 중고등학생은 긍정적 행동지원와 연계하여 획득하는 '토큰'으로 다양한 부스에 방문하고 경제활동을 간접적으로 체험한다. 이 과정에서 학생들이 주도적으로 활동에 참여하고 상호 작용하는 등 학생 중심 프로그램으로 더욱 확장되고 있다.

비즈쿨 리더스 회의 활동하는 모습   비즈쿨 리더스 활동을
구상하는 모습

5. 비즈쿨 리더스

"우리가 수업을 해요?", "회의 시간은 목요일 1교시야. 리더스는 모두 잘 모이도록!" 청소년 비즈쿨 사업을 운영하는 창업진흥원에서 7월을 즈음하여 '전국 특수학교 연합 캠프'를 운영한다. 본 행사에 참여한 고등학생과 전년도 참여 고등학생, 전공과 과정 학생 중 선정된 학생들은 2학기에 비즈쿨 리더스라는 이름으로 약 두 달간 활동하게 된다. 청소년 비즈쿨 캠프 참여 학생은 캠프에서 경험한 프로그램과 체험활동을 교내의 저학년이자

신입생인 1학년, 캠프 참여 학생이 속해 있는 학급을 대상으로 공유하는 또래 교수 활동을 진행한다. 캠프의 주제인 지속가능한 발전, 업사이클링, 탄소중립에 대한 주제로 학교 학생들을 대상으로 적합하고 흥미로운 교육 활동을 구성하여 공유한다. 이 과정은 모두 비즈쿨 리더스 학생들이 적극적으로 회의 및 강사 활동 등에 참여하며 주도적으로 운영된다. 두 달이라는 시간 동안 수많은 회의와 연습을 통해 하나의 프로그램 또는 수업이 만들어지면서 참여 학급에는 유익한 경험이 되었다. 비즈쿨 리더스는 학생들에게 높은 성취감을 안겨주는 학생 중심의 또래 교수 프로젝트이다.

• 장현성 선생님의 따뜻한 한마디 •

1. 모든 교육에서 학생들의 주도적인 활동이 매우 중요합니다. 기업가 정신을 바탕으로 하는 창업 교육에서는 더욱 그렇습니다. 책임감, 주도적인 태도, 주인의식이 학생들에게 잘 스며들 수 있도록 학생 중심의 활동을 많이 고민하고 구성해보면 어떨까요?
2. 꾸준한 지역사회 인프라 구축이 필요합니다. 청소년 비즈쿨의 핵심은 기업가정신, 즉 도전, 창의성, 도덕성, 사회적 책임 등입니다. 학생들에게 다양한 경험을 심어 주기 위하여 지역사회의 다양한 기관과의 연계가 매우 중요합니다.

16. 공부하러 갑니다 ♡

이준희

장애 학생의 사회 적응 능력 향상을 위한 학교 밖 진로교육 활동 중에서 '우리 동네 한 바퀴'라고 이름 붙인 지역사회 적응훈련 프로그램을 운영하게 된 2024년 이야기를 하고자 한다.

체험학습은 학생들에게 일상적인 환경에서 필요한 기술과 자신감을 쌓고 지역사회 내에서 독립적으로 생활할 수 있는 다양한 체험을 통해 학습하고 소통하는 기회를 제공한다. 이런 모든 교육 활동은 안전을 최우선으로 하며 학생들의 요구와 특성에 따라 특별한 배려와 지원이 필요하다.

지적장애 학생들에게 문화체험활동, 물건 구매 활동, 식당 이용하기 활동 등은 매력적인 교육 과제이며 학생 개개인에게 신나는 경험을 제공할 수 있는 절호의 기회가 아닐 수 없다. 실제로 우리 학생 중에는 가족의 지원을 받기 어려워 지역사회 내 문화활동에 참여하지 못하는 경우가 많다. 특히 체험학습 장소 선정에서 학생들이 가 본 곳을 조사해 보면 여러 장소 중 가본 곳이 10%가 채 되지 않는 것이 현실이다.

놀이동산, 영화관, 체육시설, 마트, 편의점, 패스트푸드점 등 여가생활 과목과 연계된 여러 장소에서 하는 활동은 학생들에게 매우 흥미진진한 프로그램이며 매 학년도 말썽꾸러기들에게는 변함없이 강화제로 쓰일 때가 많다.

"수업 시간에 열심히 참여하지 않는 학생은 이번 달 우리 동네 한 바퀴 안 데려갑니다!"라고 으름장을 놓으면 착하고 순진한 우리 학생들은 선생님이 진짜로 자신을 데려가지 않을까 얼굴이 사색이 되기도 한다. 그러면 교사는 일단 1단계 성공을 확신한다.

사전 교육시간이다. PPT는 학생들이 혹할 만한 사진이나 영상 자료들로 넘쳐나게 제작한다. "자! 얘들아 이번 주 금요일은 우리 동네 한 바퀴입니다!" 교사의 이벤트성 멘트에 "와아~" 학생들은 교실이 떠나갈 듯 소리치고 눈은 반짝반짝인다.

"우리 동네 한 바퀴는 무엇을 하러 가는 것이지?" 교사의 질문에 한 치에 망설임도 없이 학생들은 대답한다.

"놀러 가는 거요~!" 교사는 잠시 한숨을 고른다.

"애들아, 공부하러 가는 거란다. 학교에서 하는 모든 활동은 공부하러 가는 거야. 놀러 가는 학생은 우리 동네 한 바퀴에 참여할 수가 없어요."라고 말하면 학생들은 서둘러 너 나 할 거 없이 모두 공부하러 간다고 대답한다. 2단계 성공을 의미한다.

가족, 친구들과 가 보지 못한 1일형 현장체험학습은 영화제 시상식의 멘트처럼 선생님들이 잘 차려놓은 밥상인 거 같다.

장소 선정, 사전답사, 답사 후 결과 보고(변경/반영), 사전교육계획 수립, 운영계획 작성, 가정통신문, 품의를 차례로 결재를 받아 시행한다. 활동 후에는 학생들의 만족도를 반영한 평가를 마무리하여 차년도 체험학습 계획에 반영한다.

경기도의 경우 숙박형 체험학습은 마음 아픈 세월호 사건과 코로나19의 영향으로 많은 제약이 따른다. 안전을 위한 것이니 꼼꼼히 확인하고 따라야 한다. 장소 선택에 있어 많은 단계의 안전 매뉴얼을 따라야 하기에 수학여행 안심서비스가 제공되는 지역을 선택하는 것이 실무자로서는 가장 현명한 선택일 수도 있다. 지켜야 할 매뉴얼도 많고 처리할 업무도 다양하게 많다.

장애학생들의 숙박형 체험학습은 더 어려움이 있다. 숙식의 문제뿐만 아니라 학생들의 건강 상태와 안전사고 문제 때문이다. 안전교육을 하고 주의를 해도 발생할 수 있기에 인솔 교사는 긴장을 늦출 수 없다. 필수로 알레르기 반응 확인을 해야 하고, 아침, 저녁으로 먹어야 하는 약을 챙겨 먹이고, 씻기고 취침에 드는 플러스알파 과정까지 경험한 특수교사라면 모두 공감하는 어려움이 있다.

학교 밖 체험학습 활동 중에 학생이 뇌전증으로 쓰러지는 상황에서는 경험이 많은 교사도 매우 당황할 수밖에 없다. 매뉴얼에 있는 대로 대처하고 조치한다. 학생의 안전이 최우선인 것이다. 학생의 안전이 확인된 후에 담임교사는 학부모와 상담도 해야 하고, 나머지 다른 학생들도 긴장시키지 않도록 조치해야 한다. 교사가 학생들을 지키는 히어로가 되는 시점이다.

다양한 현장체험학습은 학생들에게 즐거움과 행복을 주고, 실제 경험을 학습에 연결 지어 사회적 상호작용과 소통하는 능력을 향상시킬 수 있어 장애 학생들에게 꼭 필요한 교육 활동이다. 체험학습에서 배운 경험으로 가족, 친구들과 함께 재미있게 신나게 놀러 간다면, 갈 수 있다면, 우리 학생들은 모두 오늘도 '공부하러 갑니다.'

1. 학생들의 흥미를 유도하면서 학습 목표를 명확히 합니다. 학생들이 활동의 목적을 명확히 이해하도록 하고 학습과 재미를 동시에 느낄 수 있도록 계획합니다.

2. 비상 상황에 대한 대처 능력이 필요합니다. 예상치 못한 비상 상황에 대비하기 위해 매뉴얼에 따라 신속하게 대처하고 학생의 안전을 최우선으로 고려합니다. 학부모와의 상담을 통해 상황을 투명하게 전달하고 다른 학생들에게 불안감을 주지 않도록 차분하게 대처합니다.

17. 직업의 바다에 첫 발을 담그다 ♡ 양희학

우리는 모두 한때 꿈꾸던 직업이 있었다. 소방관, 요리사, 선생님…. 하지만 장애가 있는 학생들에게 그 꿈은 때로 멀고도 험난한 여정처럼 느껴질 수 있다. 그래서 우리 교육 현장에서는 '현장실습'이라는 특별한 다리를 놓는다. 이 다리는 교실에서 배운 이론을 현실 세계와 연결하고, 학생들이 자신의 잠재력을 발견하며, 꿈을 현실로 만들어가는 과정이다.

현장실습은 단순히 일을 경험해 보는 것 이상의 의미를 지닌다. 그것은 학생들에게 자신감을 심어주고, 사회의 일원으로서 역할을 체험하게 하며, 미래에 대한 구체적인 그림을 그릴 수 있게 해준다. 특히 장애 학생들에게 이러한 경험은 더욱 중요하다. 그들에게 현장실습은 단순한 직업 체험이 아닌, 세상과 소통하는 방법을 배우는 소중한 기회이기 때문이다.

이 글에서는 장애 학생들을 위한 다양한 현장실습 중 교외에서 이루어지는 활동들을 소개하고자 한다. 우수 교육기관 연계형, 산업체 직무 체험형, 장애 맞춤 기관 직무 체험형 등 각기 다른 특성을 가진 프로그램들을 통해, 우리는 모든 학생이 자신만의 빛나는 미래를 만들어갈 수 있다는 희망을 보게 될 것이다.

우수 교육기관 연계교육형 현장실습

우수 교육기관 연계교육형 현장실습은 진로직업 특수교육지원센터(직업재활시설 현장실습, 산업체 연계 현장실습 등), 학교기업, 직업위탁 교육기관 등과 같은 우수교육기관과 연계하여 실시하는 현장실습으로 일반산업체에서의 실습과 직업재활시설에서의 실습으로 나뉜다.

일반산업체에서의 실습은 안성 관할구역 진로직업 특수교육지원센터(수원시 아름학교)에서 실습을 추진하는데 여기에 도제교육이 포함되며, 직업재활시설에서의 실습은 경기도장애인직업재활시설협회에서 추진하는 직업재활훈련이 해당된다. 두 가지 경우 훈련할 수 있는 실습 기관의 전반적인 정보(장소, 시기, 직무, 인원 등)가 제공되며 학교 특성에 맞게 신청하면 된다.

나는 두 가지 목적으로 사업을 신청한다. 첫 번째는 취업 가능성을 판단하기 위함이며 특징은 다음과 같다. 첫째, 교사는 취업 이전에 학생의 직무 능력, 근태 등 잠재 능력을 파악할 수 있으며, 사업체에서도 학생들이 우리 회사에 잘 적응할 수 있을지 가능성을 평가할 기회이다. 둘째, 첫 번째 평가 결과를 토대로 두 가지 사업 실습이 종료된 이후 취업과 자연스럽게 연결될 수 있으며(발전 가능성 있는 직무 능력과 성실한 근태가 필수), 두 가지 사업 모두 학교가 아닌 실제 현장에서 진행하기 때문에 매우 현실성 있는 좋은 사업이라고 할 수 있다.

우리 학교 고3 학생은 2023학년도 당시 도제교육을 통해 소화기 제조회사에서 실습하였다. 실습 중 많은 우여곡절(친구들은 전공과에 진학하는

데 본인은 왜 취업해야 하는가에 대한 의문)이 있었으나 담임교사와 학부모의 적극적인 소통을 통해 이듬해 취업에 성공하여 현재까지 해당 산업체에서 성실하게 근무하고 있다. 그리고 일반 사업체에 취업이 어려운 학생이 지역 보호작업장에서 직업재활 교육사업과 연계한 현장실습에 참여하여 취업까지 연계된 경우도 있다. 2022학년 직업재활 교육사업에 참여하였던 전공과 2학년 학생은 평소 자동차를 좋아하였는데 세차 및 임가공을 주 업무로 하며 다양한 직업재활 훈련을 하는 보호작업장 취업에 성공했다. 반면에 2024년 올해에는 동일한 현장실습에 참여하였으나 적성에 맞지 않아 실습으로만 마치는 경우도 있다. 따라서 위 현장실습을 십분 활용하여 아이들 특성에 맞는 실습 기관을 선정하는 것은 매우 중요하다.

두 번째 교외 현장실습 교과 운영과의 연계이다. 우리 학교는 고등, 전공과 학생들이 주 1회 교외에서 학습중심 현장실습을 진행하고 있다. 고등학교 교외 현장실습의 경우 학생 특성과 요구 등에 따라 일반 사업체와 보호작업장으로 실습지를 나누어서 진행한다. 이때, 직업재활 교육사업 참여 시기를 교외 현장실습 참여 시기와 동일하게 계획하여 학생들이 참여하는 10회기 동안 소정의 훈련수당을 받을 수 있다. 또 학교가 아닌 실제 현장에서 직무지도를 해주시는 담당자분들의 공식적인 평가를 받을 수 있다는 장점이 있으며 이러한 평가 내용은 생활기록부 작성에 많은 도움이 된다.

산업체 직무 체험형 현장실습

산업체 직무 체험형 현장실습은 지역사회 산업체의 탐색 및 다양한 체험을 통해 직업적 소양을 갖추는 현장실습이다. 우리 학교는 취업 의지와 가능성이 높은 학생의 희망을 받아 실습에 참여시킨다. 먼저, 희망자에 한해 우리 학교와 MOU를 맺은 기관 또는 그동안 선배들이 취업했던 산업체에 연락하여 구인 계획 여부를 파악한다. 만약 구인 계획이 있다면 가정에 동의를 구하고 자체 실습을 계획하여 실습에 참여한다. 참여를 희망하는 학생들은 단기간의 실습 동안 직무를 경험하고 출퇴근 경로로 직접 출퇴근을 시도해 보는 등 자신이 지금 참여하고 있는 산업체에 잘 적응할 수 있을지 스스로 판단해 볼 수 있는 장점이 있다.

우리 학교 전공과 2학년 학생은 이러한 현장실습을 통해 약 3일간의 직무 체험을 통해 바로 근로계약서를 작성하는 초고속 취업 사례가 있다. 장애인 채용 경험이 있고 함께 근무해 본 경험이 있는 사업체의 경우 산업체 직무 체험형 현장실습을 선호한다.

산업체가 산업체 직무 체험형을 선호하는 이유는 두가지 장점 때문이다. 첫 번째, 비교적 장기간으로 실시되는 중증장애인 지원고용(최소 14일)또는 산업체 연계형 현장실습(최소 10일)과 비교하여 단기간에 학생을 고용할 수 있으므로 인재를 빠르게 채용할 수 있다. 두 번째, 현장실습 중 형식적인 절차와 서류(출근부, 평가서 등) 없이 산업체에서 자체적으로 평가하여 바로 고용할 수 있다. 하지만 이러한 장점은 산업체와의 신뢰(이전 취업한 선배들의 근태가 우수함)가 두터워야 가능할 것으로 생각한다.

한길학교는 위에서 언급하였듯이 채용 공고가 나면 이력서를 준비하여 이른 시일 내 산업체 직무 체험형 현장실습을 실시하고 취업까지 연결하는 것을 목표로 하며 앞의 사례와 같이 고용 된다면 현장실습 유형 중 산업체 채용형 현장실습으로 실습 유형을 변경하여 실시한다.

장애 맞춤 기관 직무 체험형 현장실습

장애 맞춤 기관 직무 체험형 현장실습은 장애인복지관, 장애인 직업재활시설 등 장애 맞춤 기관과 학교가 연계하여 직무 체험형으로 실시하는 현장실습이다. 우리 학교에서는 과거 관내 보호작업장과 연계하여 현장실습 진행 후 취업까지 연계하는 것으로 교육과정을 구성하였다. 최근에는 우수 교육기관 연계 교육형 현장실습으로 경기도 직업재활 시설협회에서 주관하여 장애인 직업재활 시설에서 실습하는 것으로 대체하여 운영하고 있다.

또한 전공과 졸업 후 취업한 상태에서 다양한 이유로 휴직을 하거나 이직이 필요한 경우 장애인복지관에서 실시하는 전환기 교육을 이수하여 새로운 산업체에 취업하는 사례도 있다.

산업체 채용형 현장실습

산업체 채용형 현장실습은 산업체 채용을 전제로 해당 기업에서 정해진 프로그램을 통해 교육받는 현장실습 유형이다. 과거에는 산업체 채용약정형 현장실습으로 명칭을 사용하였으나 2023년 직업계고 현장실습 운영 공통 매뉴얼 변경으로 산업체 채용형으로 명칭이 변경되었다.

산업체 채용형 현장실습은 산업체 직무 체험형 현장실습과 유사한 과정을 거친다. 산업체의 구인 계획이 있을 혹은 워크투게더와 같이 온라인상 장애인 채용 공고 사이트에 공고된 장애인 채용 공고 탐색을 통해 시작된다. 진행 과정은 '서류 제출(이력서, 자기소개서 등) → 면접 → 채용'의 순서로 이루어진다. 이 과정을 성공적으로 통과하면 학교와 학생 그리고 기업이 상호 협의하여 '현장실습 표준협약서'를 작성하게 된다. 이 협약서의 작성일부터 공식적으로 현장실습이 시작된다.

우리 학교 산업체 채용형 현장실습은 고등학교 3학년과 전공과를 대상으로 실시한다. 고등학교 3학년은 채용 전환 시기를 고려하여 2학기에 실시한다. 전공과 1·2학년은 채용 전환 시기를 고려하지 않고 언제든 실시한다. 경기도교육청 특수교육대상학생 현장실습 운영 지침에 따라 실습 기간은 3개월 이내로 한다. 실습 기간이 끝나면 학생, 기업, 학교가 협의하여 향후 진로를 결정하는데 다양한 이유로 실습을 이어가기 어려운 학생들은 복교를 선택한다. 하지만 그동안 우리 학교는 3개월 동안 학생이 산업체 직무 환경에 성공적으로 적응할 수 있도록 주기적인 추수지도를 하고, 산업체 직무지도원과의 소통을 통해 다양한 지원이 현장에서 이루어지도록 하여 학생으로 하여금 충분한 역량을 갖출 수 있도록 노력한다. 그 결과 (3개월 이상 실습을 할 수 없기 때문에) 조기수료 처리 후 취업을 이어가고 있다.

산업체 채용형 현장실습은 다른 실습과 달리 채용을 목적으로 실습에 참여한다. 따라서, 교사의 지도보다는 실제 산업체 현장 담당자의 지도를 통해 현장 직무를 소화하기 때문에 가장 난이도가 높은 현장실습이라고 할 수 있다. 현장실습 동안 교사는 산업체 현장실습 담당자와 학생 사이의 소통을 담당한다.

나는 산업체 담당자에게 불필요한 부담을 주지 않기 위해, 실습 첫날 연락을 취해 다음의 질문을 한다. "오늘 실습 첫날인데 학생의 직무 수행 정도는 어땠나요?", "혹시 가정과 연계하여 개선이 필요한 사항이 있으실까요?" 더불어 개선이 필요한 사항이 있다면 즉시 연락해 달라고 당부드린다. 그 이후에는 학생의 적응을 지원하면서도 산업체의 업무 흐름을 방해하지 않기 위해 현장 상황이 궁금하더라도, 산업체 측의 연락을 기다리는 편이다. 한길학교는 개교 이후로 현재까지 취업률 100%를 이어오고 있으며 대부분 산업체 채용형 현장실습을 통해 취업에 성공하였다. 나 또한 이 업무를 담당하면서 학교의 전통을 이어오는 것에 대해 자부심을 느낀다.

정부 주도 취업연계형 현장실습

취업을 목적으로 정부 및 공공기관과 연계하여 교내 · 외에서 이루어지는 현장실습인 정부 주도 취업연계형의 경우 장애인 표준사업장과 같이 대부분 우수산업체 현장실습과 연계하여 실시한다. 해당 현장실습은 사업 주체에 따라 현장실습 형태가 구분되는데 그 주체는 교육청, 장애인고용공단, 장애인개발원, 장애인복지관 등이 있다.

먼저 교육부(교육청)에서 실시하는 각급기관 내 일자리 사업은 다음과 같다. 교육청에서 장애인고용이 필요한 각급기관(학교)에 장애인 근로자 수요 조사를 받고 이 결과를 바탕으로 매년 7월 초에 '각급기관 내 장애인 일자리 사업 추진 계획' 공문을 발송한다.

이 공문에 따르면 장애인 일자리 직무 유형은 교무보조, 급식 보조, 장애인 도서관 보조, 특수교육 보조, 행정 보조 등 5개의 유형이 있으며, 2025년 신규 근로자의 경우 5개의 직무 중 행정 보조와 급식 보조직무에 대하여 신규 채용 예정이다. 따라서 시기에 따른 직무 유형을 잘 고려해야 한다. 장애 이해가 높은 안전한 환경에서 공공의 근로를 하며 근로에 맞는 임금을 지급받고, 다양한 복리후생, 그야말로 환상의 직업이 아닐까 싶다. 그러나 이 일자리는 높은 경쟁률과 함께 통과해야 할 관문이 너무나 많다. 각 학교 선발평가 응시 희망 서류 제출(추천서, 직무 수행 능력 평가지, 생활기록부 등) → 1차 서류 평가 → 2차 합격자 명단 및 2차 선발평가(지필평가, 출결 점수) → 3차 선발평가(면접 및 기능평가) → 고용 희망 기관 매칭 → 4차 현장평가(1주) → 최종 채용 신청 → 훈련 및 연수 → 기관별 고용 계약 등 무려 9단계의 관문을 거쳐야 한다.

교사도 임용고시라는 제도를 통해 임용되지만, 장애인 근로자를 채용하는데 너무 무리한 단계를 거쳐 채용하는 게 아닌가 생각이 든다. 하지만 그동안 장애인 근로자들의 근태를 추수 지도하여 살펴본 결과 이러한 절차가 정해진 이유도 이해할 수 있을 것 같다. 각급기관 내 장애인 일자리 사업의 경우 학생들의 희망에 따라 2번의 지원 경험이 있는데 첫 번째는 면접에서 탈락, 2번째는 지필평가에서 탈락의 고배를 마신 경험이 있다. 이 일자리에 채용되기 위해서는 더욱 철두철미하게 준비해야 합격할 수 있다.

다음으로, 한국장애인고용공단에서는 여러 사업 중 중증장애인 지원고용과 장애 학생 취업 지원 사업 두 가지를 학교에서 시행하고 있다.

첫째, 중증장애인 지원고용은 3~7주(필요시 최대 6개월)간 사업체 현장 훈련을 거쳐 취업으로 연계하는 프로그램이다. 훈련기간에는 일하는 방법을 알려주고, 사업체 적응을 돕기 위하여 직무지도원을 배치한다. 우리 학교의 경우 지원고용 사업을 안성시 장애인복지관에서도 실시하고 있는데 취업을 희망하는 학생이 있을 때 학생 특성 및 지리적 위치에 따라 사업체

를 선정한다. 산업체에 채용 여부를 확인하고 보호자와 학생에게 지원고
용 사업에 관한 설명 후 동의하면 실습 일자를 협의하여 사업을 진행하게
된다.

  학교에서는 학생의 구직신청서 및 보험 관련 서류를 작성해서 제출하게
되고 산업체에서는 학생에게 직무를 지도해 줄 직무지도원에 대한 서류를
작성하여 제출하게 된다. 이 사업의 특징은 지원내용인데 금액이 많지 않
지만, 장애 학생에게는 훈련준비금(40,000원)과 훈련수당(1일 18,000원),
재해보험 가입이 있으며, 사업주에게는 훈련보조금(1인당 1일 193,400원)
과 훈련기간 동안 직무지도원을 배치(사업체 내 직원이 직무를 수행하기
도 함)한다. 우리 학교의 경우 표준사업장과 같이 지원고용 제도에 대해
잘 알고 있는 산업체와 연계하여 지원고용 실시 후 채용되는 사례가 많아
지금도 자주 이용하고 있다.

  둘째, 장애 학생 취업 지원 사업의 경우 고등학교 또는 전공과 재학 중
인 장애 학생을 대상으로 개별욕구 및 능력에 맞는 진로 설계 컨설팅, 취
업 준비프로그램을 제공하여 졸업 후 취업을 통한 사회진출을 지원하는
사업이다. 우리 학교는 취업 준비사업 공문이 접수되면 매 학년도 초 가정
통신문에 취업 지원 사업의 주요 서비스(직업 상담 및 진로 설계, 직무 체
험, 현장 견학, 취업 코칭, 일 배움 프로그램, 부모교육)에 대하여 안내하
고 신청서를 받는다. 그리고 고등, 전공 과정의 협의를 통해 학생 및 학교
특성에 맞는 서비스를 신청하여 한 해 동안 진행한다. 작년의 경우 직업능
력평가와 취업 코칭 프로그램 등 취업에 필요한 다양한 프로그램 전문가
들을 학교에 초빙하여 프로그램을 진행하였으며 학생들의 만족도가 매우
높은 사업으로 평가된다.

마지막으로, 한국장애인개발원은 장애인 일자리 사업을 통해 다양한 연령층에게 근로할 수 있는 환경을 제공해 준다. 우리 학교는 일자리 사업의 유형 중 '특수교육 연계형'으로 사업을 안성시청으로부터 수탁받아 운영하고 있다. 복지 일자리는 일 7시간, 주 14시간, 월 56시간으로 운영하고 있으며 시장성이 없는 공공기관, 예를 들면 우체국, 급식실, 도서관 등 기관과 표준사업장과 같은 산업체에서 실습하며 실습 참여 대상은 전공과나 고등학교 3학년(수업시수 3분의 2 이수 후)이다.

복지 일자리는 전년도 11월 수탁 신청서로 공문이 접수되면 희망하는 학교에서는 우선 현장실습이 가능한 실습장을 유선 통화를 통해 모집하고 위탁신청서와 사업계획서를 작성하여 시청에 제출 후 위탁체결을 하게 된다. 이후 모집 공고를 학교 홈페이지에 게시하여 전공과 2학년 진학 예정인 학생들과 전공과 1학년 진학 예정 학생들을 대상으로 참여신청서를 받는다.

신청서에는 희망하는 직무를 2지망까지 작성할 수 있으며 신청 결과를 수합하고 부서 협의를 통해 다음 해 1월 2일 자로 학생들을 배치한다. 실습장의 특성에 따라 학생들을 맡아서 직무지도를 해주시는 분들도 계시고 학교에서 지원 나와서 학생을 지도하기를 희망하시는 기관도 있어서 실습 장소의 특성에 맞게 지원해 주면 된다. 이러한 복지 일자리도 표준사업장과 같이 상시 근로를 요구하는 사업체에서는 실제 고용으로 이어지는 경우가 있다. 따라서 학생들을 신중하게 배치할 필요가 있으며 공공기관 역시 학생들이 졸업 후에 전일제형 장애인 일자리로 배치될 수 있어 실습처 직무지도원과의 원만한 관계도 중요하다.

우리 학교의 경우 모 기업에 복지 일자리 실습을 통해 실습 동안 많은 성장을 하여 완벽하게 적응하는 모습을 보인 학생이 취업한 사례가 있다. 추가로 안성시 장애인복지관에서는 사업 유형 중 '참여형' 사업으로 '특수교육 연계형'과 유사한 사업(수행기관이 다름)을 운영하는데 우리 학생들이 다양한 장소에서 다양한 직무를 경험해 볼 수 있는 실습기관을 제공한다. 우리 학교는 현재 2명의 학생이 안성시장애인복지관 카페에 참여하고 있다.

지금까지 우리 학교에서 실시하고 있는 현장실습 유형별 실시 방법과 특징을 살펴보았다. 처음에 현장실습이라고 하면 공장, 회사 등에서 취업하기 전 마지막으로 실습해서 그곳에 취업하는 것이라고 막연하게 생각해 왔다. 그런데 막상 현장실습 업무를 맡아서 수행해 보니 학생의 능력과 특성, 이동 방법, 산업체와의 관계, 취업 등 고려해야 할 사항이 너무나 많아서 비록 해보고 싶었던 업무였지만 정말 사회 초년생으로 돌아간 느낌이었다. 그런데 이렇게 글로 적으며 차근차근 생각을 되돌아보니 이만큼 뿌듯한 업무가 또 있을까 하는 생각이 든다.

1. 전공과에서의 마지막 2년은 보호자와 학생이 그동안 함께 성장시켜 열매를 맺게 되는 최종 단계입니다. 학교, 교육청, 장애인고용공단 등 다양한 기관에서 실시하는 현장실습을 두려워하지 말고 적극적으로 참여해 보세요. 해고? 권고사직? 탈락? 포기만 하지 않으면 우리는 언제든지 다시 도전할 수 있습니다. 서류 전형, 면접, 실습 중 탈락의 고배를 마시더라도 위에 언급한 다양한 실습 유형에 참여하고 또 도전하면 됩니다. 전공과를 안식처가 아닌 결실을 맺기 위한 수단으로 생각하세요.

3장
꿈을 향한 동행

#성장   #교사역할

교실은 단순한 학습 공간이 아닙니다.

교사는 학생들의 꿈과 열정을 이끌어내는

중요한 역할을 맡고 있습니다.

그 과정에서 교사 자신도 끊임없이 성장하며

새로운 가능성을 발견하게 됩니다.

학생들과의 소통 속에서.

우리는 서로 배우고 함께 성장하는 특별한 경험을 나눕니다.

교사로서의 책임과 보람.

그리고 끊임없는 발전의 여정이 우리의 교육을 더욱 빛나게 합니다.

'성장'과 '교사의 역할'에 관한 이야기가 궁금하지 않으신가요?

서로의 가능성을 발견하며 함께 나눠 봐요.

1. 오해? 오예! ♡

강은홍

살다 보면 생각하지 못한 오해로 인해 재미있는 일들이 생겨나곤 한다. 이 이야기도 그렇다.

혜성이와의 첫 기억이 아직도 생생하다. 이 학교에 근무한 지 이제 막 한 달이 조금 넘었을까. 복도에서 선생님 두 분이 혜성이의 도전 행동을 중재하고 계셨다. 나는 혜성이의 부담임이었고 그냥 지나칠 수 없어 힘을 쓰고 있는 혜성이를 내 몸으로 막아섰다. 그 순간 옆에 있던 선생님은 그런 나를 제지했다. '이게 무슨 상황이지?'라고 생각하는 순간 그 선생님은 나를 막아선 이유를 설명했다.

"혜성이는 그런 방식으로 중재하면 더 흥분해서 선생님이 위험할 수 있기에 제가 선생님을 제지했어요."

나는 이 학생을 불과 한 달 남짓 봤기에 그 선생님의 설명을 충분히 이해할 수 있었다. 이게 혜성이와의 첫 기억이었다.

한 달이나 근무했는데 왜 첫 기억일까? 물론 혜성이를 매일 보기는 했다. 하지만 혜성이는 수업 시간에 교실에 들어오는 것이 여간 힘든 일이 아니다. 그럼에도 하루에 세 번은 꼭 교실에 들어왔다. 등교해서 가방을 자리에 둘 때, 점심을 먹기 전 챙겨온 물을 마시기 위해, 마지막은 하교할 때 가방을 챙기기 위해 교실에 들어왔다. 그 이외의 시간은 자유롭게 교내를 돌아다니며 선생님들의 컴퓨터를 확인하고 다른 학년 교실의 수업을 창문으로 관찰하였다. 이로 인해 수업이 없는 선생님들은 혜성이를 주기적으로 관찰하며 살펴야 했다. 컴퓨터실도 수업이 없는 경우에는 자유롭게 이용하여 다른 친구들에게는 부러움의 대상 그 자체였다. 또한 교외로 체험학습을 나가기도 쉬운 일이 아니었다. 이런 혜성이의 학교생활은 오랜 기간 이어진 느낌이었고 그 이유로 인해 혜성이에 대한 특별한 기억이 없었다. 그리고 그때의 나는 혜성이에게 큰 변화를 일으켜야겠다고 생각하지 않았던 것 같다.

3개월의 만남이 끝나고 그다음 해 고등학교 3학년이 된 혜성이와 다시 만났다. 이번에는 담임과 학생이었다. 다행히 나는 3개월의 시간 동안 혜성이를 자주 관찰했다. 전년도 3개월간 근무하면서 복도를 어슬렁거리는 혜성이가 보이면 항상 인사를 하고, 옆에 서서 실없는 말을 건네기도 했다. 혜성이의 자세를 똑같이 따라 하기도 했다. 그리고 혜성이는 컴퓨터로 '프리셀'이라는 카드 게임을 하는 것을 좋아했는데 이건 운명이었을까, 나도 좋아하는 게임이었다. 혜성이가 게임의 해답을 찾지 못하고 있을 때면 옆에서 힌트를 주거나 함께 풀었다. 차츰 혜성이는 나를 보며 잘 웃어주었고 그렇게 나는 혜성이의 담임으로 만나게 되었다.

담임교사가 되었을 때 학생들이 고등학교 3학년이라는 사실에 부담이 컸다. '우리 반 학생들의 미래를 위해 어떤 도움을 줄 수 있을까?', '내가 그럴만한 역량이 없는데 어떻게 해야 할까?' 이런 걱정이 한가득이었다. 거기에 더해 교실에 들어오지 않는 혜성이는 또 어떻게 지도해야 하나 고민이었다. 게다가 우리 학교는 직업중점 특수교육 기관으로 산업체나 기업에 방문하여 견학이나 실습하는 교육과정을 운영하여 교외로 매주 나가야만 했다. 그런데 혜성이는 이런 교육 활동에 참여하지 않은 지 오래된 상황이었다. 그리고 문제의 사건이 벌어진 날이 왔다.

바로 교내 실습으로 급식실에서 배식 보조를 하는 데 필요한 보건증을 발급받기 위해 보건소를 방문하는 날이었다. 우선 카드 게임으로 쌓아온 우리의 친밀함을 무기로 혜성이에게 차량에 탑승해서 보건소에 가자고 했다. 물론 혜성이는 버티기 시작했고 그 기세는 강력했다. 그사이 내 모습을 보시고는 부담임선생님도 오셔서 함께 혜성이를 설득하기 시작했다.

오해는 여기서 시작되었다. 그때까지만 해도 '그래, 조금 시도해 보고 안 되면 해왔던 방식대로 학교에 두고 우리만 다녀와야지.'라고 생각했다. 하지만 갑자기 등장하셔서 열심히 도와주시는 부담임선생님으로 인해 부담이 생겼다. 게다가 부담임선생님은 나의 부장님이었고 나는 이 학교에서 고작 4개월째 근무 중이었다. 그래서 나는 '조금은 더 데리고 나가는 모습을 보여야겠다'는 생각으로 열심히 혜성이를 설득했다. 그런데 후에 우리 부장님은 이 사건을 회상하며 이렇게 말씀하셨다.

"나는 평소처럼 혜성이를 학교에 두고 다른 학생들만 갔다 오는 방향으로 생각했어요. 그런데 담임선생님이 혜성이를 어떻게 해서라도 참여시키려는 모습에 함께 열심히 지도해야겠다고 생각했어요."라고 말씀을 하시는 것이었다.

오해가 만든 오묘한 상황. 나는 부담임선생님께서도 열심히 설득하시기에 두고 가려던 생각을 바꾸었고, 부담임선생님 또한 열심히 설득하는 나를 보고 같이 참여시켜야겠다고 생각하신 것이다.

그런데 이 오해는 생각지 못한 좋은 결과를 낳았다. 물론 나와 부담임선생님, 그 모습을 지켜보던 다른 선생님들의 설득에도 혜성이는 완강했다. 무언가 방법이 없을까 생각하던 나는 평소 친구들의 집 주소도 외우고 인터넷 길 찾기 기능을 사용하여 학교에서 집 가는 방법을 찾던 혜성이의 모습이 떠올랐다. 나는 내비게이션 어플리케이션을 켠 후 내 스마트폰을 혜성이의 손에 쥐어주며 "혜성아, 보건소 가는 길 찾아줘."라고 말했고 옆에 계시던 부담임선생님은 보건소의 정확한 주소를 알려주셨다. 혜성이는 나의 스마트폰을 조작하여 보건소로 가는 경로를 아주 쉽게 검색했다. 주변에서 터져 나오는 함성, 상대가 기분이 좋아질 수밖에 없는 특수교사의 반응은 혜성이를 미소 짓게 했다. 혜성이는 그렇게 차량에 탑승했고, 우리 반 녀석들은 시키지도 않았는데 고맙게도 혜성이가 함께 간다며 환호와 박수를 보냈다.

그날 이후 혜성이는 조금씩 변화하기 시작했다. 수업 시간에 교실에 들어와 자신의 자리를 지키는 시간이 점차 늘어났고, 교외 현장실습을 가기 위한 차량 탑승도, 교육 활동도 적극적으로 참여했다. 그동안 참여하지 않던 다양한 행사에도 함께하여 단체 사진 속에서 볼 수 없던 혜성이를 볼 수 있게 되었다.

졸업 후에도 관내에 있는 복지관을 다니며 행사가 있을 때면 가끔 마주치는데 그럴 때마다 찾아와서 우리에게 예쁘고 환한 미소를 보여준다.

'그때의 오해가 생기지 않았다면 어땠을까?'라는 생각을 가끔 하곤 한다. 혜성이의 변화를 일으키지 못했을지 아니면 그 변화가 조금은 뒤에 일어났을지 우린 알 수 없다.

다만 한 가지 느낄 수 있는 것은 학생을 관찰하는 것의 중요성이다. 조금만 학생들에게 시선을 옮겨 무엇에 흥미가 있는지, 강점은 무엇인지 다양한 관점에서 학생을 파악한다면 우리 학생들을 변화시키는 큰 힘이 될 것이라 믿는다.

2. 행복 작동기 있으세요? ♡

조선호

조례를 마치고 '타로 공감 대화' 연수를 수강하고 있는데 특수교육지도사에게서 전화가 온다.

"예희가 의자에 앉지도 서지도 못하고 징징 울어요."

예희는 올 초에 초경을 시작하였다. 주기가 본격적인 궤도에 오르면서부터 난생처음 겪는 불편감에 앉지도 서지도 못하는 날이 종종 있었다. 그러다 하루 이틀이면 괜찮아지곤 하였는데 이렇게 오래 지속된 것은 처음이었다. 이럴 때 담임의 촉은 참으로 유용하다. 아무래도 다른 심리적 이유가 있겠다 싶어 상담실로 아이를 데려왔다. 안쓰러운 눈빛의 나를 글썽이는 눈동자에 가득 담은 예희는 또래보다 유난히 작은 몸을 동그랗게 말고는 내 앞에 섰다.

"예희야, 약 먹어도 그때뿐이어서 힘들지?"
이 한마디에 예희는 마음속 샘물에 고여 있던 어려움을 방울방울 쏟아내고 만다.
'저토록 맑은 눈물에 담아 꺼내놓고 싶은 불편감은 대체 무엇일까?' 나는 그것을 읽어내기 위해 지금껏 써보지 않은 다른 방법을 찾기로 했다.

때마침 손에 들려 있던 타로!

카드를 고르는 단순한 행동이 장애 학생들의 마음 샘을 긷는 두레박이 될지도 모른다는 설렘에 나는 나머지 카드들을 서둘러 꺼냈다. 나의 들뜬 마음이 카드에 오롯이 담기어 손끝에서 팔랑인다.

"예희야, 우리 재밌는 거 한 번 해볼까?"

아이는 이내 화려하고 예쁜 그림에 매료되어 얼른 눈물을 닦는다.

나는 예희의 불편감에 집중하기 위해 먼저 간단한 질문을 했다.

"지금 많이 불편하지? 가장 불편한 것이 무엇인지 이야기해 줄 수 있니?"

그랬더니 예희는 아랫배를 가리키며 얼굴을 찌푸리고는 약 먹는 시늉을 해 보였다. 동생들 등교 준비로 바쁜 엄마에게 용기 내어 말씀드려 보았지만, 따뜻한 관심 대신 흔한 진통제만 건네주신 모양이다. 그래서인지 그 약은 예희의 통증을 잦아들게 하지 못하였다.

"예희야, 그러면 지금 불편한 이 상황을 예희가 잘 해결할 수 있을지 생각하며 카드를 한 장 뽑아볼까?" 하고는 타로를 내밀었다. 그랬더니 어느새 호기심에 눈을 반짝거리며 의자에 앉아 진지하게 카드를 뽑는다. 배가 아프다며 앉는 것을 불편해하던 예희의 모습은 온데간데없다.

'아! 예희가 의자에 앉는 것을 보니 카드에 집중하여 통증을 잊었나 보다. 예희는 어쩌면 오늘 행복 작동기 하나를 가져갈 수도 있겠구나!'

나는 예희의 빛나는 눈망울 속 나를 향해 기쁘게 웃어 보였다.

예희가 뽑은 카드는 '힘!'

이 카드는 인내심을 갖고 문제를 다루어 낸 덕분에 결국은 어려운 상황을 극복하고 승리한다는 의미를 포함하고 있다. 놀랍게도 지금 불편한 상황을 잘 다루어 내야 하는 예희의 상황에 딱 맞는 카드였다. 그래서 나는 카드를 가리키며 지금 느끼는 어려움을 잘 다루어 내서 결국은 편안한 상태가 될 거라고 말해주었다. 표정이 한결 밝아진 예희는 안심하였는지 며칠 전부터 느낀 자신의 감정 이것저것을 털어놓기 시작했다. 내용인즉슨 '월경통을 호소하면 너 혼자만 겪느냐며 혼을 내는 엄마가 너무 무섭다. 내 친구 희상이의 엄마는 희상에게 정말 따뜻하게 말한다. 동생이랑 싸우면 엄마는 이유도 묻지 않고 매번 나만 혼낸다. 그래서 답답하다. 우리 엄마랑 다른 엄마랑 바꾸었으면 좋겠다.' 등등 타로 해석을 듣고 용기를 얻어 자기표현에 솔직해진 예희에게 나는 무조건적이고 긍정적인 눈빛을 보내면서 고개를 끄덕였다.

예희는 삼 남매의 맏이다. 그래서 엄마의 관심과 사랑을 늘 어린 동생들에게 내어주어야 했다. 하여 엄마의 절대적인 지지가 필요한 사춘기 소녀는 동생들에게 향해 있는 엄마의 옆모습만을 보아야 하는 때가 많았을 것이다. 이런 상황을 반복적으로 겪으면서 누구 하나 마음 헤아려 주는 사람이 없다고 느꼈을 터이고 외로움 또한 점점 더 깊어졌을 것이다. 더불어 월경은 너만 겪냐며 핀잔을 주는 엄마에게 서운함도 느꼈을 것이다. 그래서 나를 좀 봐달라고 외치는 대신 마음 한 자락에 끝내기 싫은 월경통을 앓힌 것은 아닌지 생각해 본다.

때론 감당이 어려운 부정적인 감정 때문에 몸이 아픈 아이도 있다. 그래서 학생에게 깃든 작은 신체적 불편감 하나라도 잘 살펴서 혹여 몸으로 말하고 있을지도 모르는 아픈 마음을 알아차리고 민감하게 반응해야 한다. 특히, 장애로 인해 다양한 제한을 겪는 우리 학생들의 경우 자기표현이 타인에게 긍정적으로 수용되었던 경험이 적기 때문에 자신을 나타내는 것을 주저하게 되어 점점 표현을 꺼리게 되는 경우가 많다. 그래서 나를 효과적으로 표현하기에 좋은 작동기가 필요한 것인데 예희에게는 타로가 그것이었다. 오늘 예희는 마음속 작은 공간에 큰 밀도로 뭉쳐있던 부정적인 감정을 나만의 표현 작동기에 담아 줄줄 꺼내어 흩어지도록 한 다음, 마침내 멀리 날려 보냈다. 그 덕분에 행복한 얼굴로 의자에 앉아 7교시까지 수업을 잘하고 귀가하였다.

남 보기에 좋은 것 말고 내가 좋은 것을 하면서 살 때 행복하다. 그러기 위해서는 인생의 결정적 시기인 사춘기에 자유롭게 나를 표현하고, 격려와 지지를 받고, 용기를 얻는 과정에서 행복감을 자주 느끼는 것이 중요하다. 이를 통해 나를 탐색하게 되고, 좋아하는 것, 하고 싶은 것을 찾아낼수 있게 된다. 이러한 의미에서 오늘 예희는 자기표현에 유용한 '행복 작동기' 하나를 갖게 된 것이다.

일과를 마치고 나는 예희 엄마에게 상담 전화를 하였다. 예희가 초경과 함께 사춘기가 시작되는 것 같은데 집에서는 좀 어떤지 여쭙기 위해서다. 갓 백일이 지난 셋째와 초등학교에 입학한 둘째를 돌보느라 예희에게까지는 미처 신경을 쓰지 못하였다고 말씀하셨다. 그러면서 예희와 같은 어려움이 있는 학생들에게는 사춘기가 없는 줄 알았다며 앞으로는 딸의 감정을 좀 더 세세히 살피겠다고 말씀하셨다.

삼 남매를 거의 혼자 키우는 엄마의 어려움은 이루 말할 수 없을 것이다. 도와주는 이 없는 육아와 먹이고 입힐 돈벌이에 지치고 힘든 삶이라는 것 또한 짐작하고도 남음이 있다. 셋째를 둘러업고 전화를 받아야 하는 상황에서도 예희를 위해 담임 상담 결과를 수용하고 긍정적으로 반응하는 엄마를 보면서 마음 한편에 아리도록 고마운 감정이 차올랐다. 어느새 밖에는 스미듯 비가 내리고 있었다.

다음 날, 학생들과 키우는 허브 화분을 돌보기 위해 정자 앞으로 물뿌리개를 들고 나갔다. 뿌리를 내리느라 일주일 내내 몸살을 하더니 해 쪼이게 이리저리 옮겨주고 행여 말라 죽을까 봐 쪼그리고 앉아 사랑을 불어 넣는 학생들 덕분에 잎이 나날이 싱싱해지고 있다. 그런데 예희는 유독 한 허브 화분 곁에 오래오래 머물러 있었다. 얼른 따라가 가만히 들여다보니 시든 꽃만 골라서 물을 주고 있었다. 나는 그 이유가 너무 궁금하여 물어보았다.

"선생님, 빗물을 못 먹어서 불쌍한 꽃잎이 있으니까 여기다 물을 주는 거예요."하고 대답한다.

오늘 예희의 행복 작동기는 허브꽃인가 보다!

행복 작동기 덕분에 목마른 꽃잎에 측은지심을 흠뻑 쏟아준 예희는 타고 태어난 본성대로 말간 행복을 만끽하고 있다.

누구나 불편한 감정이 단단하게 뭉쳐지기 전에 허공으로 날려 보내줄 행복 작동기를 갖고 싶어 한다. 살아가기 위해서는 행복해야 한다는 관점에서 생각해 보면 나를 얼어붙게 만드는 분노, 혐오, 슬픔, 놀람, 공포 등의 감정이 엄습할 때는 행복을 찾기가 어렵다. 그래서 그때그때 골라서 쓸 수 있는 다양한 행복 작동기를 마련하여 자주 사용할수록 기쁨, 신뢰, 환희, 감탄, 평온 등 행복에 가까운 감정으로 다가갈 수 있다. 이러한 이유로 교사인 우리는 음악이든, 그림이든, 글이든, 다양한 경험을 하도록 수업을 구성하고 이를 통해 학생들이 나만의 행복 작동기를 가능한 한 많이 갖도록 권해야 한다.

나는 한길학교에서 어떤 행복 작동기를 선물 받았을까?

그것은 바로 '있는 그대로의 표현을 인정하고 사랑하는 마음!'

학생들은 오늘도 나에게 물어온다.

선생님! 행복 작동기 있으세요?

· 조선호 선생님의 따뜻한 한마디 ·

1. 학생과 이야기할 다양한 소재를 마련합니다. 타로, 사주 적성, 상담기법 등 우리 주변에는 재미있는 소재가 많이 있습니다.
2. 밑바닥에 있는 감정을 알아차려서 그 감정을 수용하고 대응합니다. 학생이 보여주는, 있는 그대로의 표현을 평가 없이 인정하는 자세가 필요합니다.

3. 날 따라 해봐요 이렇게! ♡

한수현

"얼씨구?!"

어느 날 유림이의 입에서 튀어나온 한마디. 학급 친구들이 웃긴 행동을 하거나 이해할 수 없는 행동을 할 때 유림이는 '얼씨구'를 내뱉었다. 너무나도 익숙했다. 사실 이 추임새는 내가 평소에 많이 쓰는 단어이다. 친구들을 만날 때, 가족들과 있을 때, 편한 사람들과 함께 있을 때 쓰는 추임새이다. 처음에는 별로 인지하지 못하다가 어느 순간부터 보이기 시작했다. 처음은 추임새로 시작했다가 점점 말투와 사용하는 용어들을 다 따라 한다는 것을 알 수 있었다.

"하이 파이브! 더 세게! 더 세게!!"

유림이의 새로운 행동이 보이기 시작했다. 유림이는 통학버스 안에서, 등교하면서, 쉬는 시간 다른 선생님을 보면 하이 파이브를 하라고 손을 내밀었다. 등교할 때 선생님들께 인사하면서 또 손을 내밀었고, 학교생활 중 복도를 지나다니면서 친해진 언니, 오빠들에게 하이 파이브 하라고 손을 내밀었다. 평소 나는 학생들과 라포를 형성하기 위한 첫걸음으로 하이 파이브를 자주 하려고 한다. 라포 형성에 효과적인 방법 중 한 가지가 바로 신체적 접촉이기 때문이다. 확실히 학생들에게 하이 파이브를 하라고 했을 때 더 재미있어하고 활기 넘치는 순간들이 나왔다. 학생들이 등교하는 길에 얼굴 보며 반갑다고 하이 파이브! 수업 중 지시 따르기를 잘했을 때 칭찬하면서 하이 파이브! 하교하면서 집 잘 가라고 하이 파이브!

"문을 열어주시오."

어느 날 갑자기 유림이가 나에게 한 말이다. '문을 열어주시오?' 이 말이 존댓말인가 반말인가 명령인가……. 유림이는 점점 명령조의 말이 많아지기 시작했고, 학급 친구들은 물론 언니, 오빠들한테도 사용하기 시작했다. 우리 학교 특별실에 들어가기 위해서는 카드 키가 있어야지만 들어갈 수 있다. 이 카드 키는 교사들만 지니고 있었기에 특별실에 들어가기 위해서는 교사가 동행해야 한다. 나는 학생들과 친구처럼 지내는 것을 좋아한다. 학교에 다닐 때 경직된 분위기가 아닌 재미있고 유쾌한 학교생활을 했으면 하는 바람이 있기 때문이다. 그래서 평소 학생들에게 장난도 많이 치고 말투도 재미있게 하려고 노력한다. 예를 들어 손을 씻어야 하는 상황에서 "손 씻으세요~"보다는 "손을 씻으시오~!"처럼 말투와 목소리를 평소와 다르게 내면서 손을 씻으면서도 웃을 수 있는 분위기를 만들기 위해 노력한다.

'교사는 학생의 거울이다.' 정말 많이 들었던 말이다. 교사가 어떤 생각을 가지고 학생을 대하는지 학생들도 느낀다는 것이다. 맞는 말이다. 학생들은 교사가 자신을 좋아하는지 싫어하는지 모두 느낀다. 내가 학생들에게 친근감 있게 대할수록 학생들도 친근감을 가지고 나를 대할 것이고 편안하고 유쾌한 학급 분위기가 만들어질 수 있다고 생각한다. 실제로 우리 학생들은 나를 어려워하지 않고 재미있고 편한 선생님으로 대하는 게 느껴졌다. 학생들이 나를 편하게 생각하여 마음의 문을 열었으면 했다. 이를 위해 장난도 많이 치고 허물없이 대한 것도 사실이다. 하지만 유림이를 보면서 생각이 많아졌다.

'학생은 교사의 거울인 것 같은데?' 교사가 하는 말, 행동 모두 거울처럼 반사되어 학생에게서 볼 수 있다. 내가 하는 것의 많은 부분이 투영되어 학생들에게서 나타난다면 나의 말과 행동이 더 조심스러워야 하겠다는 생각이 들었다. 이와 동시에 학생들에게서 나타났으면 하는 좋은 행동을 내가 먼저 한다면 그대로 따라 하겠다는 생각으로 이어졌다.

어렸을 때부터 부모님께 듣던 이야기 중 하나는 '인사 잘해야 한다.'이다. 정말 귀에 못이 박히도록 들었던 말이다. 무슨 일이든 인사가 가장 선행되어야 한다고, 사람이 되려면 가장 먼저 인사를 잘해야 한다는 것이다. 평소에 인사를 열심히 하려고 노력하며 실천하고 있었지만, 학생들도 인사를 잘하는 학생이 되었으면 좋겠다는 생각이 들었다. 이때부터 등교 맞이 시간에 내가 다른 선생님들, 학생들한테 인사하는 것은 물론 우리 반 학생들에게도 인사를 열심히 하도록 지도하였다. 며칠이 지나지 않아 확실히 변화하는 모습이 보였다. 유림이는 더 큰 소리로 인사하기 시작했다.

내가 학창 시절 내가 좋아하는 선생님은 마냥 재미있는 선생님은 아니었던 것 같다. 평소에는 친구 같고 재미있지만, 무서울 때는 무서운 선생님을 더 좋아했고 그런 선생님들이 기억에 남아 있다. 초등학교 1학년 때 담임선생님은 나이가 지긋하신 할아버지 선생님이셨다. 아마 정년을 앞두고 계셨던 것 같다. 평소에는 그냥 '허허허' 웃어넘기시고 학생들의 장난도 잘 받아주셨던 선생님이셨다. 선생님을 학교 밖에서 보았을 때 멀리서 "할아버지!"라고 불러도 웃으며 인사해 주시는 친절하고 인자하신 선생님이셨다. 당연히 예외도 있었다. 내가 초등학교 다니던 때는 토요일에도 수업이 있었는데, 교과수업보다는 창의적 체험활동 같은 수업이 많이 있었다. 여름의 어느 토요일에 학교 뒷산에서 등산하는 도중에 학교로 들어가기 싫어서 친구들과 다른 길로 가서 놀다가 학교에 늦게 간 적이 있다. 이때는 정말 크게 혼이 났다. 명백하게 잘못된 행동에 대해서는 따끔하게 혼났다. 이렇게 혼났다고 해서 선생님이 싫거나 무섭지 않았다. 오히려 평소에 잘해 주시는 분이 이렇게까지 화를 내고 혼내실 때는 내가 정말 잘못한 거라는 생각이 들었기 때문이다. 그렇게 어린 나이에 이런 생각을 한 것을 보면 진정한 스승이 아니었냐는 생각이 든다.

학생들은 교사를 보고 따라 하며 자란다. 집에서 보내는 시간도 많지만, 그에 비슷하게 학교에서 보내는 시간도 정말 많다. 그런 만큼 학생들의 모범이 될 수 있는 교사가 되고 싶다. 그냥 재미있는 교사 말고 배울 것이 있는 교사가 되고 싶다. 처음 교직 생활을 시작하면서 과제가 생겼다. 앞으로 나는 학생들에게 마냥 친하고 재밌는 교사보다 좋아하고, 존경하며, 배우고 싶은 교사가 될 것이다.

나도 언젠가 우리 학생들에게 기억에 남는 선생님이 될 수 있었으면 좋겠다. 이름까지 기억하기를 바라지는 않는다.

"아, 그 평소엔 재밌지만 무서울 때 무서운 선생님!"

1. 교사는 정서적으로 건강한 사람으로서 늘 자신을 성찰하고 바람직한 행동의 본보기가 되도록 노력해야 합니다. 거울을 보고 난 뒤의 판단은 오로지 학생의 몫이기 때문입니다.

2. 학생들이 늘 가까이에서 보고 싶고, 닮고 싶고, 존경하고 싶은 얼굴로 거울을 마주해야 합니다. 교육 전문성에 대한 믿음과 역할 수행의 당당함에서 전문가다운 행동이 나타납니다. 교실에서 이뤄지는 가르침은 온전히 교사의 신뢰에서 시작됨으로 거울 보기를 통한 성찰을 바탕으로 전문가다울 수 있게 노력하면 좋을 것 같습니다.

4. 숨소리도 대화다 🌱 유미향

대부분 인간 세상에서 경력이나 경험이 쌓이면 일하기가 더 편해지고 수월해지며, 10년이면 강산이 변한다는 말이 있다.

그런데 나는 이곳에서 근무한 지 10년이 지났음에도 변함없이 편해지지도 않았고 수월하지도 않으며 변하지도 않는 것이 있다.

가만히 눈을 감고 10여 년 전 처음 교사가 되었던 그때를 생각해 본다.

주마등처럼 스치는 나의 기억들.

갑자기 얼굴이 후끈후끈하고 등줄기에 땀이 흘러내린다.

몰래 헛웃음 포장지를 꺼내 나의 기억들을 감싸고 동여매서 기억 저편 구석에 넣어버리고 누가 눈치 챌까 싶어 얼른 눈을 떠버렸다.

부족했고, 어수룩했다. 그래서 창피하고 미안했다.

내가 재빠르게 눈을 떠 내 기억을 감추어 버렸으니 다행이라 위안해야 할까?

아니면, 지금이라도 졸업한 학생들을 찾아가 사과라도 해야 하나? 그저 웃음이 난다.

일일이 찾아가 사과할 수 없으니 이번 기회에 글로나마 나의 부족하고 어수룩했던 초임 시절의 학생들에게 사과하며 이해를 구해보려 한다.

이에 더하여 지금까지도 못 알아차리는 학생들의 마음의 소리에 대해 미안함을 전하고자 한다.

뭣도 모르는 열정

초임 시절 그때를 딱, 이렇게 정의하면 될 듯하다.

매일 학생들 하교 후 남아 야근까지 해 가며 수업 준비를 했다.(내가 세운 학습목표를, 내가 생각한 대로, 학생들이 공부해 줄 것이라는 생각에 3~4가지씩 교육자료를 만드는 일)

다음 날 40분을 쉼 없이 수업한 일, 혹여 준비한 대로 수업이 이루어지지 않을까 전전긍긍하며 나만의 수업에 충실한 일, 학생들이 고개 끄덕여 주면 모두 알아들었을 거란 착각했던 일….

〈이제는 말할 수 있다〉라는 모 텔레비전의 프로그램명처럼 나도 이제는 말할 수 있다.

그 모든 일들이 내가 만들어 내 입으로 말하고 내 마음으로 만족했었다는 것을.

거기에 우리 학생들보다 내가 더 많이 있었다는 것을 말이다.

해를 거듭할수록 학생들의 말을 알아듣는 일, 행동을 알아차리는 일, 마음을 헤아리는 일이 너무도 어렵다.

학생이 한 소리나 말을 듣고, 이런 뜻일 거야 추측하고 대응했다가 낭패를 보는 일이 부지기수이다. 혹여, 학생이 요구하는 것을 알아차려 학생에게서 OK 사인이라도 떨어질 때면 내가 알아차렸구나 하고 대단한 퀴즈라도 맞춘 것처럼 혼자서 너무 좋아 행복해하는 것은 비단 나만의 일일까?

10년, 20년이 지난다고 해도 연구하고 또 연구해야 하는 것이 학생들을 이해하는 일, 학생의 요구를 알아듣는 일이지 않을까? 하는 생각이 든다.

건강을 돌보고, 건강해지도록 돕고, 주 1시간 있는 보건 수업 시간이 기다려지도록 하는 일은 나의 본분이니 따로 말하지 않겠다.

온통 이상한 세상

얼마 전 독서 동아리 추천 도서인 카밀라 팡의 『자신의 존재에 대해 사과하지 말 것』이라는 책을 읽었다. 카밀라 팡은 자폐 스펙트럼 장애, ADHD, 범불안 장애를 가지고 생활하는 사람이고, 본인이 사는 세상의 일들을 그가 경험하고 느낀 그대로 기록해 놓은 책이다.

카밀라가 사는 세상에서 본 비장애인들이 사는 세상은 온통 이상한 세상이었다.

과학 천재인 카밀라는 단백질의 원리, 에너지 역학 등 과학이론을 중심으로 인간 세상을 바라본다. 축구 경기에서도 카밀라는 과학의 원리를 적용한다. 응원하는 팀이 결승 골을 넣었을 때 큰소리로 "단백질과 똑같아!"라고 소리를 지르며 자리에서 벌떡 일어나 혼자서 방방 뛴다. 관중석에 있는 모든 사람이 카밀라를 이상한 듯 바라보았지만, 그녀의 머릿속에는 단백질이 합성되는 결정적인 순간을 골 장면으로 생각해서 표현한 행동이었다고 말한다.

우리 학생들과 축구 경기를 보다 카밀라처럼 행동하는 아이가 있더라면 나 역시 '여기서 단백질이 왜 나와?'라고 했을 것이다.

또, 작고 단단한 자기 물건을 그 어떤 것과도 대체할 수 없다고 생각하는 카밀라에게 우산을 카페에 두고 온 적이 있다.

다른 활동을 하던 중 두고 온 우산이 생각나자 찾아야 한다며 허둥지둥거리며 우산 이야기만 하는 그녀에게 "유난 떨지 좀 마, 그냥 우산이잖아.", "다음에 더 예쁜 우산을 사줄게.", "나중에 이 일 마치고 찾으러 가자."라고 말하는 것은 그저 의미 없이 떠들어대는 소음으로 들렸다고 한다.

'우리 학생들도 카밀라 팡처럼 온통 이상한 세상에 살고 있다고 생각할 것이다. 그럼. 이상하게 느껴지는 세상을 온전한 세상으로 만들어주려면 과연 나는 무엇을 해야 할까?'
'우리 학생들이 나에게 전하는 수많은 메시지는 무엇일까?'
'내가 하는 말소리와 행동들은 우리 학생들에게 어떤 느낌으로 받아들여질까?'
'내가 하는 이야기를 얼마나 이해할까?'
생각하면 할수록 한도 끝도 없는 의문들이 마그마처럼 솟아올라 흘러넘친다.

지금까지 그랬듯이 앞으로도 아이들의 언어를 이해하지 못하려나?
아니면 조금씩 조금씩 나아지려나?
앞으로는 말을 많이 하기보다는 눈길을 많이 줘 아이들을 더욱더 세심히 관찰하고, 빠르게 걷기보다는 느릿느릿 함께 걸으며 동행해 보려 한다.
현재는 미지수지만 조금씩이라도 나아지길 기대한다.

며칠 전, 누군가 똑똑똑 노크를 하며 밖에 누군가 서 있었다. 고등학생인 인서다.
호기심이 많은 인서는 종종 내가 자리를 비웠을 때 들어와 보건실 물품들을 만지작거리거나 침대에 누워 있는 일이 있었지만, 오늘처럼 노크를

한 것은 처음이다.

노크 후 문을 열고 내 책상까지 빠르게 다가와 손을 내밀었다.

순간적으로 손을 다쳤나? 손톱에 매니큐어를 발랐나? 반지를 꼈나? 손을 유심히 살폈지만 특별하게 이상한 점은 보이지 않았다.

하지만 인서가 손을 내민 이유가 분명히 있을 테니 질문을 하기 전에 난 그 이유를 알아차려야 한다.

순간 말끔히 정리된 손톱이 보였다. 이때다 싶어 재빠르게 "손톱 예쁘게 깎았네. 우리 인서. 손톱 깎았구나!" 했다.

보건 수업에서 강조하는 손톱 깎기. 손톱을 깎고 와서 칭찬받으려고 하는 행동인 줄 알았다. 일종의 직업병인지도 모르겠다.

"아냐. 아냐." 하며 미간을 찌푸리고 손사래까지 치며 입을 쭉 내밀고 만족스럽지 않다는 표정을 지어 보였다.

나는 또 틀렸고 또 넘겨짚었다.

"그래? 그거 아니야? 그럼, 뭘까?" 하고 손을 뒤집어 가며 살펴봐도 별 이상이 보이지 않았다.

혹시 손가락 마디 쪽이 아픈가 하고 마디마디 만지는데 인서가 내 손을 잡아 약지 측면에 가져갔다.

그러고 보니 거기에 아주 좁쌀보다 작게 피부가 도드라져 있었다.

"아. 여기 아파서 온 것이구나!"

그때서야 인서는

"응응."하며 내 목덜미를 끌고 가 안는다. 가까이 다가간 내 목덜미 어딘가에서 인서의 '맞아요. 여기가 아파요.'라고 말하는 숨소리가 들린다.

상황 파악 완료. 이때부터 비로소 대화가 자유로워진다.

"어이구 정말 아팠겠네. 참고 있다가 지금 왔어? 우리 인서. 고등학생 되더니 참을성도 생기고 아픈 곳도 잘 표현하고 혼자 보건실도 오고 대단한데……." 라며 폭풍 칭찬을 했다.

연고를 눈곱만큼 발라주었는데 세상 다 얻은 것 같은 표정으로 손가락 하트까지 해 보이며 기뻐하는 인서. 수업 종이 울리니 고개를 숙여 배꼽 인사를 하고 빠른 걸음으로 휑하니 보건실을 나가 버렸다. 교실로 잘 들어 갔는지 뒷모습을 따라가 교실에 들어간 모습을 확인하고 자리에 앉아 조금 전에 느낀 숨소리를 되새긴다. 따뜻하고 아름답고 부드럽고 행복했다.

인서가 처음 중학교에 입학했을 때는 교실에서 시도 때도 없이 큰 소리를 지르고 혼잣말을 하는 등 소통의 어려움이 있었다. 그러다가 조금씩 적응해 가면서 그림으로 의사를 표현한다든지 짧은 단어를 소리음으로 이야기하는 등 나날이 달라지고 있다. 이렇게 조금씩 조금씩 소통이 되다 보면 전공과도 진학하고, 취업도 하게 될 거라는 기대감이 들었다.

요즘 나는 학생들이 나를 바라볼 때까지 기다리기, 하는 일이나 말 끊지 않기, 부정적 단어 사용하지 않기, 무조건 공감해 주기 등을 실천하고 있다. 나름대로 효과가 있는 것 같다. 효과가 있다고 생각이 들 때마다 그 상황들을 글로 기록하고 있다. 이 또한, 나만의 착각일지도 모르지만 말이다.
조금 천천히 가면 어떤가?
조금 더 가까이 다가가 아이들 숨소리 대화에도 귀 기울여 내뿜는 날숨을 받아 들숨을 쉬고 내가 사랑의 날숨을 내어 줄 수 있다면 얼마나 살기 좋은 세상이 될까? 상상만으로 기분이 좋다.

그런데, 앞으로 10년 후에도 똑같은 고민을 하고 있으면 어쩌지?

1. 기다려 줍니다. 학생이 나를 바라볼 때까지 기다리고, 학생이 하는 일이나 말을 끊지 않고 기다립니다. 기다림의 끝에 학생과 온전히 마주할 수 있게 됩니다.

2. 공감해 줍니다. 학생의 말에 무조건적인 공감을 보여주고, 부정적인 단어보다 긍정적인 단어를 사용하기 위해 노력합니다. 나를 받아주는 사람에게 마음을 열게 될 것입니다.

5. 쓰고 달콤한 경험 ♡ 최주원

인생은 이호준처럼….

야구를 좋아하는 사람이라면 이 말은 한 번쯤 들어봤을 것이다.

투수는 선동열처럼. 타자는 이승엽처럼. 야구는 이종범처럼. 이라는 'ㅇㅇㅇ처럼' 시리즈에는 야구의 각 부문별 우리나라 대표 선수들 이름이 들어가 있다. 하지만 이 모든 것을 덮어쓰기 할 수 있는 '인생은 ㅇㅇㅇ처럼….'에는 '이호준'이라는 선수가 자리한다. 사실 앞서 언급한 선동열, 이승엽, 이종범 선수라는 어마무시한 활약을 펼친 선수들에 비하면 이호준 선수는 특출난 기록을 뒀거나 강렬한 인상을 남긴 플레이를 펼치는 선수는 아니었다. 그런데 어떻게 '인생은 ㅇㅇㅇ처럼….'에 '이호준'이라는 이름을 올리게 되었을까?

이호준 선수는 몇 년간 성적이 부진하다가도 본인에게 꼭 필요하고 중요한 순간, 이를테면 FA(자유계약선수) 계약을 앞둔 시즌에는 팀에 없어서는 안 될 플레이를 펼치며 수십억 원의 FA 대박 계약을 체결하는 등 행운이 따르는 선수였다. 그것도 다른 선수들은 한 번 하기도 힘들다는 FA 계약을 두 번이나 같은 방법으로 체결한 것이었다. 오죽했으면 대박 계약을 로또 당첨에 비교하며 '로또 준'이라는 별명까지 붙었을까? 하지만 이호준 선수의 야구 인생을 찬찬히 살펴보면 마냥 행운만 뒤따르는 것은 아니었다. 투수에서 타자로 전향을 하기도 했고, 몇 년간 성적이 바닥이다가도 반짝 1년 잘해서 대박 연봉 계약을 맺는 모습에 팬들의 비난과 비아냥을 받는 경우도 있었다. 또한 우리 사회에서 민감한 영역인 병역 문제 등 야구 인생에 있어 많은 굴곡이 있었다. 하지만 꾸준한 자기관리로 긴 시간 선수 생활을 이었고, 특유의 탄탄한 리더십과 아버지 같은 든든함으로 많은 후배 선수들의 귀감이 되어 '호부지'라는 별명을 갖기도 하였다. 그 결과, 선수라면 누구나 꿈꾸는 성대한 은퇴식과 함께 23년간의 선수 시절을 마무리하였다.

사회의 어느 분야에서든 선동열, 이승엽, 이종범처럼 슈퍼스타 같은 활약을 펼치며 존재감을 뽐내는 사람이 있는가 하면 여러 굴곡진 상황과 마주하고 이를 묵묵히 버티고 버티며 자신만의 성을 쌓아가는 사람들이 있다. 특출나게 뛰어난 구석이 없는 나의 인생에서도 전자보다는 후자의 인생관을 꿈꾸며 살아가고 있다. 그러면서 '인생은 이호준처럼….'이라는 문구를 나의 주변에서 내가 가장 쉽게 접할 수 있는 무언가와 바꿔서 표현하면 어떨까 하는 생각을 하게 되었다.

내가 14년의 특수교사 생활을 지내오면서 학생들과 가장 많은 수업 시간을 보낸 활동이 '바리스타'였다. 바리스타를 교육하면서 '이호준'과 연결시킬 수 있는 것이 무엇인가를 생각해 보니 '에스프레소'라는 단어가 떠올랐다.

에스프레소는 사람들에게 특별하게 다가오지 않는 존재이다. 에스프레소라는 메뉴를 선호하지도 않을뿐더러 커피의 맛을 에스프레소보다 자신들이 좋아하는 다디단 시럽이나 소스, 다양한 토핑 재료에 판단하는 경우도 많다. 단순하게 에스프레소만 맛을 본다면 '너무 쓰다.', '이 쓰디쓴 걸 일부러 왜 먹어.'라고 하며 얼굴을 찌푸리며 이야기할 것이다. 나 역시도 에스프레소를 처음 먹었을 때 그 씁쓸함에 얼굴을 찌푸리게 되었다. 하지만 강렬한 첫 인상과는 달리 시간이 지나면 입안에 감도는 깊으면서도 뭔가 은은한 커피의 여운에 기분이 좋아지는 경우가 많았고 다시 찾는 경우도 많았다. 마치 이호준 선수가 성적이 죽을 쑨 후 반짝 활약으로 대박 연봉을 받는 것을 비난하다가도 그의 리더십과 은근한 든든함이 소속팀을 지탱하고 이끄는 원동력이 되는 모습에 박수를 보내는 것과 같아 보였다. 그리하여 '인생은 이호준처럼….'을 '인생은 에스프레소처럼….'이라는 인생관으로 바꾸어 표현해 보게 되었다.

비단 이호준 선수와의 비교 접점 이외에도 에스프레소의 기본적인 역할과 연관 지어서 인생관을 생각해 볼 수 있다. 사람들이 잘 선호하지 않는 에스프레소는 커피에서 정말 중요한 역할을 한다. 에스프레소가 맛이 없다면 제아무리 맛있는 시럽, 소스, 토핑들의 재료가 들어가더라도 그 커피는 맛이 없다고 느껴질 것이다. 이처럼 에스프레소는 커피의 맛을 좌우하는 중요한 재료인 것이다.

인생을 살아가는 데 있어서도 나는 에스프레소와 같은 역할을 해야 한다고 생각한다. 에스프레소가 커피의 맛을 좌우하는 기본 재료인 것처럼 사회의 구성원으로서 우리는 기본이 되는 사람으로 살아가야 한다고 생각하기 때문이다. 제대로 내려진 에스프레소가 물, 우유, 시럽, 소스 등 다양한 재료들을 만나 여러 종류의 커피로 재탄생되듯이 사람도 기본적인 능력을 갖춘 상태라면 다양한 방향으로의 발전 가능성을 지닌 사람이 될 수 있다.

또한 뜨거운 물, 차가운 물, 얼음, 우유, 생크림, 시럽, 소스 등 다양한 재료와 섞이는 폭탄 속에서도 커피 본연의 맛을 잃지 않고 커피의 풍미를 살려내기 위해 잔 속에서 고군분투하는 에스프레소의 모습처럼 사람들의 인생에서도 재료들의 폭탄처럼 맞닥뜨리게 될 여러 가지 상황을 적절하게 대응하고 적응해 나가는 자세가 필요하다.

아울러 앞서 언급했듯이 에스프레소를 먹었을 때 처음 느끼는 강렬한 인상과는 달리 먹고 난 후 입에 남는 은은한 커피의 여운처럼 사람들에게 강렬하지만 오랜 여운을 남기는 사람으로 살아가고 싶은 생각이다.

'인생은 에스프레소처럼…'이라고 이야기하면 주변 사람들 중에는 '그래, 인생은 언제나 쓴맛이지.'라고 답하는 사람들도 있다. 하지만 언제나 쓴맛만 있는 것도 아니다. 달콤한 단맛도 함께 공존하게 된다. 그 달콤한 단맛을 위해서 적절한 쓴맛도 감내하고 이겨내는 자세도 필요하다고 생각한다. 오늘도 그 달콤한 단맛을 위해 나는 열심히 달려보고자 한다.

● 최주원 선생님의 따뜻한 한마디 ●

1. 쓰고 달콤한 경험의 균형을 찾아 줍니다. 학생들은 인생에서 쓴맛과 단맛을 모두 경험하게 됩니다. 이러한 다양한 경험이 어떻게 성장의 밑거름이 되는 지를 이해하고, 이를 통해 균형 잡힌 인생관을 형성하는 데 도움을 줍니다.

6. 꿈의 다양성을 찾아서 ♡　　　　　　　　　　　　이대주

"저는 바리스타가 될래요.", "저는 1인 방송 진행자가 될래요.", "전 제빵사가 될래요." 우리 학교에서 학생들이 졸업 후, 어떤 직장을 가지고 싶느냐고 물으면 대부분 대답하는 말이다. 수학 문제의 정확한 답이 정해져 있듯이 발달장애가 있는 학생들의 미래의 꿈을 물어보면 수학 문제의 정답을 말하듯이 일률적인 대답을 한다. 본인이 되고 싶다는데 교사로서 나는 뭐라 할 말이 없다. 그런데 생각해 본다. '발달장애인이 가질 수 있는 직업이 이것밖에 없는 것인가? 아니면 우리가 학교에서 학생들에게 가르치고 있는 것이 이것뿐이라 그런 것인가? 아니면 너희는 이런 일만 해야 해!'라고 무언의 압박을 받는 것인가? 곰곰이 생각해 본다. 왜 우리 특수교육 대상 학생들은 모두 꿈이 같은 것일까?

현재 특수학교 및 특수학급에서 직업 교육을 받을 수 있는 종류가 무엇인지 생각해 보자. 바리스타, 제과제빵, 원예, 정보통신, 사무지원, 외식서비스 등 다양한 종류가 있다. 하지만 발달장애인에게 직업 교육을 가르치는 일은 쉬운 일이 아니다. 특수교사들은 어떻게 하면 발달장애인들에게 쉽고, 재미있고, 알기 쉽게 알려주어야 하는지 큰 노력을 한다. 반복적인 학습이 필요할 때도 있고, 동기부여를 통해 스스로 교육의 필요성을 느끼고 또한 무엇보다 중요한 건 자신이 좋아하고 적성에 맞아야 한다는 것이다. 아무리 알기 쉽게 알려주고 많은 시간을 투자하여 실습하더라도 배우는 대상자가 지루해하거나 관심이 없으면 이는 좋은 직장이 될 수가 없기 때문이다. 많은 교사가 노력한다. 우리 학생들이 조금 더 다양한 직장과 안전하고 즐겁게 직업생활을 꾸려나가기를…. 하지만 한계가 있다. 바로 직업 교육 콘텐츠 부족이다. 더 세분되고 전문적인 콘텐츠가 필요하다. 매번 교육청 및 다양한 기관에서 장애인 진로 · 직업 교육과 관련한 설문지에 필요한 부분이 무엇이라 물으면 나는 항상 다양한 콘텐츠가 필요하다고 답을 한다. 일반 교육에 비하면 특수교육의 교육 콘텐츠는 너무나 종류가 적고 찾기도 힘들다. 이런 부분은 국가에서 조금 더 적극적으로 지원을 해주어야 할 필요성이 제기되는 부분이다.

"사무직 없을까요?", "통근 버스 있나요?", "주 5일제인가요? 상여금은 있나요?" 내가 전공과에 5년 동안 근무하면서 학부모님들께 많이 듣던 질문이다. 맞다! 모든 부모는 내 자식이 편하고 돈 많이 벌고 복지가 좋은 곳에 취업시키고 싶어 하는 건 같은 마음이다. 나 또한 그렇다. 또한 담임 교사로서 나의 제자가 좋은 곳에서 즐겁게 일하는 모습을 보면 뿌듯하기도 하고 자랑스럽다. 하지만 모두 좋은 직장에 취업할 수 있지 않다는 건 모두가 알고 있는 사실이다. 학부모님들과 교사 모두 말이다. 간혹 도전 행동이 심하여 타인에게 신체적 해를 끼칠 수 있는 학생은 취업이 우선이 아니라 자신의 도전 행동을 치료하거나 변화하고자 하는 노력이 우선시되어야 한다는 것이다. 하지만 몇몇 학부모님들이 중요한 부분은 변화하려고 하지 않은 채 졸업할 나이가 되었으니 먼저 취업하고 그 후에 도전 행동을 변화시킨다고 하시는 경우가 왕왕 있다. 한글을 모르는데 사무직을 원하시거나 수학을 못 하는데 계산원을 원하시는 경우처럼 말이다. 그런 경우 나는 조심스럽게 말씀드린다. 이 직장은 학생 적성과 맞지 않고 취업하더라도 당사자가 많이 힘들어하고 즐겁지 않은 직장 생활을 할 거라고 말씀드린다. 학부모님께서 마음에 들지 않으시더라도 학생 적성에 맞고 즐거워하는 곳으로 보내셔야 더욱 발전되고 성숙한 직업인이 될 수 있다고 말씀드린다. 대부분 학부모님은 동의하신다. 물론 그렇지 않고 끝까지 자기 생각을 굽히지 않는 학부모님도 계신다. 나는 묻고 싶다. 아버님, 어머님께서 학생의 직장에 직접 가서서 일하시는 거냐고, 또는 우리 학생들에게 말로만 무엇이 좋다고 들으셨지 실제로 다양한 직무의 실습하는 모습을 본 적이 있으시냐고, 또는 어떤 직무를 할 때 즐거워하고 집중력을 가지고 참여하는지 본 적 있으시냐고 싶다. 아시는 분은 거의 없다. 왜냐하면 가정에서는 학교만큼 다양한 실습지와 실습하는 모습을 볼 수 없기 때문이다. 실습하고 오면 "어땠어?, 무슨 일했어?, 할 만해?" 이런 질문에 대한 답변만 듣고 생각하시기 때문이다. 학부모님들께 말씀드리고 싶다. 학교를 믿으시라고, 선생님을 믿으시라고, 우리 교사들도 내 자식처럼 근무 환경 좋고 복지 좋은 직장에 보내고 싶다는 마음을 항상 가지고 있다는 것을….

우리나라는 생각보다 장애인 취업에 대해 지원과 정보를 제공하는 곳이 많다. 대표적인 곳이 한국 장애인고용공단이 있다. 이곳에서는 '장애인 취업 성공 패키지', '다양한 직무의 훈련 공고', '취업 정보' 등 많은 정보가 담겨 있는 곳이다. 또한 시도별 특수교육지원센터나 발달장애인 훈련센터, 장애인 취업박람회 등 조금만 시간을 투자해 찾아본다면 생각보다 많은 곳을 찾을 수 있다. 하지만 '이렇게 많은 곳에서 장애인 취업을 지원하여도 막상 내가 이곳에 취업할 수 있을까? 나보다 능력 좋고 잘난 사람들이 많은데 난 안 되겠지?' 하는 사람들도 많이 있다. 난 그들에게 말하고 싶다. "일단 지원해!" 실제로 고등학교 3학년 담임 교사를 할 당시, 주변에서 전공과 입학원서를 넣어도 떨어질 것 같다는 의견이 많은 학생이 있었다.

하지만 학부모님과 본인은 전공과를 가고 싶어 하는 마음이 컸다. 누군가는 그랬다. "전공과 지원해도 떨어질 거 같은데 떨어지면 실망만 가지니 취업시키는 게 낫지 않겠어요?" 그 말도 일리가 있다. 당연히 사람마다 생각이 다르니 이해가 간다. 하지만 난 생각했다. "사람이 어떻게 매번 성공만 하고 합격만 하나? 실패도 해보고, 불합격도 해보고 해야 성장하는 것인데."라고 말이다. 그래서 나는 그 학생의 취업 지원서와 전공과 입학원서를 모두 작성하여 제출하였다. 다행히 전공과에 합격하였다. 만약 실패가 두려워 망설이다 전공과 입학원서를 지원하지 않았다면 그 학생은 지금 무엇을 하고 살고 있을까? 실패를 두려워해서 망설이지 말고 도전하라고 말하고 싶다. 지금도 그 학생을 보면 가끔 나도 교훈을 얻는다. 한순간의 선택이 얼마나 소중한지 말이다. 지금도 우리 학교 학생들에게 가끔 말한다. 장애가 있다고 더 나아가 나는 중증 장애를 가지고 있다고 망설이고 두려워하지 말라고 말이다. 망설이는 순간 나에게 오려던 좋은 직장은 사라지게 될 것이고 후회하게 될 것이다. 실패하고 불합격이 되어도 도전하라고 지금까지의 나의 제자들에게 말했고, 앞으로 미래의 나의 제자들에게도 계속 말하고 가르칠 것이다.

1. 장애를 가지고 있다고 해서 학교에서 배우는 것이 모든 직업이 아니라는 것을 학생들에게 알려주고 학생들이 좋아하거나 관심 있어 하는 직업도 교육할 필요가 있습니다.

2. 다양한 콘텐츠 개발과 연수를 통하여 학생들에게 적합한 교육을 실천할 수 있습니다.

3. 직업은 부모가 다니는 것이 아니라 당사자인 우리 학생들이 다니는 것입니다. 부모님이 바라는 직장보다는 학생들이 직접 선택하고 즐거워하는 직업을 생각해 주세요.

4. '지금이 가장 빠르다'는 말이 있듯이 지금 늦었다 생각하지 말고 지금이라도 시작할 수 있도록 지도해야 합니다.

7. 학생들과 발맞춰 걷기! ♥

박신성

'같이 걸을까?' 이 간단한 질문 속에 특수교사와 장애 학생 간의 깊은 유대감과 성장 가능성이 담겨 있다. 교사는 단순히 가르치는 사람의 역할뿐만 아니라 학생의 가능성을 발견하기 위한 노력을 한다. 또한, 그 가능성을 가지고 올바르게 성장하도록 그 길을 함께 걸어가는 동반자이다. 나는 이 글에서 특수교사와 장애 학생이 함께 성장하는 과정을 이야기하려고 한다.

1. 출발: 학생의 관심 분야 찾기 – 관찰

특수교사와 장애학생과의 출발은 신뢰를 쌓는 것으로 시작된다. 교사는 학생의 불안 요소를 줄이고 학생의 마음을 이해하고 다가가려는 노력이 필요하다. 학생들은 개인의 특성에 따라 사람들과 눈을 맞추는 것을 어려워하기도 하고, 새로운 환경에 적응하는 데 시간이 걸려 교실을 벗어나려는 행동을 보이는 등 다양한 특성을 나타낸다.

내가 만난 학생은 눈을 잘 마주치지 않는 학생이었다. 등교하면 인사도 잘하지 않았고 휴대전화를 내기 전까지 휴대전화를 보았다. 수업을 시작하면 고개를 푹 숙이고 선생님이 여러 번 불러야 겨우겨우 한마디 하는 학생이었다. 나는 항상 고민했다. '무엇을 해야 좋아할까? 관심 분야는 무엇이지?' 계속 관찰하다 보니 점심시간마다 운동장에서 축구나 농구를 하는 친구들을 보고 있었다.

"하원아, 뭐 해? 혹시 운동하는 거 좋아해?"

"네…."

여러 번 질문해야 겨우 대답을 들어야 하는 하원이가 나의 첫 질문에 수줍은 목소리로 대답했다.

"어떤 운동을 제일 좋아하니?"

"축구랑 농구 둘 다 좋아요."

"그럼, 선생님하고 체육 시간에 같이 축구랑 농구할까?", "네!" 바로 나오는 대답에 기분이 좋았다.

그 뒤로 체육 시간에 같이 축구, 농구뿐만 아니라 다양한 운동을 하면서 정말 즐거워하는 모습, 해맑게 웃는 모습을 보았다. 체육 시간에 했던 활동을 다른 교과 수업에도 연결하다 보니 이전과 다르게 적극적인 학생의 모습을 볼 수 있었다.

어쩌면 특수교사는 학생이 좋아하는 것, 싫어하는 것, 행동의 원인과 결과 등을 한순간도 놓치지 않기 위해 유심히 살펴야 한다.

이때 나는 학기 초라는 핑계로 가장 중요한 학생 파악을 소홀히 하진 않았는지 돌아보게 되었다.

2. 2인 3각: 속도 맞추기 – 기다림

운동회에서 2인 3각 달리기는 협동이 필요한 종목이다. 학교에서의 학급 구성도 2인 3각 달리기와 같지 않을까?

한 학급은 일반적으로 담임, 부담임과 중학교는 학생 6명, 고등학교는 7명으로 구성된다. 학생이 전학을 가지 않는 이상 8명 또는 9명이 1년의 세월을 함께한다.

2인 3각 경기를 할 때 서로의 속도를 맞추지 않으면 버벅거리게 되고 넘어지는 사람이 생길 수 있다. 또한, 합이 맞지 않는다면 서로에게 화를 내거나 서로를 비난할 것이다.

그 상태에서 우리는 계속 삐걱거리는 상태로 달린 것인가? 넘어진 상태로 끌고 갈 것인가? 화를 내면 같이 화를 내서 서로의 기분을 상하게 할 것인가?

혼란스러운 상황을 지혜롭게 해결해 나가는 것이 교사의 역할이라고 생각한다. 버벅거리는 것에 대해 박자를 맞추고 넘어지면 일으켜서 다시 이동하고 화를 낼 때 중간에서 달래고 소통하는 중재자의 역할, 이것이 바로 함께 달릴 때 필요한 교사의 역할이지 않을까?

한 번은 화가 나면 물건을 던진 채로 아무 말도 하지 않는 학생이 있었다. 본인의 화가 풀리기 전까지 아무 말도 하지 않고 교사의 질문에 대답도 하지 않았다. 시간이 흐르고 나면 A4용지에 자신이 왜 그랬는지 반성하며 교사에게 죄송하다는 편지를 쓰고 자신의 감정을 표현했다.

이전에는 하교 시간에 위와 같은 행동을 보이면 하교를 시키고 학부모님께 상황에 대한 설명만 전달한 후 집에 갔다. 다음 날이 되면 평소와 같이 자기 잘못을 뉘우치는 편지를 작성해 왔다.

그러나 나는 그날 학교에서 발생한 감정의 소용돌이를 해소하지 못하고 집으로 간다면 집에서도 마냥 편하지 않을 것 같았다.

그러던 어느 날 하교 시간이 가까운 순간에 학생의 감정이 폭발했다. 먼저 다른 학생들은 집으로 보내고 학부모님께 연락을 드렸다.

"어머니, 지금 윤성이가 무엇 때문에 화가 났는지 대화를 하지 않으려고 합니다. 학교에서 있던 일을 집에 가기 전에 풀고 갔으면 좋겠어요. 시간이 좀 걸릴 수 있으니 조금 기다려 주시면 감사하겠습니다."

학생에게 무슨 일로 화가 났는지 계속 물어도 보고, 달래도 보고, 계속 이야기하지 않으면 하교 시간이 늦어진다고 이야기도 해봤다. 약 30분 정도 시간이 지났을까? 종이를 달라고 하더니 평소처럼 자신의 감정을 종이에 적기 시작했다. 학생이 자기 생각을 정리하고 감정을 추스르는 모습을 보며 기다리길 잘했다는 생각을 많이 했다.

이후에도 비슷한 일이 있었지만 처음 30분이었던 감정 정리의 시간이 20분, 15분으로 감정의 정리하는 시간이 점차 줄어들면서 학생도 나도 성장할 수 있었던 시간이다.

다리를 묶고 달리는 2인 3각처럼 억지로 끌고 가려고 하면 넘어진다. 빨리 가지 않아도 된다면 가끔은 기다리고 익숙해지는 시간도 필요하지 않을까?

3. 도착 지점
학생과 교사가 함께 걷는 곳에 도착 지점은 어디일까?

학생의 전학? 진급? 졸업? 아마 학생과 같이 걷는 길의 도착 지점은 끝이 없다고 생각한다.

직접 가르치지 않고 만나진 않지만, 종종 학생에게 오는 안부 연락, 학생들이 어떻게 지내는지, 잘 지내는지 궁금하고 더 해주지 못한 것에 대한 후회, 학생의 미래에 대한 걱정 등 이런 생각들이 계속 함께하고 있다고 생각한다.

'같이 걸을까?'

특수교사와 학생에게 이 질문은 단순한 동행의 의미를 넘어 서로를 이해하고 성장하는 과정이라고 생각한다. 특수교사는 학생의 가능성을 믿고 기다려주고, 학생은 교사를 신뢰하며 함께 성장한다. 이러한 과정이 단순히 학업적인 것을 넘어 인간으로서 존엄성을 키우는 경험이다.

우리가 걷는 이 길은 서로가 서로에게 귀중한 동반자가 되어가는 과정이지 않을까?

• 박신성 선생님의 따뜻한 한마디 •

1. 학생을 유심히 관찰합니다. 학생의 흥미, 강점뿐만 아니라 싫어하는 것, 피하고 싶은 상황 등 여러 상황을 고려한다면 학생의 마음을 움직일 수 있을 것입니다.
2. 학생의 속도에 발맞춥니다. 학생에게 교사의 속도는 빠를 수 있습니다. 교사의 속도를 강조하기보단 학생의 속도에 맞춰 기다릴 필요가 있습니다.
3. 한 학기, 한 해를 돌아보는 시간이 필요합니다. 학생들과 더 나은 관계 형성을 위해 필요한 것, 더 나은 수업 준비를 위해 돌아보는 것이 함께 성장하는 방법입니다.

8. 최고의 식단 ♡

송상은

 '맵부심' 매운 음식을 잘 먹는 것에 대한 자부심을 나타내는 용어로 우리 나라 사람들의 맵부심은 세계가 알아줄 만큼 대단하다. 그 덕분에 더 맵고 더 자극적인 음식은 부메랑처럼 사람들의 기호도 마저 바꿔놓고 있다. 외 식, 배달은 물론이고 가정과 학교급식까지도 '치즈 불닭', '불닭볶음면', '마 라탕'은 학생들의 기호도 1등 메뉴이다. 각 개인의 취향을 존중하는 오늘 날, 압도적으로 많은 사람의 지지를 받고 유행을 탄다는 건 참 대단한 일 이다.

 처음 학교급식을 한다고 했을 때, 대학교에서 배운 내용에 충실했다. 한 식판에 영양소가 균형 잡혀야 하고 보기에도 좋아야 하니 색 또한 골고 루 눈에 띄어야 하며 해당 학교에 맞는 영양량 만큼 제공하는 것이다. 그 렇게 석 달을 운영하고는 보기 좋게 민원이 빗발쳤다. "고기가 왜 이렇게 적어?", "저는 시금치 안 먹으니까 돈가스 더 주세요.", "내가 내는 급식비 가 얼만데 급식비 떼먹는 거 아니야?", "도대체 근대를 왜 김치로 주는 거 야?" 들을 말, 안 들을 말 참 많이도 들었다. 학교가 급식으로 시끄러우니 관리자는 옆 학교급식이 맛있다며 출장을 권했었고 그렇게 또 지냈었다.

 오기도 생기고 자존심도 상하여 이를 악물고 급식이 유명한 학교의 조

242 우리들의 꿈 찾기 여행

리법도 받아서 해 보았다. 그러나, 그럴수록 혼자 아등바등하는 거 같은 내가 불쌍하고 같이 영차영차 해주지 않는 조리사님들이 원망스러웠으며 학생들이 미웠고 학교에 가기가 싫었다.

학교를 옮기게 되었다. 걱정과 불안으로 가득 찬 두 달이 지났는데 학생들이 나를 좋아해 주고 담임선생님들과 가벼운 대화가 오갈 수 있었고 학부모 모니터링을 할 때면 "우리 애가 학교 쌈장이 맛있다는데 어디 거예요?"라는 물음을 시작으로 "우리 학교 영양 선생님은 조리법을 물어보면 알려줘."라는 소문이 돌아 전화로도 물어보시는 어머님들이 점점 많아졌다. 기분이 좋았다. 적어도 지금 학교에서는 '내가 내 역할을 잘하고 있구나!' 신메뉴도 해 보고 조리사님과 조리법 얘기를 할 때면 학교 가는 게 신나서 참 좋았다. 학생이 나를 보면 "선생님 오늘 급식 치킨이에요. 저 치킨 먹으려고 학교 왔어요." 그 한마디, 그 기쁜 표정이 원동력이 되었다. 한번 리듬을 탔으니 흐름을 끊고 싶지 않았고 점점 욕심이 났다.

그리고 특수학교인 한길학교에 오게 되었다. '맛있다'는 칭찬에 눈이 멀고 그 칭찬에 구름 위를 탄 기분을 만끽할 그때 에 '나'는 지난 조리법을 검토 중, 처음 학교급식을 했던 '나'와 마주하게 되었다. 다른 점이 있었다. 처음엔 '내가 맞아.', '나는 이렇게 배웠어.', '마음에 안 들면 먹지 마.' 다른 학교 조리법을 받아도 내 식대로 고쳐서 이름만 '함박스테이크'였지 가공육에 시판 소스를 붓는 게 전부였다. 그랬으니 맛이 있고 없고를 떠나 특유에 냉동식품 냄새와 식감은 어쩔 수 없었다. 미안했다. 그때의 '나'에게, 그리고 감정적으로 미워했던 '이'들에게.

어느 집단에서든 관계가 중요하다고 보는데 나는 교과 선생님처럼 교과서를 들고 교탁에서 학생들을 가르치지 않는다. 또, 담임선생님처럼 아침 저녁으로 안부를 묻고 생활을 함께하지도 않는다. 하지만 식습관을 형성하는 데 영향을 주고 살아가면서 '그때 그거 맛있었는데.'라는 추억을 나누어 줄 수 있다. 관계가 좋아야 나의 조언이 조언으로 받아들여지고 '먹어 볼까?'라는 시도가 되며 건강한 몸으로 이어지게 하는 것이 영양교사의 역할이라고 생각했다.

처음 학교급식을 운영할 땐 '너 하나, 나 하나' 학생들이 좋아하는 반찬 하나 내어주고 꼭 먹어야 하는 반찬 하나를 내었다. 하지만 지금은 '내가 꼭 먹이고 싶은 게 뭐지?'라는 생각을 하며 그 하나를 우리 학생들이 왜 먹어야 하는지 식단표와 함께 영양 소식지에 넣고 학생들이 어떻게 하면 먹을 수 있을지에 대한 본질적인 고민을 하게 되었다.

두부를 좋아하는 나로서는 두부 반찬을 꺼리는 학생들이 이해되지 않아 물어보았다. "두부가 왜 싫은 거야?" 답변은 단순했다. "물컹거려요." 좋아하는 사람은 부드럽고 고소하다고 표현하지만 싫어하는 사람은 물컹거린다는 식감을 꼬집어 말했다. 그래서 구웠다. 그러고는 좋아하는 쇠고기를 채썰어 양념했다. 보다 안전하게 하려면 다시 한번 한데 모아 오븐에 구우니 맛도 좋았고 일반 두부찜이나 두부구이로 나갔을 때보다 잔반량이 훨씬 적었다. 그렇지만 특수학교에서는 달랐다. 저작 능력이 부족하고 처음 보는 음식은 시도조차 하지 않는 아이들에게는 모양은 익숙해야 하며 씹고 넘겨 소화는 잘되게 하려고 두부를 더 잘게 잘라 구워 조리하였으나 수분이 빠져 뻣뻣하고 맛이 없어지게 되었다. 그래서 작게 자르되 끓는 물에 오래 데쳐, 부드럽지만 단단하게 만들어 결과적으로 식감도, 소화 흡수도 도울 수 있었다.

학교급식은 학생들을 위해 공급한다. 하지만 학생들이 앉아서 수업을 듣는 동안 내내 서서 목소리 내어 가르치는 우리 선생님들께도 맛있는 그 무엇을 선물처럼 대접해 드리고 싶었다. 어느 학교에서나 '쫄면'은 단언컨대 선생님들께 인기 만점이다. 그런 쫄면은 앞서 설명처럼 저작 능력이 부족한 학생 또는 위루관 영양공급을 하는 학생에게 주는 것은 큰 무리였다. 그래서 조리법을 수정했다. 유리는 씹기가 불편해 언제나 식판에 음식을 담고는 가위로 잘게 잘라 준비해 주는데 면은 좋아하니 전분기가 적은 면을 사용해 목 넘김이 힘들지 않게 하였고 또 고춧가루가 많아 매운 것이 불편한 승건이는 빨강 파프리카를 갈아 섞어 사용함으로써 파프리카의 단맛과 빨간색으로 색감도 살려 공급했다. 결과적으로 소화가 잘되니 선생님들께서도 먹고 나면 속이 편하다는 말씀을 해주셔서 큰 힘이 되었다.

바삭한 튀김을 싫어하는 사람이 있을까? 바삭함은 거친 식감을 동반하니 튀김 음식을 제공할 땐 다른 음식보다 생각이 깊어진다. '맛있게 먹었으면 좋겠다.' 그렇다고 기름진 음식을 활동이 적은 우리 학생들에게 어떻게 내어줄 수 있을까? 튀김보다 기름이 덜 들어가는 오븐 조리로 구웠더니 만두에 가장자리가 특수학교 학생들이 먹기에 불편하였다. 조리사님께 조심히 여쭤본다. "조리사님, 팬에 기름을 바르고 구워주실 수 있을까요?" 그리고 받드(스테인리스 조리기구)에 담아 한김 내고 뚜껑을 덮으면 그 열기에 부드러워질 것 같다고 생각했기 때문이다. 그러면 고소한 기름 맛과 부드러운 만두 모두 놓치지 않을 수 있을 것 같았다. 활동량이 적어 배변활동이 어려우니 매 끼니에 채소를 많이 넣으려고 하는데 채소라고 하면 꺼리니 얇게 채를 썰어 매콤 새콤하게 무쳐내면 따뜻한 만두와 찰떡이지 않을까?

매운 양념이라 안 먹을 친구가 있을 수도 있지만 괜찮다. 하이라이스에도 채소가 있고 꿀 치즈 토마토 샐러드는 완숙 토마토와 황도로 부드러운 식감에 눈꽃 치즈 가루를 뿌려 보기에도 맛 좋게 준비한 오늘은 수요일이니까. 더운 여름 옛 어른들은 미숫가루를 즐겨 드셨지. 나도 물이 아닌 우유를 넣어 부드러움을 더하고 설탕이 아닌 꽃 당을 사용하여 단맛을 내어 아이들 건강함에 조금 일조하려 노력한다.

특수학교 학생들이니까 단순한 메뉴를 만들어 우리 아이들에게 주고 싶지 않다. 우리 학교 학생들도 일반 학교 학생들과 같은 메뉴로 맛있는 급식을 먹을 수 있고, 또 먹이고 싶다. '안되는 게 아니라 안 된다고 생각하고 하지 않은 건 아닐까?'

많이 고민하고 생각하고 공부하고 시도하는 것까지, 최선을 다해야 하는 것은 나의 몫이다. 오늘 내가 열심히 준비한 이 급식이 맛있어서 많이 먹을 수도 있고 입맛에 맞지 않거나 혹은 컨디션이 좋지 않아 안 먹을 수도 있다. 그러면 또다시 조리법을 수정하고 다른 메뉴를 생각해 다음 끼니에 기대를 걸어보는 게 더 나은 '나'와 우리 학생들이 아닐까?

최고의 식단이라는 것은 마법처럼 통용되는 언제나 최고라는 것이 아니며, 또 누구에게나 최고라는 것도 아니다. 오늘 지금 이 끼니에는 최고이지만 아닐 수도 있음을 인정하고 언제나 긴장하고 반응을 주의 깊게 살피며 보안하고 수정해서 더 완벽에 가깝게 바꿀 수 있는 의지로 임하는 것이 최고의 식단을 만들어 낸다. 다 되었다고 안주할 것이 아니라 오늘은 어떤 끼니로, 이번 달은 어떤 음식으로, 올해는 어떤 목표로 한길학교 급식을 운영할지에 대한 나의 식단 부심은 계속될 것이다.

1. 두부 조리법을 변형해 봅니다. 두부를 싫어하는 학생들을 위해 물컹거림을 줄이려면, 두부를 더 작게 자르고 끓는 물에 오래 데쳐, 더 단단한 식감을 만들어 봅니다. 이렇게 하면 소화도 잘되고 학생들이 더 잘 먹을 수 있습니다.

2. 쫄면 조리법을 변형해 봅니다. 저작 능력이 부족한 학생을 고려하여 전분기가 적은 면을 사용하고, 매운 고춧가루 대신 빨강 파프리카를 갈아 섞어 단맛과 색감을 더합니다. 이는 학생들이 먹기 편하고 시각적으로도 즐거운 식사를 제공할 수 있습니다.

9. 특수교사가 최고야 ♡　　　　　　　최주원

　　우리나라 보통의 부부들은 아이를 갖게 되면 '태명'을 지어 부르게 된다. 각자의 방식과 나름의 의미를 부여하며 부르기 쉽고 예쁜 이름을 지어 주변 사람들에게도 알리곤 한다. 나 역시도 딸아이 둘을 낳는 과정에서 태명을 지어주었다. 큰 아이를 가졌을 때 후배 한 명이 태명이 뭔지 물었다.

　　"형, 아기 태명은 뭐예요?"
　　"우리 아기 태명? 고야."
　　"고야? 무슨 뜻이래요?"
　　"내가 최씨잖아. 성을 붙여봐."
　　"아~ 최고야! 오… 태명 좋은데요. 최고의 아기가 되겠구만요."

　　큰 아이의 태명을 설명하면 대부분의 사람들 반응이 이 후배와 비슷했다.
　　최·고·야. 평소 나는 이 세 글자를 무척이나 좋아한다. 그래서 큰 아이의 태명으로까지 붙였던 것이다. '최고'의 사전적 의미는 '가장 높음', '으뜸인 것' 또는 '으뜸이 될 만한 것'이라고 되어 있다. 어느 분야에서든지 가장 잘하고, 뛰어나며, 큰 성과를 보이는 것에 '최고'라는 단어를 붙일 수 있을 것이다.
　　나는 학생들을 가르치는 직업인 선생님 중에서도 특히 특수교사들에게

이 '최고'라는 단어를 붙여주고 싶다. 물론 일반 초등교사를 비롯한 중등의 과목별 선생님들도 각자의 분야에서 학생들을 위한 최고의 활약을 하고 계실 테지만 특수교사들의 노력과 활약 모습을 둘러보면 그 누구보다 '최고'라는 단어가 잘 어울리지 않을까 생각한다.

특수교사들의 모습을 살펴보면 슈퍼맨이 따로 없다는 생각이 든다. 각자의 개성과 개별적인 특성을 가진 장애 학생들을 위한 교과교육과 맞춤형 개별화 교육을 기본으로 학생 생활지도, 상담, 직업교육, 담당업무와 함께 학생들의 신변처리 문제까지 해결해야 하는 경우도 많다. 특히 장애 학생들을 위한 다양한 영역에서의 직업교육을 위하여 자신의 주전공이 아닌 직업 분야의 직무와 기술을 배우고 익히는 경우도 많다. 예를 들면, 바리스타라든가 제과제빵, 조리, 목공, 도예, 코딩, 컴퓨터 활용, 원예 등의 다양한 분야가 이에 해당될 것이다. 이는 누가 시킨 것도 아닌데 우리 학생들에게 조금이나마 도움이 되고, 보탬이 되고자 교사들이 자발적으로 움직이고 있는 것이다.

이러한 각고의 노력 끝에 우리 학생들에게 조금이라도 변화의 결과가 나타난다면 우리 특수교사들은 많은 감동을 느끼게 된다.

몇 해 전 근무하던 고등학교의 종업식날 집으로 돌아가기 전 학급에서 마지막으로 인사를 나누는 시간을 가졌다. 당시에 나는 새 학기에는 학교를 옮겨야 하는 상황이었기에 학생들에게 1, 2학년 2년간 담임을 맡았던 나에게 하고 싶은 말 있으면 한마디씩 하라고 했다. 6명의 학생들이 각자 나름의 이야기를 나에게 전해주고, 남은 마지막 한 학생이 잠시 쭈뼛쭈뼛 망설이더니 딱 8글자로 이야기를 했다. "선생님이요? 최고죠." 순간 나는 온몸의 털이 서고 닭살이 돋는 전율이 느껴졌다.

나는 그 학생에게 그 이유를 따로 물어보지는 않았다. 이유를 듣지 않아도 이 학생이 왜 이런 말을 했는지 알 것 같았기 때문이다. 대신 눈물이 핑도는 얼굴로 학생들을 서둘러 귀가시킨 기억이 있다. 사실 이 학생은 같은 학급에 있던 다른 학생들과는 다르게 인지 수준도 꽤 높고 기본적인 생활 습관이나 태도 등이 잘 갖춰진 학생이었다. 심지어 외모도 잘 생기고 항상 깔끔한 모습이었기에 주변 친구들에게도 인기가 많았다. 다만, 이 학생은 글 읽기나 연산 등 기초적인 학습 수행에 어려움이 많았고, 거듭되는 학습 실패로 인해 무력감이 많았고 자존감이 매우 낮은 상황이었다.

늘 어두운 얼굴 표정과 축 처진 어깨로 다니는 경우가 많았으며, 어느 때에는 이러한 자신의 모습에 실망하며 눈물을 보이기도 했다. 이 학생의 담임교사로 생활하면서 나는 무언가 성공의 경험을 시켜 주는 것이 가장 중요하다는 생각을 하게 되었다. 이 학생이 어려움을 겪던 기초 학습적인 부분에서의 성공도 중요하겠지만 거듭된 실패로 학습에 대한 거부감도 상당한 편이었기 때문에 다른 영역으로의 시도가 필요했다. 그래서 시작한 것이 ITQ 정보기술자격(파워포인트)과 바리스타 자격증 2가지였다.

처음에는 반신반의하며 못 미더워하던 학생의 태도가 시간이 지나면서 변하기 시작했다. 평소 어려워했던 글을 많이 읽고 쓰지 않아도 되는 파워포인트 수업에서 도형과 그림이 자신이 원하는 대로 그려지기 시작했고, 시간이 지날수록 카푸치노의 우유 거품이 살아 있고 점점 더 크게 만들어지는 하트 모양을 보며 자신감이 붙기 시작했다. 주말까지 함께 공부하고 노력한 결과 2가지 자격증에 모두 합격하게 되었고, 합격 소식을 전하던 순간 이 학생이 지었던 기쁨의 함박웃음은 몇 년이 지난 지금에도 아주 생생하게 기억이 난다.

이런 과정을 거치며 이 학생이 나를 생각하는 마음이 위에서 언급된 8글자 "선생님이요? 최고죠."로 대변되었기에 따로 이유를 묻지 않을 수 있었다. 학교를 옮겼기에 이 학생의 마지막 고등학교 3학년 생활은 지켜볼 수는 없었지만 학교생활을 잘 마무리하고 원하는 곳에 취업하여 잘 지낸다는 소식을 전해 들을 수 있었다. 취업의 과정에서도 전에 없던 적극적인 모습으로 취업에 성공했다는 이야기를 듣고 뿌듯한 마음이 들었다.

"선생님이요? 최고죠." 앞서 언급했던 내가 좋아하는 단어 '최고야.'로 바꿔 말하면 나에게는 "선생님이 최고야."로 들린다. 이 한마디가 남들이 보기에는 별거 아닌 말 같지만 나에게는 정말 최고의 순간이었다. 또한 이러한 최고의 순간순간들이 특수교사라면 '누구나 한 번쯤은 경험해 보지 않았을까?' 하는 생각이 든다. 꼭 눈에 보이는 대단하고 최고의 성과가 아니더라도 말이다. 이러한 순간순간을 위해서 열심히 뛰어다니며 최선을 다하는 우리 특수교사들….

특수교사가 정말 최고야!

1, 학생의 흥미와 강점을 활용한 학습 지도를 실천합니다. 학생이 어려움을 겪는 기초 학습 대신 흥미를 느끼고 성취감을 얻을 수 있는 활동을 찾아 학습에 적용합니다.

2. 작은 성공 경험을 통한 자존감을 향상합니다. 학생이 작고 쉽게 달성할 수 있는 목표를 설정하고 이를 달성했을 때 적극적으로 칭찬하고 격려합니다.

10. 성장하고 있어? 너도? 야, 나도! ♡ 한수현

'이제는 말을 안 해도 알아서 하는구나!'

우리 반은 아침에 등교했을 때 역할이 정해져 있는 학생이 있다. 진수는 칠판의 날짜와 요일 바꾸기. 순민이는 학급 친구들에게 우유 나누어 주기. 학기 초 각자의 역할을 정하고 매일 등교하면 해야 할 일을 이야기 해주었다.

"진수야 칠판에 날짜랑 요일 바꿔주세요." 또는 "등교하면 뭐 해야 하지?"

"순민아, 친구들한테 우유 나눠주자~ 진수랑 재원이는 일반 우유, 다른 친구들은 멸균 우유."

매일 매일이 똑같았다.

순민이와 진수 모두 교실에 들어와서 교사가 말을 하지 않으면 멀뚱멀뚱 서 있거나 자리에 앉아 있기만 한다. 그렇게 두세 달 정도가 지났나? 진수는 말하지 않아도 스스로 칠판에 날짜와 요일을 바꿔서 쓰는 날이 생기기 시작했다. 순민이도 언젠가부터 교실에 들어오면 가방을 내려놓고 우유를 나눠주기 시작했다. 학생별로 일반 우유와 멸균 우유를 변별하여 각각 종류에 맞게 정확하게 나누어 주었다.

너무 신기하고 고맙고 거짓말 조금 보태서 행복한 느낌도 들었던 것 같다. 몇 달 동안 계속해서 같은 말을 매일매일 하면서 사실 답답했던 것도 있다.

'매일 같은데 왜 이게 입력이 안 될까…. 그냥 계속 말해줘야 하는 건가? 언제까지…?'

이런 생각이 들었던 것도 사실이다. 학생들에게 미안해졌다. 내가 너무 나를 기준으로 생각했던 것 같다. 다른 사람들의 눈에는 내가 답답하고 느리게 보일 수도 있다는 생각이 갑자기 들었다.

더 낫고 좋은 상태나 더 높은 단계로 나아감.

'발전'의 정의이다. 학생들은 매 순간 발전하고 있다. 계단을 올라갈 때처럼. 계단의 꼭대기를 밟기 위해서는 가장 아래의 계단부터 차례로 올라가야 한다. 중간 계단을 밟지 않고 올라갈 수는 없다. 이 말에 동의하지 않는 사람은 없을 것이다. 하지만 사람에게 대입하면 힘들어지는 것 같다. 상대방에게 원하는 행동이나 말이 있고 기대 행동이 나올 때까지 중간 과정이 있는 것이 당연하다. 계단의 꼭대기까지 가기 위해 도움이 필요할 수도 있고, 혼자는 갈 수 있지만 많은 시간이 필요할 수도 있다. 난 그것을 간과하고 살아온 것 같다. 중간에 밟아야 할 계단이 더 많은 사람도 있기 마련인데 너무 나의 계단에 학생들을 대입시켰다는 생각이 들었다.

사람마다 기본적으로 가지고 있는 능력은 모두 다르고, 어떤 것을 받아들이는 속도, 능력 또한 모두 다르다. 사람을 대할 때 모든 것을 내 기준에서 생각하고 살아왔다는 생각이 들었다.

생각해 보면 학창 시절 나도 느린 학생이었다. 공부를 할 때 어떤 것을 배우면 바로 습득하지 못했다. 최소한 3번은 설명을 듣고 시간이 지나서야 이해하고 적용할 수 있는 학생이었다. 처음 배우는 속도는 느리지만 한 번 배우고 나면 그 후에 실수 없이 문제를 풀곤 했다. 그리고 오랫동안 기억하였다. 나도 이런데 학생들이 몇 번 스스로 행동하지 못한다고 답답해했던 게 부끄러워졌다.

이 학생은 이런 학생. 저 학생은 또 저런 학생. 사람마다 모두 자신만의 속도를 가지고 있다. 그 속도를 인정해 줄 때 정말로 학생이 발전할 수 있도록 도움을 제공하는 교사가 될 수 있지 않을까?

나는 좋은 교사가 되고 싶다. 학생들에게 도움이 되고 학생들의 요구를 파악하고 그들에게 필요한 것을, 필요한 만큼 제공하는 교사가 되고 싶다. 이런 교사가 되기 위해서는 학생들을 온전하게 이해할 수 있어야 할 것이다. 그리고 기다려 주는 것이 정말 중요하다. 한두 번 알려준 후 그대로 행하지 못한다고 실망하거나 다그치지 않고, 될 때까지 인내하고 반복해 주어야 한다. 성공할 때까지 도전하면 결국 실패는 없다. 난 실패하지 않고 성공할 것이다. 무슨 일이든. 그리고 나의 학생들도 성공할 것이다. 어떤 일이든.

잊지 말아야 할 것은 학생은 언제나 발전한다는 것이다. 학교에 도착해서 친구들과 인사하고 이야기하고, 선생님과 인사하고 함께 생활을 하면서 그것이 무엇이든 계속 경험하고 있다. 학생들이 하는 모든 경험은 결국 그들의 재산이 될 것이다. 꼭 무엇인가를 외우고 알아가는 것보다, 어떤 것이든 학교에서 생활하는 과정에서 항상 발전 중이라는 생각이 든다. 이런 생각을 기조로 교직 생활을 이어나갈 것이다.

교사와 학생이 성장하고 있을 때 학교도 함께 성장할 수 있을 것이다.

1. 학생의 학습 속도를 존중하고 기다려 줍니다. 학생마다 학습 속도가 다르다는 것을 인정하고 반복해서 설명해 주고 충분한 시간을 제공하여 스스로 이해하고 적용할 수 있도록 합니다.
2. 작은 목표 설정과 긍정적인 피드백을 제공합니다. 작은 목표를 설정하여 성공 경험을 쌓게 하고 칭찬과 격려로 자존감을 높여줄 수 있는 긍정적인 피드백을 제공합니다.

11. 나는 아직도 미완성 ♡

이대주

'노력이 재능을 이길까?' 살다 보면 배가 아프고 약이 오르는 경우가 있다. 심지어 화가 나는 경우도 있다. 나는 밤을 새워가며 노력했는데 누구는 놀 거 다 놀고 잘 거 다 자고 한 사람보다 결과가 나쁘게 나올 때이다. 도대체 이 사람은 누구일까? 내가 왜 이 사람보다 낮은 걸까? 다른 사람들이 봐도 내가 그 사람보다 더 열심히 노력하였는데 왜 낮은 걸까? 자책하는 시간이 길어지고 나에 대한 불신과 의욕이 떨어지기만 한다.

누군가 말한 것이 기억난다. "노력은 재능을 이긴다." 그런데 왜 노력이 재능을 이기지 못하는 걸까? 곰곰이 생각에 빠진다. 분명 재능은 천운이다. 내가 만들 수 없다. 부모님이 만들어 주신 거다. 말 그대로 유전자로 인해 결정된다는 것이다. 재능이 있는 사람이 1시간 노력을 한다면 재능이 없는 사람은 그 사람보다 2배, 5배, 10배 이상 노력을 해야 한다. 나는 나에게 물어본다. 그 사람보다 나는 2배, 5배, 10배 이상의 노력을 하였는가? 나의 답은 "노력하였다."라고 자신 있게 말할 수 있다. 하지만 다시 생각해 보니 잠깐이었다. 꾸준하게 지속적이지 않았다는 말이다. 노력은 절대 배신하지 않는다는 말이 있다. 노력은 기초를 만들고 그 기초에 철근을 심고 시멘트를 발라 더욱 강하게 만드는 것이다. 하지만 나는 기초에 철근만 심고 시멘트를 바르고 말리고 꾸미지 않은 것이다.

우리 학교에는 각자의 개성과 재능을 가진 교사들이 많다. 전국에서 제일 작은 특수학교인데 전국에서 제일 많이 선진지 견학을 오는 학교인 것 같다. 나는 동료 교사들이 항상 부러울 따름이다. 문득 지금 같이 일하고 있는 학교에서 누군가가 나에게 건네준 말이 있다. "너는 열심히 노력은 하지만 너만의 달란트가 없어."라고 말이다. 예를 들어 문서 작성 하나를 하더라도 나만의 방식과 개성으로 변화를 시도해 보고 그것을 만들어 누구나 인정하여 사용할 수 있게 하는 능력 그것이 나에겐 없다는 것이다. 한때는 라벤더 하면 누구나 내 이름을 말하곤 하였고 매우 바쁠 때가 있었다. 말 그대로 한때였다. 지금은 나를 포장해 주고 감싸줄 무언가가 없다. 찾아야 한다. 그런데 쉽지 않다. 어렵다.

지금 근무하고 있는 학교에서 오랜 시간 전공과라는 과정의 교사였다. 지금은 고등학교 과정을 담당하고 있다. 전공과 과정에서 고등학교 과정으로 변화되는 당시 매우 어색하고 업무도 버벅거리기 일쑤였다. 한마디로 초임 교사 같았다. 나에게 걸쳐진 기존의 포장지를 걷어 버리고 새로운 포장지를 찾아 걸쳐야 하는데 새로운 포장지를 아직도 못 찾고 있다. 찾기 어렵다. 춥다. '나'라는 상품 가치가 없어 보인다는 생각이 계속 머릿속에 남아 있었다. 찾아야 한다….

고등학교 과정으로 변화되고 맡은 업무 중에 긍정적 행동 지원이라는 업무가 있다. 그중 개별 차원 지원을 위해 컨설팅 강사를 구해야 하는데 강사를 구하기에 어려웠다. 우리나라에 긍정적 행동 지원 컨설팅을 해줄 수 있는 전문가가 많이 없거니와 학교 위치도 문제였다. 대중교통이 좋지 않아 많은 강사가 오는 걸 꺼렸다. 우리 학교에 오려면 그분들은 하루의 시간 모두를 우리 학교를 위해 소비해야 했기 때문이다. 그래서 나는 긍정적 행동 지원 개별 차원 지원 계획만 세우고 실천도 못 하는 능력 없는 교사로 인식될 것 같아 고민이 이만저만 아니었다. 처음 이 업무를 맡았을 때 느낀 점은 특수교육이 시작된 지 한두 해도 아닌데 수십 년이 지난 지금도 긍정적 행동 지원 개별 지원 컨설팅 강사 한 명 구하는 게 이렇게 어려워야 하는 것인가 싶었다. 더군다나 안성은 강사를 찾아보기도 힘들었고 특수교육지원센터에서도 찾기가 어렵다는 소식을 전해 들었다. 긍정적 행동 지원을 개별 차원에서 계획하여 운영하라는 교육부와 교육지원청의 지침에 현실적인 어려움을 느끼게 되었다.

그래, 내가 해보자! 안 그래도 컨설팅해 줄 강사가 없는 안성에서 내가 우리 학교에 도움이 되고 안성에 있는 특수교육 대상 학생들에게 도움이 되는 교사로 나를 완성하고 싶었다. 나도 달란트가 있는 특수교사가 되어 보고 싶어 시작한 긍정적 행동 지원 전문가 양성과정 직무연수, 와~ 어마어마한 이론과 실습 이수 시간에 놀랐고 안성에서 지원한 특수교사가 나 혼자라는 것에 또 한 번 놀랐다. 내가 정말 주말과 방학도 일부 반납해 가며 이 많은 연수 시간을 이수할 수 있겠느냐는 겁도 나는 게 사실이었다. 괜히 신청했나? 내가 해낼 수 있겠느냐는 생각을 하루에도 몇 번씩 했었다. 하지만 그런 생각은 사치이자 괜한 걱정이었다. 생각을 바꾸어 봤다. 내가 정말 열심히 노력하여 우리 학교의 학생들과 안성에 있는 특수교육 대상 학생들에게 많은 도움이 되면 얼마나 좋겠냐고 말이다. 한때는 특수교사가 되면 나의 꿈은 이루었으니 마음 한구석에 부담감은 덜 수 있을 거로 생각하였지만 그건 나의 착각이었다. 지금 생각해 보면 나는 완성되었다고 생각했지만, 사실은 완성된 적이 없었다. 어쩌면 내게도 숨어 있는 재능이 있다면 지금 공부하고 있는 긍정적 행동 지원 분야일 수도 있다는 생각이 든 것이다. 누구보다 문서 작성을 못해도, 누구보다 업무처리를 못해도 오늘도 나는 나에 대해 좀 더 이해하고, 노력하고, 기대하자고 다짐을 해본다. 왜냐하면 나는 아직도 미완성이기 때문이다.

• 이대주 선생님의 따뜻한 한마디 •

1. 자신의 한계를 인정하고 긍정적인 마음가짐을 유지합니다. 현재의 능력에 한계를 두지 않고 자신을 이해하고 발전시키려는 태도를 유지합니다. 주말과 방학을 이용해 직무연수를 듣거나 명상을 통해 긍정적인 마음가짐을 유지하여 성장의 밑거름을 준비합니다.
2. 작은 성공을 통해 자신감을 키웁니다. 작은 성공 경험을 쌓아가며 성취감을 느끼고 자신감을 키워 자신에게 잠재된 재능을 발견하도록 합니다.

12. 그래도 나는 영양교사 ♡

송상은

무언가 대단한 포부를 갖고 영양학을 전공한 건 아니었다. 수능을 보고 1, 2지망을 쓰고 3지망에는 원하는 학교가 없어 쓰지 않겠다고 했더니 담임선생님께서는 쓰라고 권하셨다. 많은 우여곡절 끝에 나는 3지망인, 영양학을 전공하게 되었다. 4년을 공부하고 졸업하기 전 스물셋, 나는 병원을 지원하여 인턴 생활을 하게 되었다. 요양보호소와 비슷한 곳이었는데 그래서 일반식은 다양한 식단보다는 씹어 삼키기 쉽고 소화가 편한 식재료와 조리법이 필요했다. 캔 음료라고 해서 위루관이나 비위관 등에 제공되는 캔을 관리하는 일을 하게 되었다.

1년 남짓 병원에 근무하고 학교로 옮기게 되었다. 일반고등학교, 기숙사형 고등학교, 병설유치원을 포함하는 초등학교 등 학교급식에서 15년을 영양사로 근무했다. 조리사님들과의 관계나 식단을 구성하는 방법이나 학생들과의 소통 그리고 사무일까지 많이 능숙해졌고 유연해졌고 익숙해질 무렵 특수학교 한길학교를 오게 되었다.

일반학교 아이들과 달리 우리 학교 학생들은 지식을 전달했을 때 곧잘 받아들이곤 한다.

일례로 고등학교 영양시간에 '골고루 먹기' 주제로 수업했더니 진희는

"오늘 식단의 연근은 채소예요. 그래서 연근 먹을 거예요."라고 불쑥 말을 하였고 나는 예상치 못한 말에 순간 당황하였다. 그리고 급식실에서 들어오면서 "연근은 채소, 채소는 하나씩." 말하면서 배식받고 맛있게 먹는 우리 진희였다. 다음 날도 다르지 않았다. 학교 버스에서 내린 후 나를 본 진희는 "오늘은 감자채, 감자채가 채소." 어김없이 그날 감자채볶음을 야무지게 먹었다.

물론, 자기주장이 강해 한번 먹지 않는 음식은 강한 집념으로 먹지 않는 학생도 있다. 중학생 민수는 채소, 특히 김치에 유독 과한 반응을 보인다. 김치볶음밥을 좋아하면서도 잘게 다진 김치를 끝까지 빼내어 밥을 먹는다. 그 모습이 안쓰러워 흰밥을 권했더니 두 번 생각할 것 없이 김치볶음밥이 든 식판을 꼭 붙들었다. 김치전도 예외는 아니었다. 밀가루 반죽과 오징어만이 민수의 입속에 들어갈 뿐이었다.

먹는 양을 조절하지 못해 힘들어하는 윤우도 있다. 학교 버스를 타기 위해 팝콘 모양의 치킨너깃이 든 도시락을 챙긴다. 급식을 먹기 전에 한 통 먹고 급식을 먹을 때도 그 치킨너깃이 꼭 있어야 한다. 맛으로 먹는다기보다 습관처럼 혹은 애착 관계처럼 보이는데 가공식품을 그것도 매일 먹는 윤우를 볼 때면 '내가 뭘 해야 하지?', '내가 뭘 할 수 있을까?' 생각만 많아질 뿐이다.

일주일을 두고 보고는 조심스럽게 윤우와 담임선생님께 지도차 말해보았지만 듣지 않는 윤우와 어쩔 수 없는 상황에 어려워하시는 선생님 표정에 만감이 교차했다.

초반에는 자괴감이 아주 커서 '내가 지금 여기 왜 있는 거지.'라는 생각에 힘들기도 했다.

밥을 그만 먹어야 할 때도 못 먹게 하면 울고 흥분하는 윤우를 볼 때 '담임선생님께서 이런 윤우를 데리고 교실로 가면 힘드시겠지?'라는 생각이 든다. '그래도 나는 영양교사인데 나는 여기 일을 하는 사람인데 내 일은 이건데.'라는 생각들이 소용돌이친다. 그 어떤 결정도 내리지 못하고 그저 윤우가 진정되기만을 바라는 나였다.

일반학교 학생들은 내가 말했을 때 하다못해 먹기 싫으면 "알레르기 있어요."라고 핑계라도 대는데 우리 학교 학생들은 "쟤는 원래 흰밥만 먹어요.", "쟤는 원래 두 번 먹어.", "쟤는 그냥 줘요."라는 말로 처음부터 내가 아무것도 못 하게 만드는 틀 같아 답답하기도 하고 무기력과 나의 에너지를 일방적으로 끄는 것(off) 같았다.

특수교육을 전공하지 않았기에 부랴부랴 유튜브를 보면서 참고해 보았지만 정말 '사례에 따라서' 그야말로 '상황에 따라' 달랐다. 그렇게 하루 이틀 지나고 어느 날 이거다 싶은 생각이 떠올랐다.

당장 오늘 해결해야 하는 문제가 아니다. 오늘 이 친구에게 이렇게 해보았지만 안됐다면 낙심할 게 아니라 그럼 다른 방법으로 그리고 또 다른 방법 그렇게 시간이 나에게도 우리 학생들에게도 필요했다.

가장 필요했던 건 가장 우선시되어야 했던 건 '친밀함'이었다. 이름을 외워 부르는 그것만으로는 부족했다. 그래서 학교 버스에서 내릴 때 눈 맞추고 인사하고 집에 갈 때 버스를 타기 전에 눈 맞추고 인사했다. 쉬는 시간이면 교실 한번 올라가서 눈 맞추고 방과후 활동할 때면 뭘 하는지 보고 눈 맞추고 그렇게 우리들의 시간이 쌓여 일방적인 인사는 같이하는 인사가 되었고 인사가 쌓여 "더 주세요.", "이건 안 먹을래요." 짧은 대화가 오갔다.

이제 어느 정도 친숙해졌으니 영양교사로서 나의 일을 할 그때가 왔다. 흰밥만 찾는 서율이에게 가장 흰밥과 비슷한 기장밥으로 시작했다. "서율아 이거 흰밥이랑 똑같이 생겼는데 먹어볼까?", "먹어볼까요?"라고 유순한 대답과 함께 한 그릇을 깨끗이 비우는 서율이다.

서율이가 받아 가니 얼떨결에 흰밥을 받아 가는 상우도 덩달아 다 먹었다. 서율이는 그렇게 보리밥, 율무밥, 그리고 잡곡밥까지 먹게 되었지만, 보리밥에서 갸우뚱했던 상우는 율무밥을 요구했다. "흰 밥을 주세요.", "응, 괜찮아 그럴 수 있어, 다음에 다시 하면 되지 뭐." 나도 이 상황을 그렇게 받아들이고 다음을 기약하는 유연함이 생겼다.

밥양 조절 문제라면 빠질 수 없는 서아는 양을 하루아침에 바꿀 수 없으니 속도를 먼저 조절하기로 했다. 급식실에 들어오면 언제나처럼 "서아야."라고 부르고는 미리 담아놓은 서아 식판을 건넨다. 그리고 "서아, 인사.", "송상은 선생님 안녕하세요." 그러고 나서야 한 손을 잡고 말을 이어간다. "서아 천천히 먹는 거야. 천천히 천·천·히." 그러면 서아도 따라한다. "천·천·히." 서아는 말로는 "천천히."라고 했지만, 여느 때와 같이 금세 식판을 깨끗이 해치우고는 "밥, 국, 고기 세 개 더 먹을까?"라고 묻는다. 말이 묻는 거지 더 달라는 거다. 나도 이제 경험이 쌓여 애초의 식판에 담을 때 조금 덜 담고는 두 번째를 시원하게 내어준다. 서아도 좋고 나도 좋고 두 번째 식판을 받기 전 그 잠깐 그 시간 서아는 먹는 것을 조금 쉴 수 있다. 어느 날은 두 그릇을 찾지 않을 때도 있다. 그런 날이면 '왜 오늘은 더 안 찾지?'라는 생각도 있지만 한편으로는 '오늘 양이 조금 줄었다.'라는 것에 한 끼를 성공했다는 성취감도 느낀다.

아직 갈 길이 멀다. 교정해야 하는 식습관이 한두 개가 아니고 그 어떤 상황에 부닥쳤을 때도 당황치 않고 물 흐르듯 같이 흘러야 하는 유연함이 필요하다. 그런 것은 전문 서적이나 학위가 아니라 경험, 나에게 그 시간이 필요하다. 또 내가 완전할 수 없고 흑과 백으로 나눠 정의할 수 없음을 인정해야 한다. 그리고 서로 도와주고 힘이 되어 주는 동료들이 제일 필요하다. 학생들을 지도하는 데 정신적인 에너지만큼이나 학생들 스스로 제어할 수 없는 환경에서 특수교사는 육체적인 에너지도 필요하다. 어떠한 이유로 학생이 화가 나고 그래서 자해할 때면 그 감정이 올라옴을 세심하게 읽고 미리 준비하거나 그 상황이 되었을 때 학생이 다치지 않도록 선생님은 팔을 잡는다거나 진정시켜 주는 것이다. 보통 '마음이 아픈 아이들'이라는 표현을 쓰는데 이 아이들이 장애라는 이름에서 아주 벗어날 순 없지만 그래도 참 예쁘게 웃고 건강하게 자라기를 진심으로 응원한다. 그래서 나는 오늘도 우리 학교에서 내 일을 열심히 해낸다.

◆ 송상은 선생님의 따뜻한 한마디 ◆

1. 친밀함을 유지해야 합니다. 반짝 친하고 지도가 끝나면 돌아서는 것이 아니라 매일, 매해 어떻게 변해가고 있는지 세심하게 관심을 두고 표현해야 합니다.
2. 한꺼번에 바꾸는 것이 아니라 조금씩 교정합니다. "채소는 어떤 것이 있나?", "채소 중에 좋아하는 것은 무엇인가?", "오늘 급식에서 내가 먹을 수 있는 채소는 무엇인가?"
3. 칭찬을 아끼지 않습니다. "오늘 김치를 먹어보려고 했구나.", "오늘은 어제보다 많이 먹었네.", "오늘 컨디션이 안 좋아서 그래 내일 다시 해보자."

13. 물려도 싸지 싸 ♡

'지민이에게 물린 고통을 겪고 난 후
그 고통을 뚫고 깨달음의 길로 나와
아브락사스에게 날아간 날'

한참 수업 중에 가만히 앉아 있던 지민이가 성큼성큼 걸어 칠판 앞까지 왔다. 학습 목표를 적고 있는 나에게 다가와 "응~~~~" 길게 소리를 냈다. 목구멍 저 아래에서 내는 소리였다.

칠판펜을 달라는 시늉을 하며 다가와서 내 손에 있는 칠판펜을 가로채 펜 뒤에 꽂아 두었던 뚜껑을 뺐다. 그러더니 바로 꽂은 후 나를 보며 다시 "응~" 소리를 냈다. 처음 낸 소리와는 다른 소리였다.

평소 소리를 크게 지른다거나, 물건 던지는 행동이 있던 지민이의 이 정도 행동은 아주 양호한 행동으로, '수업하기 싫은가?' 생각했다. 지민이 손에 있는 펜을 달라고 하니 주지 않고 그냥 서 있었다. "지민이 칠판펜 갖고 싶어?"라고 물었지만, 지민이는 그냥 서서 "으응." 소리만 낼 뿐이었다. 다시 "수업하기 싫어?" 물어보지만 이 역시 아무런 반응이 없었다. 서 있는 지민이의 어깨춤을 끌어안으며 자리로 돌아가자 하니 순순히 따라와 자리에 앉았다. 지민이 모습이 비교적 안정적이어서 수업을 다시 시작했다.

잠시 후 자리로 갔던 지민이는 조금 전보다 더 큰소리로 "으흥!" 소리를 내며 다가왔다. 이 소리는 마치 호랑이가 화가 났을 때 내는 소리라고 해도 될 만했다. 이번엔 손에 들려 있던 칠판펜의 뚜껑을 뽑았다가 다시 꼽으며 "으흥!" 소리를 냈다. 손에 칠판펜이 그대로 들려 있었기에 난 지민이가 펜을 돌려주려고 나왔는 줄 알았다. 지민이에게 펜을 받으려고 다가가는 순간 지민이는 칠판펜을 바닥에 던지고 내 두 손을 힘껏 꼬집었다.

꼬집는 두 손을 잡아 행동을 중지시키려는 순간 지민이의 입이, 더 구체적으로 말하자면 지민이의 앞니가 나의 앞가슴 부근을 물었다. 순식간에 벌어졌고 본능적으로 그 앞니를 떼어 내야 했다.

지민이 손을 잡고 있던 내 두 손으로 지민이의 앞니를 떼어 냈다. 지민이도 내가 놀라는 소리에 놀랐는지 순순히 물던 앞니에 힘을 빼는 것 같았다. 지민이를 자리로 데려가 앉혔다.

아픔을 느끼기도 전 다른 학생들의 모습이 한눈에 들어왔다. 놀랄 법도 한데 아무렇지도 않은 듯 그 모습을 보고 있는 아이들. '다행이다.' 싶었다.

'다른 학생이 물렸다면 어떻게 했을까?' 아찔했다. 큰일을 모면한 것 같은 생각이 들어 오히려 안도감이 들었다.

'무슨 말을 하고 싶은 것인지?'

'무엇을 요구했던 것일까?'

'괜히 짜증이 났던 것인지?'

지난 2년 내 수업 시간 특별한 행동이 없었기에 더욱 의구심이 들었다.

도대체 왜 그랬는지. 답답했다. 그리고 미안했다.

한숨을 돌렸던 것인가? 어디선가 고동 소리가 들렸다. 앞가슴에서 쿵쾅 쿵쾅.

아팠다. 그러나 이 또한 누구에게 말할 수 없었다.

쉬는 시간에 소식을 듣고 담임선생님이 찾아와 조금 전 있었던 이야기를 나누었다. 이야기를 나누고 보니 지민이의 행동에 나름의 이유가 있던 것을 알았다.

최근 지민이는 긍정적 행동 지원을 집중적으로 받고 있었다. 당일 아침 교육목표가 '뚜껑이 있는 펜을 사용 후 그 뚜껑을 잘 닫고 마무리하기'였고, 보건 수업이 시작되기 전까지 펜을 사용 후 뚜껑 잘 닫으면 학생이 좋아하는 과자를 주었다는 것이다.

지민이는 과자를 먹고 싶었던 것 같고, 과자를 먹으려면 펜 뚜껑을 닫아야 한다고 생각하고 내 펜을 가져가 닫았는데 내가 과자를 안 주었던 것이었다. 이것도 내 추측에 불과할지 모르겠지만 여러 가지 정황상 그렇게 보였다. 적어도 처음 칠판펜 뒤편에 뚜껑을 빼서 뚜껑을 닫았을 때 난 지민이에게 과자를 주었어야 했던 것 같다.

그렇게 생각하니 지민이는 목적 달성을 위해 최선을 다한 것이고, 그 교육은 참 효과적이었으니, 나를 문 지민이가 얼마나 똑똑하고, 기특하던지. 아픔은 온데간데없고 교육의 가능성이 보여 기분 좋은 날이 되었다.

지민이의 가능성에 나의 고통은 온데간데 없어졌다.

그러나 연신 죄송하다며 병원 가서 주사 맞아야 하는 것 아니냐며 걱정하며 사과하는 담임교사에게 "물려도 싸지. 싸. 펜 뚜껑 닫으며 과자 달라는 것이었는데 선생이 그것도 못 알아차렸으니 물려도 싸. 내 잘못이야." 하고 웃어넘겼다.

'틀에 갇힌 사고는 우리의 삶을 분류함으로써 너무 많은 길을 폐쇄하고 도출할 수 있는 결과의 범위를 제한한다.'라고 카밀라 팡은 『자신의 존재에 대해 사과하지 말 것』이라는 책에서 말한다. 늘 학생들은 자기식대로 의견을 표현하지만, 그것을 못 알아차리는 것이 틀에 갇힌 사고를 하는 나라는 생각에 지민이에게 정말 미안했다. 한참을 더 세심하고 다양한 각도에서 관찰하고 학생들 관점에서 상황을 판단해야 할 것 같은 생각이 들었다.

오늘 가슴에 새겨진 심한 이 상처는
지민이의 앞니로부터 시작해서 나의 틀에 갇힌 사고를 감싸고
함께 아브락사스에게 날아가
나만의 증표로 내 가슴 정면에 아름답게 남을 것이다.

예쁜 것.
다음 시간에는 너의 담임선생님이 네가 뚜껑을 덮으면 주었다는 그 초코칩 과자 사 들고 수업에 들어갈 테야! 한 손엔 뚜껑 있는 펜을 들고 말이지.

다음 시간에 뚜껑 있는 펜에 아무 반응을 안 하면 어떡하지?

1. 단계별 프로그램을 활용합니다. 다양한 실생활에 초점을 맞추어 의도적으로 환경을 구조화시켜 자발적으로 의사소통기술을 활용할 수 있습니다.
2. 그림교환 의사소통체계를 활용합니다. 사진이나 그림과 같은 시각자료를 서로 교환함으로써 타인과 의사소통할 수 있습니다.
3. 교사는 간접적 표현(은유, 반어법 등)을 자제하고 계약형식의 약속, 보상에 대해 구체적인 합의를 통해 신뢰를 쌓는 것도 도움이 됩니다.

14. 해볼게요! 아니 안 할래요 ♡ 강은홍

준성, 자신의 어머니와 친구 몇 명을 제외하고는 전혀 말하지 않는 녀석. 학습 면에서 약간의 부족함은 있지만 일상생활 기술이나 다른 기능은 전혀 문제 될 것이 없는 학생이었다.

학기가 시작되면서 준성이와 친해지기 위한 나의 계획이 시작되었다. 스마트폰으로 같은 반 친구들과 짧은 문자를 주고받는다는 것을 알게 된 나는 준성이와 메신저 어플리케이션 친구로 등록하고 문자를 보내기 시작했다. 글을 정확히 읽기 힘든 준성이를 위해 간단한 말은 문자로 써서 보내고 문장이 길어질 때는 음성녹음 기능을 사용하여 직접 들을 수 있게 녹음해서 보냈다. 처음에는 내 문자에 답장하지 않았다가 '네.'라는 짧은 말을 시작으로 주말이면 '주말 보내세요.'('주말'과 '보내세요' 사이에 있어야 할 '잘'은 매번 어디로 갔는지 없었다.)와 같은 문자를 먼저 보내주었다. 또 1학기가 끝날 무렵 전국 장애학생 진로드림페스티벌(전국 장애학생 직업경진대회)이 있었는데 학부모 상담을 통해 준성이가 레고 조립을 좋아하는 것을 알게 된 나는 과학상자 종목에 준성이를 데리고 참가했다. 대회를 준비하는 과정에서 준성이와 방과후 학교에 남아 조립 연습도 하고, 저녁 식사도 함께했다. 연습이 끝나면 퇴근하는 길에 집에 데려다주면서 가까워졌다.

그 당시 고등학교 3학년은 매주 수요일마다 소화기를 제조하는 장애인 표준사업장으로 실습을 나가고 있었다. 이제 갓 열아홉, 스무 살쯤이 된 우리 학생들에게 아침 9시 30분부터 오후 2시 30분까지 조립 작업을 하는 것은 쉽지 않았다. 조금 하다가 딴청 피우는 학생, 전혀 참여하지 않는 학생, 정확성이 매우 부족한 학생 등 다양한 모습 속에서 작업을 묵묵히 수행하는 한 명. 바로 준성이었다. 그 모습은 회사 대표님 또한 유심히 보고 계셨다. 2학기가 되었을 때 대표님은 준성이를 채용하고 싶다는 의사를 학교에 전달해 주셨다.

준성이의 태도와 직업 능력으로 보았을 때 전공과를 입학해도 좋을 것 같았다. 하지만 글을 정확히 읽고 쓰는 것이 어려운 점과 다른 사람과 말로 소통하지 않는 준성이가 전공과 입학전형을 잘 치를지 걱정이었다. 그런 상황에서 준성이를 채용하고 싶다는 소식은 준성이의 가족에게 좋은 기회였다. 그래서 2학기에 실시한 도제교육을 통해 실습을 다니던 소화기 제조 업체에 실제로 출퇴근을 하며 직장인의 삶을 경험했다. 그렇게 도제교육을 마친 준성이는 가족들과 고민한 끝에 취업을 결정하고 11월부터 직장을 다니기 시작했다. 그 무렵 전공과 입학 시험도 있었지만, 괜히 학교에 대한 미련이 생겨 일을 다니기로 한 준성이의 결심에 금이 갈 것을 걱정하며 가족들은 시험에 응시하지 않기로 하였다.

준성이가 출근을 시작하고 몇 주간은 우리가 매주 수요일에 실습하러 갔기에 친구들과 만날 수 있었다. 그리고 대표님도 아직 적응하고 있는 준성이를 생각해서 수요일만큼은 친구들과 함께 있도록 배려해 주셨다. 그래서 우리와 같이 실습에 참여하고 점심도 같이 먹을 수 있었지만, 학기 종료가 가까워지며 실습은 끝이 났고 준성이는 이제 오롯이 혼자 직장 사람들과의 생활에 적응을 시작해야만 했다. 그때를 돌이켜보면 준성이는 매주 수요일마다 우리가 타고 오는 버스를 기다리며 추운 겨울 밖에 나와 있었다.

그리고 결국 준성이는 학기 종료를 앞두고 출근을 거부했다. 어머니에게 전해 들은 바로는 친구들은 학교에 다니는데 왜 자신은 어두운 밤까지 일을 해야 하냐며 일을 하기 싫다는 것이었다. 나는 그 길로 준성이의 직장으로 출장을 다녀왔다. 대표님과 이야기도 나누고 준성이와 만나서 이런저런 말을 건넸지만, 준성이의 나를 향한 태도는 이전과는 조금 달랐다. 자신을 이런 곳에 보낸 사람이라고 생각했던 것일까. 그동안의 좋은 기억은 다 사라지고 부정적인 감정만 생긴 듯한 준성이의 모습에 내가 상처를 준 건 아닌가 덜컥 겁이 났다. 하지만 가정에서의 노력으로 준성이는 다시 한번 해보겠다는 결심을 했다. 그렇게 문제가 잘 해결됐나 싶었지만 방학이 된 지 얼마 지나지 않아 어머니에게 다시 연락이 왔다. 준성이가 더 이상 일을 하지 않겠다고 단단히 결심했다는 소식이었다.

준성이가 학교에 다니며 보여주는 자신의 가족여행 사진을 보고, 또 담임으로서 학부모와 상담하며 느끼는 준성이의 가족은 너무나도 화목하고 준성이를 생각하는 마음이 보기 좋은 가정이었다. 하지만 준성이가 취업을 한 뒤로 세상에서 가장 친하게 지내던 어머니와의 사이에 금이 가기 시작했다. 어머니는 취업한 이후로 힘들어하는 준성이의 기분을 맞춰주고자 많은 노력을 하셨지만 준성이는 점점 떼를 쓰는 어린 학생이 되었고 점점 대화가 줄어들었다고 하셨다. 그 말을 듣고 나 또한 마음이 좋지 않았다. 어머니와 약속하고 준성이의 사직서를 작성하기로 한 날, 다시 준성이를 만났다. 준성이의 마음은 분명했고 우리는 그 선택을 존중해주어야 했다.

그렇게 준성이는 추운 1월 첫 취업의 마무리를 지었다.

　그 후 준성이는 어머니의 일을 가끔 도우며 지내기로 했다. 어머니와 나는 준성이가 그냥 집에 있는 것만은 안 된다는 생각이었다. 다행히도 준성이는 어머니의 일을 따라다니며 준성이가 할 수 있는 일을 하며 지낼 수 있었다. 그러면서 금이 갔던 어머니와 준성이의 사이도 차츰 회복되었다.

　추웠던 겨울이 지나고 봄, 여름이 지나 2학기가 되었다. 다시 전공과 입학시험이 다가오고 있었다. 학교에서는 준성이의 소식을 나에게 물어봤고 나는 준성이 어머니에게 연락했다. "어머니, 준성이 여전히 학교 다니고 싶어 하죠?"라는 나의 물음에 "당연하죠."라고 답해주셨고 나는 준성이와 어머니에게 당부를 전했다. "여전히 준성이가 다른 사람들에게 말하기가 어렵겠지만 학교가 오고 싶은 마음을 담아 시험을 보는 날만큼은 대답을 잘해서 학교에 돌아왔으면 좋겠습니다."라고 말이다. 준성이와 같은 반이었던 전공과에 재학 중인 친구들에게도 '시험 잘 치러서 같이 학교 다니고 싶다'는 내용의 문자를 준성이에게 보내면 좋겠다고 했다.

　지금 준성이는 첫 취업의 쓴맛을 봐서인지 이전의 모습과는 많이 달라져 있었다. 목소리도 우렁차고 다른 사람들 앞에서 조금씩 말도 한다. 그나저나 이 녀석 나를 본체만체하는 것 같다. 전공과정 선생님들만 신경을 쓰는 것 같아 서운하지만, 학교에서 웃는 준성이의 모습을 보니 마음이 놓인다. 언젠가는 또 취업하는 순간이 오겠지만 그때도 잘 안된다면 그건 실패가 아닌 한 걸음 더 나아갈 수 있는 소중한 경험이 되지 않을까.

1. 학부모 상담을 합니다. 학교생활 속에서 알기 힘든 학생의 행동 특성이나 모습을 파악하고 필요한 교육 활동을 설계할 수 있습니다.
2. 학생 당사자의 의견을 존중할 수 있도록 합니다. 특수교육대상자 학생의 진로 및 진학의 경우 첫 시도에 안정적인 정착을 하기 어려운 경우가 많으니, 교사나 보호자의 의견보다는 학생의 마음을 들여다보고 다양한 경험을 할 수 있도록 안내합니다.

에필로그

여러분, 저희의 이야기가 여기서 끝났다고 생각하시나요? 아닙니다. 이제 겨우 시작일 뿐입니다.

이 책을 시작할 때 저희는 '꿈은 누구나 꿀 수 있다'는 믿음을 이야기했습니다. 그리고 지금 이 책의 마지막 페이지에서 자신 있게 말씀드립니다. 우리의 학생들은 단순히 꿈을 꾸는 것을 넘어 그 꿈을 향해 한 걸음씩 나아가고 있다고 말입니다.

책을 쓰는 과정은 저희 모두에게 특별한 경험이었습니다. 처음에는 글쓰기에 부담을 느꼈던 선생님들도 자신의 진로교육 경험을 되돌아보며 점차 자신감을 얻었습니다. 이 과정에서 장애학생들의 진로교육이 단순한 직업훈련을 넘어 삶에 변화를 가져오는 중요한 과정임을 다시 한번 확인할 수 있었습니다.

글을 모으며 우리가 이루고자 했던 두 가지 목표는 첫째, 특수학교 진로교육의 현장을 소개하며 학생들의 변화와 성장을 독자 여러분과 공유하는 것이었습니다. 둘째, 교사들에게 자기 성찰의 기회를 제공하여 교육의 피로도를 낮추고 전문성을 높이는 것이었습니다.

여러분은 이 책을 통해 특수학교의 진로교육과 장애학생들의 진로 선택과정을 엿보셨을 것입니다. 진로교육으로 학생들이 변화하고 성장하는 모습에 공감하셨기를 희망합니다. 또한 이 책이 여러분께 자신의 진로교육 방법을 돌아보고, 학생들에게 더 나은 진로 경험을 제공하는 계기가 되었기를 바랍니다.

책의 도입부에서 수업, 생활지도, 학급경영이라는 세 가지 핵심 요소를 소개했습니다. 이제 우리는 이 요소들이 어떻게 학생들의 삶을 변화시키고 교사들에게도 성장의 기회를 제공하는지 직접 경험했습니다. 우리가 함께 걸어온 이 과정은 끝이 아닌 새로운 시작입니다.

앞으로도 우리는 다양한 진로교육 프로그램과 교육공동체의 지속적인 지원으로 모든 학생들이 자신의 꿈을 이룰 수 있게 함께 노력해야 할 것입니다. 각자의 위치에서 한 걸음씩 나아가며 더 나은 세상을 만들어가는 일에 동참하는 것이야말로 진정한 교육의 가치입니다.

이 책의 시작에서 이 이야기들이 작은 변화의 씨앗이 되기를 희망했습니다. 이제 그 씨앗은 여러분의 손에 있습니다. 학생들이 자신의 꿈을 찾을 수 있도록 그리고 교사들이 그 과정을 돕는 데 필요한 자원과 동기를 얻을 수 있게 지속적인 관심과 응원을 부탁드립니다.

여러분의 동행에 진심으로 감사드립니다. 우리의 진정한 도전은 이제부터 시작입니다.

집필진 대표 정동호